KB199478

평범한 날들을
특별하게 만드는 글쓰기

# 평범한 날들을 특별하게 만드는 글쓰기

12명의 저자가 말하는 글 쓰는 일상의 기적

**초 판 1쇄** 2025년 04월 28일

**지은이** 김미애, 김서현, 김효정, 문미영, 백현기, 쓰꾸미, 육이일, 이연화, 조지혜, 조하나, 최지은, 홍순지
**펴낸이** 류종렬

**펴낸곳** 미다스북스
**본부장** 임종익
**편집장** 이다경, 김가영
**디자인** 임인영, 윤가희
**책임진행** 안채원, 이예나, 김요섭, 김은진, 장민주

**등록** 2001년 3월 21일 제2001-000040호
**주소** 서울시 마포구 양화로 133 서교타워 711호
**전화** 02) 322-7802~3
**팩스** 02) 6007-1845
**블로그** http://blog.naver.com/midasbooks
**전자주소** midasbooks@hanmail.net
**페이스북** https://www.facebook.com/midasbooks425
**인스타그램** https://www.instagram.com/midasbooks

© 김미애, 김서현, 김효정, 문미영, 백현기, 쓰꾸미, 육이일, 이연화, 조지혜, 조하나, 최지은, 홍순지, 미다스북스 2025, *Printed in Korea*.

**ISBN** 979-11-7355-221-2 03810

**값 19,500원**

미다스북스는 다음세대에게 필요한 지혜와 교양을 생각합니다.

12명의 저자가 말하는 글 쓰는 일상의 기적

# 평범한 날들을
# 특별하게 만드는 글쓰기

김미애    육이일
김서현    이연화
김효정    조지혜
문미영    조하나
백현기    최지은
쓰꾸미    홍순지

미다스북스

# 글쓰기는 기분이 아닌 기본으로

# 오늘도 글로 나를 일으키다

# 함께 쓰는 문장, 이어지는 우리

# 함께 걷는 길, 함께 사는 삶

노력한 만큼 만족스러운 결과를 늘 얻을 수는 없었다. 그때마다 마음속엔 불안, 초조, 걱정과 같은 검은색 씨앗이 자리 잡았다. 빛없는 음지에서도 자라는 곰팡이와 같았다. 시간이 지날수록 걷잡을 수 없이 번졌다. '어떻게 해야 마음속 곰팡이를 없앨 수 있을까?'

왜 내 삶만 이런 것인지, 앞으로 어떻게 살아가야 하는지 정답 없는 질문을 반복했다. 그러다 감정 북받치는 일 하나 생기면 불쑥 눈물이 쏟아졌다. 바쁘게 살아내느라 잊고 있었던 마음속 곰팡이가 퍼진 탓이었다. 수시로 우울을 앓았다. 어디서든 위로받고 싶었다. 가까운 사람들에게 내 마음을 알렸지만, 다들 자기 삶이 더 힘들다고 했다. 지금 나의 고민과 고통은 사치라고 했다.

강해지겠다고 다짐했다. 마음을 치료받고, 약도 먹어가며 더는 흔들리지 않으려 노력했다. 그럴수록 단편적인 위로에 그쳤다. 시간이 지나면 어느새 효과는 떨어졌고, 더 빠르고 효과 좋은 위로를 찾아 방황했다. 무엇이든 즐겁지 않았다. 누군가 곁에 있어도 외로움을 느꼈다. 차라리 혼자가 되기를 택했다. 그러자 또 다른 외로움, 고독이 나를 기다렸다는 듯 반겼다.

　내 마음을 돌보는 기술을 습득할 수 있다면, 누구에게도 기대지 않고 걸어갈 수 있으리라 생각했다. 다시 질문이 시작됐다. 나라는 존재가 궁금해졌다. 나는 누구인지, 무엇을 좋아하는지, 약점은 무엇인지 알고 싶었다.
　머릿속 질문은 손을 거쳐 종이에 그려졌다. 한 줄 두 줄 해답을 찾아가는 과정에서 '누구든 그렇다.', '배워가는 길이다.', '또다시 찾아온 성장의 기회다.'라고 자신을 위로할 줄 알게 됐다. 그제야 고개를 끄덕일 수 있었다. 때로는 큰 울림 있는 위로보다 묵묵히 곁에 있어 주는 게 힘이 된다는 걸, 내가 울고, 웃는 모든 순간마다 삶이 곁에서 지켜주고 있었다는 걸 나만 모르고 있었다.

　지난 7년 동안 오직 나만을 위로하기 위해 쓰던 내가 다른 사람을 위해 글을 썼다. 같은 마음으로 열두 명이 모였다. 직업도, 나이도, 사는 곳까지 다양했다. 오로지 '위로'와 '성장'을 말하기 위해 빈 모니터 앞에 앉았다.
　처음엔 어색했다. 내 이야기를 남에게 하기 힘든 성격이다. 증명이라도 하듯 유행하는 MBTI 성격 검사 결과는 몇 번을 하더라도 내향적인 'I'가 반복됐다. 그런데도 용기 내어 말하고 쓰기를 반복했다. 가만 보니, 쓰고 나누는 모든 순간 성장하고 있음을 깨달았다. 적어도 같은 마음으로 글 쓰는 '우리'는 서로의 응원군이자, 친구였으니까.
　서로의 삶은 닮아 있었다. 겉으론 조용하지만, 마음속 깊은 곳으로부터 서로를 위해 힘을 북돋아 주고 있었다. 원고의 마침표를 찍었을 때 '오늘'이라는 삶을 살아낸 건 나만이 아니라는 사실을 깨달았다. 각자 자신의 삶에서 만난 어려움을 헤쳐 나가기 위해 노력하고 있는 사람을 만났을 때 격한 위로를 받았다.

이 책은 열두 명의 위로와 다짐을 담았다. 눈물로 얼룩진 삶에서 글쓰기를 통해 위로받은 시간이 모여 자신만의 삶의 한 페이지가 완성됐다. 바라건대, 우리의 한 페이지에 고독을 즐길 줄 알았으면 좋겠다. 당신의 이야기 역시 누군가에게 힘이 될 수 있음을 알았으면 좋겠다.

더불어 우리가 그랬듯 당신의 영혼에도 쓰기를 통해 살아가는 데 필요한 힘을 얻을 수 있기를, 문장의 힘을 충분히 느낄 수 있기를, 오늘이라는 문 앞에서 두려움과 걱정 대신 기대와 용기를 얻을 수 있기를 바란다.

1장, '어느 날, 글을 쓰기로 했다'에서는 각자의 삶에서 글쓰기를 만난 계기를 들려주고 싶었다. 2장, '글쓰기는 기분이 아닌 기본으로'에서는 어려운 상황의 에피소드를 보여주면서도 작가로서의 삶을 놓치지 않은 이야기를 담았다. 3장, '오늘도 글로 나를 일으키다'는 늘 읽고 쓰기 때문에 우리는 모두 작가라는 메시지를 전한다. 4장, '함께 쓰는 문장, 이어지는 우리'에서는 글쓰기에서 얻은 효과와 글쓰기 팁을 나열하였다. 어떻게 하면 글쓰기에 조금이라도 쉽게 다가갈 수 있을지에 대한 작가 열두 명의 이야기가 담겨 있다. 순서는 없다. 조금이라도 끌리는 부분 있다면 그곳에서 마음의 문을 활짝 열었으면 한다. 힘든 시간 묵묵히 이겨낸 사람 이야기가 궁금하다면 2장을, 당장이라도 글쓰기 취미를 가지고 싶다면 4장을 추천한다.

'백작 부족'의 일원으로 매일 읽고 쓰는 중이다. 읽기 전의 삶과 이후의 삶이 다르듯, 쓰기 전과 후의 삶은 하늘과 땅 차이가 됐다. 삶을 고쳐 쓸 수는 없지만, 글은 퇴고할 수 있다. 그렇기에 매일 쓰는 사람은 매일 퇴고하는 삶을 살 수 있다.

삶에는 자신이 통제할 수 없는 일이 할 수 있는 일보다 더 많다. 그런데도 후회와 다짐을 반복한다. **내 힘으로 할 수 있는 일에 집중하는 방법은 오로지 오늘을 기록하는 일뿐이다.** 사소한 경험이라도 좋다. 기록의 기쁨을 누릴 수 있기를 바란다. 지금의 내 모습이 보잘것없어 보일지라도 집중하는 만큼 삶은 나에게 곁을 내어주리라 확신한다.

내가 글 쓰는 일을 사랑하게 될 줄은 상상도 못 했다. 특별한 경험을 한, 특별한 사람만이 쓸 수 있는 줄 알았다. 글쓰기 주제의 공저에 참여하기를 주저했다면 오늘을 기록할 수 없었을 터다. 나에게 있어 글쓰기란, 매일의 일상에서 행복을 찾을 수 있는 길이었다. 모두가 글을 썼으면 한다. 여러분 모두가 글쓰기가 건네는 선물을 받을 수 있기를 기원하겠다.

작가 백현기

# 1장

## 어느 날,
## 글을 쓰기로 했다

# | 1 |
# 멘붕 교사의 '편지 작가' 도전기
## 김미애

글쓰기는 사람의 마음을 치유할 수 있는 유일한 방법이다.

어니스트 헤밍웨이

좋은 교사가 되고 싶었다. 처음 담임을 맡은 2008년은 지옥이었다. 교문을 통과하면 숨쉬기가 어려웠다. 학년 부장 선생님께 매일 혼이 났다.

"왜 김 선생님은 이 선생님처럼 애들을 못 휘어잡을꼬?"

"김 선생님 반만 아니면 우리 6학년이 조용할 건데…."

"이 선생님께 좀 배우세요. 문제가 생기면 다 6반이야."

학교에 출근하는 것이 두려웠다. 우리 반 민준이가 철수의 돈을 빼앗고 때렸다. 미희, 영자, 영숙, 미자는 같이 어울려 다녔지만, 어제는 미희가, 그 전날에는 영자가, 그 전주에는 영숙이가 나에게 친구들에게 따돌림을 당해 속상하다고 이야기하고 갔다. 수업 종이 울린 뒤 교실의 빈자리를 봤다. 남자아이들 자리가 텅 비어 있었다. 교실 시계가 잘못되었는지, 종이 잘못 울린 것인지…. 핸드폰 시계를 보니 수업 시작종이 맞다. 운동장에는 우리 반 남학생들만 신나게 축구를 하고 있었다. 은철이는 양손에 쥔 커터 칼을 드르륵 갈며 아이들에게 말했다.

"내가 얼마나 무서운지 보여줄까?" 마치 영화의 한 장면처럼.

우리 반 회의 시간에 아이들이 가장 많이 하는 말은 "네가 뭔데?", "네가 잘났어?"였다. 학급 회의가 아니라 말싸움의 현장으로 순식간에 바뀌었다. 나는 수업을 하고 나면 항상 목이 쉬었다. 철수는 수업이 재미없는지 수업 중에 자기가 하고 싶은 이야기를 크게 했다. 수업에 집중하지 않는 학생이 더 많았지만, 내 목소리가 잘 들리면 나을까 싶어 큰 목소리를 냈다. 그래도 목만 아프면 다행이었다. 아이들의 낄낄대는 웃음소리가 들렸다. 나 몰래 주고받는 쪽지 내용이 뭐가 웃긴지, 쑥덕거리는 아이들 소리가 나를 더욱 힘 빠지게 했다.

미자가 미희를 때렸다. 나는 미자에게 말했다.

"폭력은 어떠한 이유로도 용납될 수 없어요. 인간답게 살려면 인간답게 행동해야 합니다."

미자는 얼굴이 빨개지고 씩씩거리며 집으로 돌아갔다. 다음 날, 미자의 언니가 학교에 찾아왔다. 스무 살이 갓 지나 보이는 미자 언니는 빨간 뾰족 구두를 신고 연구실에 들어왔다. 연구실 밖에 '실내화를 착용해 주세요.'라고 크게 써 붙인 종이를 못 봤나?

나를 보자마자 그녀가 큰소리쳤다.

"야! 너 내 동생에게 사과해."

평범한 날들을 특별하게 만드는 글쓰기

첫마디부터 반말이었다. 인사는 집에 두고 왔고, 예의는 헐값에 팔았나 보다. 부장 선생님은 나에게 무조건 "죄송합니다."라고 하라고 했다.

'나는 잘못한 게 없는데…. 잘못은 미자가 했다. 왜 내가 죄송하다고 말해야 하는 걸까?'

"네가 인간이라고 말할 자격이 있어? 네가 뭔데 내 동생에게 인간이라는 단어를 꺼내는 거야?"

그녀는 큰소리쳤고, 눈앞이 점점 뿌옇게 흐려졌다. 어느새 나는 "죄송합니다."라고 말하고 있었다.

진수의 어머니가 나에게 전화를 한 적도 있었다. 진수는 숙제를 일절 해오지 않았다. 매일 지각하는 불성실한 학생이었다. 그래서 진수는 나에게 혼이 났다. 진수 어머니와 1시간 넘게 통화를 했다. 뜨거웠다. 오랜 통화를 하면서 전화기가 뜨거운 것인지, 내 얼굴이 뜨거운 것인지 잘 모르겠다. 어머니는 말했다.

"진수가 학원 숙제할 시간도 없는데 어떻게 학교 숙제를 해?"

"선생님은 아이를 안 낳고 안 키워봐서 몰라."

'그래…. 나는 아이를 안 낳고 안 키워봤지만, 그 누구보다 학생들을 사랑하고 열심히 교육하고 있는데, 왜 몰라줄까?'

우리 반 학생들이 나오는 악몽을 자주 꿨다. 악몽을 꾼 날은 어김없이 반에서 사고가 일어났다. 서로 싸우거나 왕따, 도난 사건, 심지어 학생이 다치는 사고가 발생했다. 그래서 아이들이 나오는 악몽이 두려워 잠을 자지 않으려고 노력도 했다.

학생들에게 쉬운 선생님이 되고 싶지 않았다. 무섭게 보이기 위해 무채색 옷을 입고 매섭게 눈꼬리를 강조한 화장을 하며, 웃지 않았다. 학생들 앞에서 실수하거나 덤벙대는 모습을 보이기 싫어 수업 준비를 열심히 했다. 학교에서 가장 늦게 퇴근하는 교사가 되었다. 학생의 잘못된 행동에 큰 소리로 화를 내고 엄한 벌을 주었다. 하지만 우리 반은 변하지 않았다. 우리 관계는 더욱 나빠졌다. 교사라는 직업이 고통스러웠고, 나와 맞지 않아 평생 할 수 없을 것 같다는 고민이 생겼다.

2008년 여름방학, 강원도에서 열리는 학급경영 연수에 참여했다. 교대를 졸업했지만, 누구도 나에게 학급을 잘 이끌어가는 방법을 가르쳐주지 않았다. 그래서 항상 답답했다. 선배 교사의 학급 운영 비법을 배울 수 있다는 연수를 듣기 위해 먼 길을 달려갔다. 칠판에 적는 짧은 편지인 '칠판 아침 편지'가 학급 운영에 큰 도움이 된다고 한다. '편지 쓰기'는 내 진심을 전하기에 충분한 방법일 것이다.

'편지…. 쉬운데?'

'아침에 편지를 받으면 기분 좋겠다. 우리 반 친구들도 좋아하겠지?'

하지만 나는 칠판 글씨를 예쁘게 쓰지 못해 걱정되었다.

'칠판 말고 종이에 써 줘야겠다. 한 번 해보자.'

2008년 2학기 첫날, '아침을 여는 편지'가 시작되었다.

학생들에게 첫 편지를 쓰는 것은 어려웠다. 무슨 말로 시작해야 할지, 어떤 말을 해야 할지 오랜 고민을 했다. 나의 감정과 쌓였던 오해에 관한 속 마음을 솔직하게 썼다. 편지를 쓰면서 많이 울었다. 속이 후련해지고, 고통이 치유되는 기분도 들었다. 연애편지를 쓰듯 정성껏 첫 편지를 완성했다. 학생 수만큼 인쇄한 뒤 책상 위에 한 통씩 놓아두었다. 학생들의 반응이 궁금했다. 긴장되어 교실에 앉아있지 못하고 연구실로 숨었다. 많은 학생이 등교한 뒤, 교실 안에서 편지를 본 학생들의 반응을 복도 창문에서 몰래 지켜보았다. 책상에 놓인 낯선 종이. 아이들은 "이게 뭐야?" 하며 궁금해했다. 선생님이 쓴 편지라는 것을 안 뒤, "신기하다!"라고 했다.

나는 지금도 매일 편지를 쓴다. 어느덧 16년이 지났다. 한 통씩 쓰다 보니 편지가 쌓였다. 독자인 학급 학생들이 편지를 읽는 시간만큼은 가만히 앉아 미소를 띠는 걸 보면서 뿌듯하다. 나의 경험을 나누고 싶다는 생각이 들었다. '그동안 써왔던 편지가 이렇게나 많은데…', '내 편지가 책에 실려 누군가에게 읽힌다면 얼마나 좋을까?' 나도 연수에서 배운 칠판 편지를 변형하여 '아침을 여는 편지'에 적용했었다. 편지를 모아 책으로 만들겠다는 욕심이 생겼다. 그동안 써왔던 편지를 정리하면서 나의 삶의 역사를 되돌아보게 되었다. **편지를 쓰기 전에는 학교에 가는 발걸음이 무겁기만 했다. 하지만 편지를 쓰기 시작하면서 교실이 바뀌었고 무엇보다 내가 가장 많이 변했다.** 교사로서 무능력을 자책하며 자신감이 부족했던 내가 글을 쓰면서 자존감이 높아지고 긍정적인 사람이 되었다. 어느새 아침 편지를 쓰면서 작가라는 꿈을 꾼다. 작가가 되기 위해 노력하면서 무료했던 나의 삶이 열정적으로 변화되었다.

나는 매일 편지를 쓰는 작가다. 교사이지만 작가로서 오늘도 출근한다. 오늘 하루는 어떤 일이 일어날지 걱정보다는 설레는 마음이 크다. 학교에서 일어나는 모든 일과 나의 일상이 편지와 나의 글의 주제가 될 생각에 하루하루가 즐겁고, 기대된다.

# | 2 |

# 끄적이기부터 했다

김서현

글쓰기는 자기 자신을 발견하는 여정이다.

애니 딜러드

　중학교 1학년 사춘기 소녀 시절, 어느 날 집 앞 문구점에 들렀다. 나만의 일기장이 갖고 싶어서였다. 사춘기 소녀의 감성을 채울만한 예쁜 표지의 일기장이 뭐가 있을까. 하늘색 바탕 청순한 캐릭터가 그려져 있는 일기장 하나가 문득 눈에 들어왔다. 자그마한 자물쇠도 달려 있었다. 엄마와 아빠도 볼 수 없는, 오직 나만 쓰고 읽을 수 있는 일기장. 내 감성을 넉넉히 충족시키기에 안성맞춤이었다. 삼천 원을 주고 일기장을 구매해 '비밀이'라는 이름도 붙여줬다. 그날부터 일기를 써나갔다.

　『안네의 일기』 속 안네와 일기장처럼, 나와 비밀이도 단짝 친구였다. 중학교를 졸업해 고등학생이 되어서도 한창 사춘기를 겪던 하루들을 기록하며 나만의 시간을 만들었다. 그러다가 대학 시절, 기숙사에서 이사를 하다가 내 오랜 친구인 비밀이를 잃어버리는 사건이 일어났다. 학교 게시판에 일기장을 찾는다는 글을 써서 올려도 보았지만 끝내 찾지 못한 채 졸업해 버렸다. 중학교 1학년부터 그 당시까지의 시간을 통째로 잃어버린 것 같았다. 소중한 사람과 이별하면 이런 마음일까. 가슴 한 곳에 큰 구멍이 뻥 뚫린 듯한 느낌은 아직도 잊을 수 없다.

새 일기장을 사서 다시 일기를 쓰기 시작하면 그만이지만, 학창 시절에 속상할 때마다 내 이야기를 들어주던 비밀이가 아닌 이상 의미가 없을 것 같았다. 억지로는 쓰기 싫었다. 그냥 내가 진심으로 다시 일상과 감정을 기록하고 싶어질 때까지 시간을 두고 기다려 보기로 했다.

대학교를 졸업하고 취직할 때까지 4년 정도 시간이 지났고 시대도 변화했다. 무언가를 기록하는 것도 이제는 스마트폰이나 태블릿에 하는 시대가 되었다. 종이와 펜을 찾는 일이 줄었다. 스마트폰에 기록하면 훨씬 쉽고 빠르게 기록할 수가 있었다. 자연스럽게 일기 쓰기 앱이 생겨났다. 이제 직장인이니 새롭게 다시 일기를 써봐야겠다고 마음먹고 일기 앱을 하나 다운 받았다. 앱의 이름은 '세 줄 일기'였다. 세 줄만 써 넣으면 그날의 일기가 완성되는 앱이었다. 간단히 끄적이기만 할 수 있는 이 세 줄 일기가 마음에 들었다. 2019년부터 세 줄 일기를 쓰기 시작했다. 가끔 긴 내용을 덧붙이고 싶은 날에는 내용을 추가할 수도 있었다. 그렇게 세 줄씩 끄적이던 일기가 모이니 400편이 넘었다. 중간에 이 일기를 종이책으로도 만들어 보았다. 내 이야기를 책으로 만드니 느낌이 남달랐다. 한 번씩 펼쳐볼 때마다 내 삶을 책으로 남기고 싶다는 욕심이 들었다. 1년, 2년 시간이 흐르고 몇 년 사이에 나의 세 줄 일기에는 직장 생활, 결혼, 임신, 유산, 휴직과 복직 등 드라마 같은 이야기들로 가득 찼다. 언젠가는 이 모든 이야기들을 책으로 엮어보리라 마음먹으며 생각날 때마다 일기를 끄적였다. 어릴 때나 커서나 끄적이기를 좋아하는 나였다.

아기를 낳고 1년간 휴직했던 직장을 다시 다니게 되었다. 새롭게 복직하면서 같이 일하는 동료들도 바뀌었다. 그중 반가운 얼굴이 있었다. 5년 전, 같은 학년에서 부장으로 일했던 선배 교사. 1년간 같이 일한 후 서로 다른 학년으로 갔다가 선배가 다른 곳으로 직장을 옮겨 만날 수가 없었는데, 그해 다시 같은 학교에서 재회하게 된 것이다.

내가 기억하는 선배는 내공이 탄탄하고 야무진 교사였다. 5년 전에 후배인 나에게, '교사도 자기만의 브랜딩을 만들어야 한다.'라며 피가 되고 살이 되는 이야기도 해주었던 멋진 사람이었다. 선배가 다시 우리 학년의 부장을 맡기로 했다. 선배와 같은 학년에서 다시 만난 것도 좋은데 부장을 맡는다고 하니 더욱 좋았다. 휴직이라는 1년의 공백으로 생긴 부족한 점을 선배에게 배우면서 메꾸면 되겠다고 생각했다.

함께 일하게 된 지 얼마 되지 않아 선배가 선물을 하나 주었다. 『여자, 매력적인 엄마 되는 법』이라는 제목이 적힌 핑크빛 화사한 표지의 책 한 권이었다.

"부장님, 감사합니다. 그런데 웬 책이에요?"

"내가 쓴 개인 저서야. 워킹맘 이야기니까 서현 선생님도 읽어보면 많이 공감될 거야. 같은 학년에서 일하게 된 기념으로 주는 선물이야."

선배가 직접 쓴 책이었다. 몇 년 전에 선배가 책을 냈다는 이야기를 얼핏 들은 적이 있었는데, 이후로도 몇 권의 개인 저서와 공저 책을 냈다고 했다. 아이들 돌보랴, 직장 다니랴 바빴을 텐데 몇 권씩이나 책을 쓰는 선배가 멋지고 존경스러웠다. 그 주 주말에 선배가 준 책을 펼쳐 들었다. 세 자매를 키우며 직장 다니는 워킹맘의 선배 본인의 이야기였다. 책을 읽으며 웃기도 하고 울기도 했다. 나도 아이 하나만 키워도 너무나 힘들었는데, 아이 셋 키우며 나보다 더 힘들었을 선배의 이야기가 깊은 위로로 다가왔다. 하루 만에 선배의 책을 다 읽었다. 책을 덮고 나니 무언가 가슴 속에서 따뜻한 에너지가 넘쳐 올라왔다. 나도 육아와 직장 생활 모두 다 잘할 수 있겠다는 자신감, 나 자신을 더 사랑해 주고 싶은 마음, 새롭게 무엇인가를 해보고 싶다는 욕구가 솟구쳤다. 끄적이기만 좋아했지 책과는 거리가 멀었던 나였지만, 나도 글로 누군가를 다독이며 힘을 불어넣고 싶다는 생각이 들었다. 끄적거림을 '글쓰기'라는 더 생산적인 활동으로 바꿔보고 싶었다.

며칠 뒤 회식 자리에서 선배에게 말했다. 나도 선배처럼 책 써보고 싶다고. 책 쓰기에 관한 지식이 전혀 없는 나였기에 너무 날것의 질문이 아닐까 걱정했다. 하지만 선배는 명쾌하게 대답해 주었다. 일단 써보라고. 블로그를 열어서 일단은 쓰라고. 이후에 책 쓰는 방법은 따로 배우면 되니까 뭐든 써보라고 했다. 조언대로 블로그부터 단장했다. 그리고 카테고리를 만들어 육아일기, 교단에서의 이야기, 하루하루 느꼈던 감정 등 뭐든지 기록했다. 그리고 책과 글쓰기 강의도 신청했다. 어린 시절 일기 내용이 생각이 나서 쓰고 싶어졌다.

2024년 여름, 좋은 기회를 얻어 공저 책을 쓰게 되었다. 밤에 아기를 재운 뒤 늦은 시간까지 글을 써 내려갔다. 내가 선배의 책으로 위로를 받은 만큼 내 글도 누군가에게 힘이 되리라 믿으며. 글을 읽고 또 고치는 과정이 쉽지는 않았지만, 결국 완성했다. 그리고 그해 가을에 출간 계약을 성사해 겨울에 책이 발간되었다. 내 인생의 첫 책. 가족과 친구들이 축하한다며 책을 사 주었다. 책을 읽은 친구들이 말한다. 내 글이 많은 힘이 되었다고. 그 말을 듣는 나는 글쓰기를 다짐했던 그때로 다시 돌아가 본다. 글쓰기를 좋아하고 책을 써본 선배를 다시 만나지 않았다면, 그리고 선배가 준 책을 읽지 않았다면 내가 과연 세상에 책을 낼 수 있었을까. 책과 글쓰기에 관심을 가질 수 있었을까. 더 앞으로 돌리자면, 어릴 때부터 끄적이기에 관심이 없었다면 감히 책을 내리란 상상조차 할 수 없었을 것이다. 다시 말해 책을 쓰려면 끄적이기부터 시작하면 된다는 뜻일 것이다.

그렇게 나는, 책을 쓰는 작가가 되었다. 작가라는 호칭이 거창해 보이는가. 나는 그저 오늘도 무엇을 쓸지, 어떤 내용을 끄적일지 고민한다. 어릴때부터 써 온 일기로 내 삶을 연결한 덕분에 세상에 책도 내놓았다. 지금까지 끄적여 온 것들을 되돌아본다. 비밀이, 세 줄 일기, 블로그, 공저 집필. 돌아보니 숨 쉬듯이 글을 써 왔다. **글을 쓰며 순간마다 의미를 부여한 덕분에 나는 성장했다.** 그저 펜을 들기만 하면 되었다.

오늘도 나는 순간을 기록한다. 세상의 모든 것이 글감이다.

평범한 날들을 특별하게 만드는 글쓰기

# | 3 |

# 기록은 내 보물

김효정

책은 단순히 지식의 보물이 아니라, 세상을 이해하는 열쇠이기도 하다.

조지 오웰

나에게는 보물창고가 있다. 그곳에 들어있는 여러 보물 중 하나는 구글 지도다. 나는 여행할 때, 다녀온 곳을 노란 별로 표시해 두는 버릇을 가지고 있다. 그렇게 찍어놓은 노란 별이 세계지도 곳곳에 수두룩하다. 젊었을 적, 틈날 때마다 여행을 다녔다. 여행을 위한 돈은 중요하지 않았다. 시간과 신용카드, 여권만 있으면 여행은 언제나 가능했다. 빚 여행은 당연한 거였다. 고민하지도 않았고 걱정하지도 않았다. 걱정은 여행을 다녀온 뒤에 하는 것이다. 가고 싶다는 마음이 제일 중요했다. 그렇게 다닌 도시가 부루마블보다 많다.

두 번째 보물은 SNS에 담긴 내 기록이다. 다른 나라에서 일정 기간 근무한 후 한국으로 돌아올 때쯤 되니 그곳의 경험이 하나하나 너무 소중하게 다가왔다. 그래서 일상을 SNS에 기록하기 시작했다. 사소한 것 하나라도 잊고 싶지 않아서 내가 만났던 사람, 했던 일, 장소 등 소중한 사람들과의 일상과 풍경을 기록했다. 일상의 특별함을 깨닫게 된 순간이었다.

세 번째 보물은 감사 일기다. 아기를 갖고 싶었다. 차 뒤편에 붙어 있는 "아이가 타고 있어요."란 스티커를 볼 때마다 얼마나 부러웠는지 모른다. 기다리던 천사가 왔을 때, 그 기분이란 말로 표현을 할 수가 없다. 아직도 임신테스터를 들고 떨고 있던 손이 기억난다. 임신 중 사건이 많았는데 그때마다 불안한 마음을 다스리고 하루를 무사히 보낸 것을 감사하는 마음으로 일기를 썼다. 그러다 매일 새로운 날을 맞이할 때마다 기쁨과 감사로 일기를 적었다. 일기는 읽을 때마다 과거와 견주어 현재를 감사하게 하고, 더 나은 미래를 위한 방향을 잡아주었다.


기록이 내 보물인 이유는 기록은 소중했던 순간을 상기 시켜주기 때문이다. 구글 지도 속 별은 언제나 나를 그 장소로 데려다준다. 스위스 루체른에 찍힌 노란 별은 그날 그곳의 풍경을 떠오르게 하고 가슴 가득 품었던 그날의 소망을 기억나게 한다.

아름다운 피어발트 슈테르호로 둘러싸인 루체른이지만 내가 방문했던 날은 안개가 많이 낀 날이었다. 언덕 벤치에 앉아, 한 치 앞도 내다볼 수 없는 호수를 바라보는데 물은커녕 하늘도 보이지 않았다. 안개 속에는 나만 홀로 있었다. 여기까지 왔는데, 언제 다시 올지 모르는데 아무것도 보지 못한 채 그냥 돌아가기엔 너무 아쉬웠다. 외로움과 막막함이 가득한 그때, 저 구름 너머에 있을 푸른 하늘이 그날따라 간절히 보고 싶었다. 그래서 마음을 담아 두 손 꼭 잡고 기도했다. 어려움을 극복해서 긍정적 미래로 향하게 하는 힘을 나는 소망이라고 부른다. 나는 소망 있는 삶을 살고 싶었다. 그날 그 기도는 소망 있는 삶의 가치를 묻는 표적을 구하는 것이었다. 비록 눈앞에 어려움은 있을지라도 그 뒤에 있을 푸른 하늘을 믿고, 안개를 헤쳐 나갈 용기를 얻고 싶은 마음이었다.

간절함은 특별하게 응답되었다. 구름으로 두껍게 가득 찼던 하늘이 일부분만 동그랗게 뚫린 것이다. 구름 터널 속에서 기대했던 것보다 더 파랗게 하늘이 빛나고 있었다! 노란 별로 그날의 파란 하늘이 지금도 구글 지도 위에서 빛나고 있다.

기록은 또 사람도 잃지 않게 붙잡아둔다. 오랜만에 고향을 찾았다. 대학을 부산에서 다닌 바람에 고향을 떠났지만, 친구들은 여전히 그곳에 살고 있다. 그들의 자녀가 그때의 우리 나이가 되었다. 당시 방문했던 기록이 있다.

"골목길은 그대로인데 즐비하게 놓여 있는 상점들은 죄다 새로운 것으로 바뀌어버렸어. 시절이 하도 흘러 골목길 따라 기억을 떠올리며 걷는데, 나, 생각보다 이곳을 많이 그리워하고 있었구나 싶더라. 오랜만에 다시 온 친구를 만나기 위해 한걸음에 달려 나와 준 친구들, 고마워. 내 일을 자기일 같이 기쁘게 여겨 주고 자신의 이야기도 편하게 얘기해 주는. 우리 서로 이해해 줄 걸 아니까, 25년이 넘는 시간이 그런 부연 설명을 필요 없게 하니까 그래서 친구인가 봐. 너희들이 있어 이 골목길이 좋았다. 예전이나 지금이나. 학교 끝나자마자 교복 입고 재잘재잘 떡볶이 집으로 들어갔었지. 왁자지껄 한참 얘기한 후에 다시 만화책 빌려 우리 집에 와서 깔깔거리며 뜨끈한 연탄방에 배 깔고 드러누워 버스 시간이 될 때까지 그렇게 이야기를 계속 이어 나갔잖아? 그때 그 이야기가 이 골목길에 그대로 젖어 있는 듯해. 아주 오랜만에 찾은 곳인데 변했다면 꽤 많이 변했는데 아직 따스하다. 고마워."

오랜만에 읽어도 기록은 그때 내가 친구들에게 느낀 고마움과 사랑을 여전히 느끼게 해준다. 그리고 친구의 소중함을 잊지 않게 해준다. 그래서 그 친구들을 잃지 않게 한다. 세월이 지나도 우리가 여전히 친구인 이유는 그 시절을 붙잡고 있기에 그렇다.

과거 나는 기록을 잘하는 편은 아니었다. 사진도 찍고, 동영상도 남기고, 일기도 쓰긴 했지만, 늘 뒷장이 많이 남아 있었던 일기장처럼 첫 마음이 유지될 때까지만 열심을 부릴 뿐이었다. 그 때문에 일부 인상적인 사건은 기억하지만, 대부분은 잊어버려 지난 세월을 돌아볼 때마다 그게 참 아쉽고 아까웠다.

그러다 친구의 권유로 SNS를 시작했다. 그 후 의미 있는 기억을 기록으로 끈기 있게 남겨두기 시작했다. SNS는 참 편리했다. 사진과 동영상 탑재가 쉬웠고, 언제 어디서든 다시 볼 수 있어서 좋았다. 한 가지 아쉬운 점은 너무 늦게 시작해서 최근의 몇 년간의 기록만 남아 있다는 점이다. 늦음에 대한 후회는 늘 반복하지만 그래도 후회는 늦게라도 시작하게 만든다. 기록의 소중함을 깨달은 후 나태함은 더 이상 나의 적수가 아니다. 기록이 즐겁다. 계속해서 일상에서 특별함을 포착하고 싶다. **그래서 일상의 특별함을 남기는 작가가 되고 싶다.**

# | 4 |

# 꿈은 변하는 거야

### 문미영


글쓰기는 재능이 아니라 기술이다. 많이 쓸수록 더 나아진다.

제프리 아처


원래 나의 꿈은 영어 통·번역가였다. 유학을 다녀오지 않았지만, 영어를 잘한다는 칭찬을 많이 들었다. 국제 행사에 참여하는 사람 중 영어에 어려움이 있는 사람을 돕고 싶었다. 통·번역가라는 직업과 딱 맞았다. 중고등학교 때까지만 하더라도 영어 성적이 좋았다. 시험 한번 볼 때마다 꿈에 한 발짝씩 가까워지는 기분이었다. 하지만 나만의 착각이었다. 토익시험의 유형 중 기존 듣기와 독해에서 말하기 부분이 늘어나며 나의 영어 시험 성적은 떨어지기 시작했다. 게다가 경북 영어 경시대회에 학교 대표로 나갔으나 등수에도 들지 못하고 탈락했다. 그제야 나는 우물 안의 개구리였다는 걸 깨달았다. 결국, 어린 시절부터 꿈꾸었던 통·번역가는 포기하게 되었다.

고3 시절 내가 좋아하는 일, 잘하는 일을 고민했다. 같은 반 짝꿍이었던 민정이와 진로 이야기하며 "내가 잘하는 일이 뭘까?"라는 질문을 했다.

"미영이는 내 이야기 듣고 호응도 잘해주니까 상담사 혹은 선생님 같은 직업은 어때? 너랑 대화할 때 내 기분이 좋아지거든."

"상담사? 선생님? 생각해 본 적 없는데?"

"고민해 봐. 돈이 들어가는 것도 아닌데 뭘."

그동안 영어 공부만큼은 꾸준히 했기에 영어 선생님을 꿈의 후보군에 넣었다.


스물네 살부터 포항의 한 영어학원에서 선생님 일을 했다. 초등학교 저학년과 중학교 1, 2학년을 가르쳤다. 보람보다 상처가 컸다. 원장의 갑질, 극성 학부모의 치맛바람에 스트레스를 많이 받았다. 나이가 어려서였을까, 아니면 나의 경력이 부족해서였을까, 원장은 나를 만만하게 여겼다. 다른 강사와 같은 잘못을 하더라도 나를 좀 더 혼냈다. 상의 없이 수업 시간을 늘렸다. 기존 수업하는 반을 아침에 통보하고 바꾸기도 했다. 급기야 CCTV를 설치해서 수업하는 내 모습을 감시했다. 조금이라도 실수하면 그날 저녁 퇴근 시간 붙잡아 놓고 조언을 핑계로 험한 말을 했다. 그런데도 꾹 참았다. 내가 하고 싶은 일이었고, 아이들을 사랑하는 마음이 원장에 대한 원망보다 컸으므로 가능한 일이었다. '내가 더 잘하고 열심히 하면 원장 선생도 언젠가 나를 인정하는 날이 오겠지.' 하며 힘을 냈다. 하지만 나의 바람이 너무 컸던 걸까? 삶은 꿈을 위해 걸어가는 나를 흔들기 시작했다. 이번엔 학부모가 학원으로 찾아와 나에게 손가락질하며 험한 말을 했다.

자신의 아이 성적이 오르지 않은 걸 내 탓으로 돌렸다.

스트레스가 심했다. 입맛도 없었다. 바쁘다는 핑계로 끼니를 건너뛰었다. 퇴근 후 배고픔에 야식을 먹으며 버텼다. 이 때문에 호르몬이 불규칙해지기 시작했는지 살까지 급격히 쪘다. 처음 일을 시작했을 때보다 10kg 넘게 쪘다. 더는 버티기 힘들었다. 부모님도 힘든 내 모습을 지켜보던 터라 잠시 쉬기를 권했다.

20대 후반에 중소기업에 취업했다. 적성에 맞지는 않았지만 일을 해야 했다. 꿈과 현실에서의 괴리감으로 방황보다는 지금 내가 할 수 있는 일에 노력을 쏟고 싶었다. 내 삶을 조금씩 성장시킬 수 있으리라 기대했다. 하지만 기대와는 달리 사수에게 자주 혼났다. 컴퓨터 문서 작업을 자주 하였는데 한글 정도는 할 수 있었지만, 엑셀로 수식 작업까지는 어려웠다. 퇴근 후에도 인터넷에서 자료를 찾아가며 공부하며 버텼지만 쉬운 일이 아니었다. 여직원 숫자도 얼마 되지 않았다. 나를 포함하면 열 명이 안 됐다. 여직원들의 텃세 때문에 몰래 울기도 했다. 현실이라는 벽은 높았다. 원망스럽기까지 했다. 나는 왜 되는 일이 없느냐고 자책했다.


삶의 어려운 시기에 지금의 남편을 만났다. 멋진 남자였다. 몇 번의 이직에 힘들어하는 내 어깨를 항상 보듬어 줬다. 만약 남편이 없었다면 버티지 못했을 터다. 신혼살림을 시작하면서부터 임신 준비를 했다. 하지만 삶은 내 편인 적이 없었다. 아이가 생기지 않았다. 이제 좋은 일만 생길 것으로 생각했는데 현실의 벽은 계속 높기만 했다. 유산도 네 번이나 했다. 스트레스가 쌓였다. 급기야 머리카락도 빠지기 시작했다. '나는 평생 아이를 가질 수 없는 건가?'라는 생각도 들며 겁이 났다. 원하고 노력하는데 아기가 안 생기니 의기소침해지고 자존감이 떨어졌다. 바로 그쯤, 인스타그램에서 오래 알게 된 친구가 있었다. 평소 책을 자주 읽는 취미도 가지고 있어 내심 본받을 점이 많다고 생각하는 중이었다.

"미영 씨, 혹시 제가 가입한 독서 모임이 있는 데 한번 참여해 보실래요?"

"독서 모임? 나는 책도 잘 안 읽는데? 에이, 낯선 사람들이랑 이야기하는 것도 겁나요."

"아니에요. 책 읽는 것도 중요하지만 사람들과 이야기 나누면서 마음속에 담아두고 하지 못한 말도 하면서 보내면 무언가 힐링이 되더라고요."

"정말요? 그럼, 저도 한번 해볼까요?"

"네! 온라인 독서 모임인데 제가 리더님 인스타 주소 알려 드릴게요. 팔로우하시고 신청해 보세요."

읽기가 쉽지는 않았지만, 사람들과 이야기 나누기 위해서는 억지로라도 읽어야 했다. 한두 번 참여한 독서 모임이 어느새 열 번이 넘자, 글쓰기에도 관심이 생기기 시작했다. 그때 〈책과 강연〉에서 '100일 100장(100일을 쓰면 100장이 된다.)'을 운영하고 있다는 걸 알았다. 10기부터 합류하여 100일 동안 매일 빠지지 않고 글을 써 인증하는 프로그램이었다. 곧바로 도전장을 내밀었다. 새로운 꿈에 다가가는 도전이었다. 12기, 16기로 총 3번(총 300일)을 완주했다.

우연히 황상열 작가의 글쓰기 수업을 알게 됐다. '황무지 라이팅스쿨'이었다. 1회만 결제하면 평생회원이라는 달콤한 멘트도 좋았다. 수강료가 100만 원이 넘었지만, 이번만큼은 현실의 벽을 뛰어넘는 사람이 되고 싶었다. 남편과 상의하여 참가 신청서를 내고 본격적으로 예비 작가의 길을 걷기 시작했다.

수업이 쉽지는 않았지만, 사람들과 나의 이야기를 공유하며 써 내려가는 시간이 행복했다. 그 결과 2024년 1월, 공저『글로 옮기지 못할 인생은 없습니다』와 같은 해 9월 공저『책 한잔 어때요』를 출간했다. 시험관 시술과 유산을 겪은 안 좋은 상황에서도 꾸준히 글을 쓴 결과였다. 하지만 내 도전은 여기서 그치지 않았다. 개인 저서를 준비했고 1년 만에『기다림의 고백 그리고 희망을 향한 여정』이라는 난임 에세이를 출간했다. 이 글을 쓰면서『나를 살게 하는 빛, 격려』공저도 출간하였다.

**꿈을 미리 정해 놓고 달리는 사람이 있는가 하면, 자신에게 주어진 길에서 최선을 다하다 기회를 잡는 사람이 있다.** 나는 늘 최선을 다했지만, 현실의 벽 앞에 자주 넘어졌다. 그런데도 포기하지 않았다. 꿈은 결정이 아니라 선택이었다. 늘 어렵고 힘든 삶에서 비관만 하고 있었다면 내 삶은 아직도 상처뿐일 터다. 글과 가까워지면서 상처가 아물었다. 새살이 돋기 시작했고 굳은살이 됐다.

어릴 적 마음속 담아둔 내 꿈을 이루지는 못했지만, 미래의 문미영을 위해 나는 오늘도 최선을 다할 뿐이다. 기다려, 미영아!

# |5|

# 재미없는 글쓰기를 시작합니다

### 백현기

집에 돌아와 문을 닫고 어두운 실내에서 혼자라고 중얼거리지 마라. 혼자가 아니다.
특별한 재능과 신이 네 안에 있다. 그들이 너를 알기 위해 무슨 불빛이 필요한가?

에픽테토스

혼자만의 시간을 가질 수 있는 일을 찾기 시작했다. 음악 듣기, 카페에 앉아 커피 한잔에 경치 구경하기를 해봤지만, 단순 취미를 넘어 무언가의 인사이트를 얻기 위한 시간을 갖고 싶었다. 고민 끝에 도달한 곳이 독서였다.

각자의 마음에 쏙 드는 취미생활 하나쯤은 있을 터다. 나에게 독서가 그랬다. 고독을 즐기는 매력이 있었다. 햇볕 좋은 날 벤치에 앉아 책을 읽을 때도, 카페에 앉아서도, 주변에 사람이 아무리 많아도 순간의 고독을 즐길 수 있는 내가 됐다.

문제는 오롯이 나에게만 집중하는 시간이 많지 않았다는 점이다. 유튜브 음악을 틀어 놓고 책 읽으려다가 쇼츠 영상의 무한 알고리즘에 빠져 얼렁뚱땅 시간을 보낸 적도 많다. 세상에 재미있는 일이 많다. 스마트폰 하나면 몇 시간 도둑맞는다. 한참이 지나서야 시간을 확인하고는 자괴감에 빠진 날도 있었다. 그렇다고 나를 다그치거나 비난하지는 않았다. 지금부터라도 정신 차리고 스마트폰의 전원을 꺼버리면 될 일이니까.

책 한 권을 다 읽어도 내용이 기억나지 않아 '지금까지 뭘 한 거지?' 한 적도 많았다. 독서 노트를 쓰면 기억에 도움 된다는 말에 몇 번 써봤지만, 워낙 악필인 까닭에 쉽지 않았다. 직접 쓴 글씨를 나도 못 알아볼 정도였다. 그러니 그마저도 얼마 못 갈 수밖에. 쓰기가 노동처럼 느껴졌다. 결국에는 하기 싫어졌다.

어느 한 날, 『미움받을 용기』를 읽다 펜을 들었다. 공감 가는 문장에 밑줄을 그었다. 책의 여백에 작가의 말에 호응이라도 하듯 몇 마디의 말을 적었다. 나만의 독서 노트이자, 본격적으로 작가와의 대화가 시작되는 순간이었다. 얼굴 한 번 본 적 없는데도 마주 앉아 이야기를 나누는 듯한 착각까지 들었다.

책이란 자신의 경험을 통해 도움이 될 수 있는 정보를 만드는 도구였다. 글 한 편에 한 개의 비법, 책 한 권에 작가의 수십 가지 지혜가 담겨 있었다. 예를 들면 이렇다. 글을 쓰기로 해놓고서는 유튜브 영상에 빠지는 습관을 고칠 방법이라거나, 매일 아침 스마트폰의 알람을 '5분' 뒤로 다시 맞추는 습관을 고치는 방법 말이다.

요즘 퇴근하면 현관 앞 택배 상자가 나를 반겨준다. 일주일에 두 번은 온다. 책이다. 신간 서적도 있고 지인의 부탁을 받아 서평을 쓰기 위해 받는다. 의무감 때문이라도 읽고 쓴다. 이번에는 또 어떤 이야기가 담겨 있을지 포장지를 뜯는 동안 심장 박동수가 점점 빨라진다.

한 번은 지역 신문사에 '당신의 취미가 무엇입니까?'라는 글을 써 기고한 적 있다. 무더위를 피해 떠나는 휴가를 책과 함께한다면, 색다른 즐거움을 선물 받을 수 있을 것이라는 내용이었다. 다른 글에 비하면 부족했을 텐데도 운 좋게 실렸다. 취미가 독서라고 하면 "성격이 차분하고 조용하실 것 같아요."라고 하겠지만, 꼭 그렇지만은 않다. 때로는 숨 막힐 것 같은 적막함을 피해 시끄러운 음악 소리 가득한 헬스장을 찾는다. 온몸을 짓누르는 무게와 싸우고, 가슴이 터질 것 같은 순간까지 달리기도 한다. 운동이든, 독서든 이제는 내 삶의 일부가 됐다. 하루, 일주일의 목표를 정해 놓고 규칙적인 반복을 즐기고 있다.

브런치 스토리에 합격하기 위해 고집스러운 도전을 4년 동안 반복했다. 남의 글에 '좋아요' 버튼을 누르기만 하느라 보낸 시간이 아까워서라도 꼭 작가가 되고 싶었다. 남보다 나를 먼저 생각하고, 유혹에 흔들리지 않는 힘을 기르고 싶었다. 매일 읽고 소감을 남겼다. 효과가 있었다. 나를 수시로 점검하는 기회가 됐다. 남들만큼 가진 것을 보여 줄 수 있어야만 행복이 아니라, 만족하는 마음이 곧 행복임을 깨닫게 됐다.

막연한 미래가 두려워 글을 쓰기도 했다. 2024년 12월 출간한 공저 『모든 순간마다 선택은 옳았다』에서도 일부 말한 적 있지만, 아직도 내가 어떤 일을 좋아하는지 정확하게 모른다. 그래서 다른 사람의 조언을 듣는다고 생각하고, 생각을 한 줄씩 정리했다. 두려움보단 내일의 기대감이 더 커졌다. 오늘 할 수 있는 일에 집중하기로 했다. 퇴근 후엔 술잔에 위로받던 마음을 대신하는 수준까지 됐다.

2024년 11월 26일, 나와는 상관없어 보였던 '성장'이라는 말을 나의 문장 수첩에 남겼다. 몇 년을 끄적이던 습작이 일기가 수필로 이어졌다. 불과 2년 전까지만 하더라도 모니터의 빈 화면에 깜박이는 건 검은색 커서뿐이었는데, 이제는 A4용지 한 장 정도는 너끈히 채울 수 있다. 이런 경험이 쌓여 만들어진 하루는 한 장의 벽돌이 되어 내 삶의 든든한 울타리가 되리라 믿는다.

얼마 전 '지금 하는 일을 언제까지 할 수 있을까?'라고 스스로 질문해본 적 있다. 10년을 목표로 했다. 머릿속 가득 찼었던 고민과 걱정을 하나둘 꺼내어 보다 보면 아마 죽는 순간까지도 노트북을 품고 있지 않을까 생각했다. 만약 생각만으로도 글을 옮길 수 있는 노트북이 발명된다면 꼭 사고 싶다. 가뜩이나 허리, 목 디스크가 있어 오랜 시간 앉아있는 게 힘든데 노트북 앞에서 지루한 일을 하다 보니 병이 깊어졌다. 지난주부터는 안약까지 넣기 시작했다. 그런데도 계속해서 쓰기를 고집하고 꿈꾼다. 쓰다 보니 흔들리지 않는 나를 찾았고 앞으로도 나를 뒷받침하고 있으리라는 걸 믿기 때문이다.

**글쓰기는 혼자만의 시간을 보내는 나에게 찾아오는 외로움과 고독, 두**

**감정 사이 중심 잡는 연습에 꼭 필요한 존재였다.** 지독한 외로움을 느껴 술에 의지한 날도 많았지만, 글을 쓰기 시작한 이후부터는 더는 '혼자라서 외롭다.'라고 말하지 않는다. 대신 고독이라 표현한다. 고독 덕분에 글과 친해졌다며 글쓰기와 오늘이라는 삶을 연습한다.

한편의 글을 쓰며 하루를 공부한다. 삶에 대한 태도까지 바뀌어 간다. 재미가 넘친다. 매일 쓰고 싶은 욕구를 꺼내어 내일을 희망한다.

# | 6 |
# 탐욕의 블로그에서 시작된 부캐
### 쓰꾸미

관계는 우리 삶의 질을 결정한다.

토니 로빈스

매일 가계부를 작성하는 아내가 한숨을 쉬었다. 그리고 말 한마디를 덧붙였다. "자기야. 용돈 5만 원만 줄이면 안 될까?" 이 말이 서운했다. 용돈 20만 원으로 하고 싶은 취미가 있었다. 게임 아이템을 사는 일이다. IT에 관심이 많아 서랍 하나를 안 쓰는 전자기기로 꽉 채웠다. 소소한 행복을 위해 용돈이 소중했다. 작은 즐거움을 줄인다고 하니 기분이 상했지만, 가계부를 보니 이해됐다. 아내는 나와 결혼 후, 월급이 부족하다고 한 적이 없었다. 가계부 지출 칸에는 부모님 용돈, 경조사비, 주택 대출금, 학원비, 보험비, 아파트 관리비가 있었다. 아무리 봐도 줄일 부분이 없었다. 추가적인 소득으로 눈을 돌렸다.

2019년에 어머니가 암으로 돌아가시면서 돈 걱정 없는 삶을 살겠다고 다짐했었다. 치료비 관련 지출은 줄었지만, 1년 안 되어 신용 카드 지출 내역에 점심 식사비, 커피 값을 발견했다. 전업주부인 아내와 같이 마트에서 장을 보다가 먹고 싶은 소고기가 있으면 나에게 돌려서 묻는 아내의 모습을 보며, 귀여우면서도 안쓰러웠다. 아이들과 용돈, 5천 원을 가지고도 협상하는 아내 모습을 보면 내가 먼저 자리를 피했다. 마음을 다잡고 돈 공부를 시작했다. 2022년, 『역행자』라는 책에는 글쓰기가 돈을 벌 수 있는 수단이라고 하여 혹했다. 『부의 추월차선』에서도 블로그는 돈벌이 수단이었다. 블로그를 쓰면 추가적인 수입을 만들 수 있다는 욕심으로 포스팅을 시작했다. 『역행자』에서 1년 동안 꾸준하게 포스팅하는 사람이 없을 거라는 문장을 보면서 승부욕을 돋우었다. 매일 1시간 독서와 글쓰기에 투자하겠다는 다짐을 블로그에 글로 썼다. 부자가 되고자 하는 의지를 도전 앞에 꺾기 싫었다.

　시작은 그냥 열심히 앉아있겠다는 생각으로 읽고, 썼다. 사람들이 내 글을 보고 열광하는 모습을 기대했다. 한 달이 넘도록 매일 블로그에 글을 썼는데, 아무 일도 생기지 않았다. 흔한 하트 하나 달리지 않았다. 지금도 그렇지만, 예전에는 더 내가 원하는 글을 썼다. 홍보도 없고, 이웃 추가도 안하고. 그러니 변화를 만들어 낼 수 없었다. 하루 방문자 수는 한 자리에서 벗어나지 못했다. 블로그 성장이 눈에 보이지 않으니 1년을 넘기기 힘들다는 문구가 무슨 의미인지 이해됐다. 오기로 버틴다는 생각으로 꾸준히 썼다. 인도네시아에서 근무하는 동안, 프로젝트 업무 마무리 때문에 글쓰기에 투자하기가 힘들다고 나 자신에게 투덜거렸다. 멈추고 싶었다. 하루 이틀 건너뛰었다. 그러다 3개월을 중단했다. 2023년 7월에 인도네시아 근무를 마치고 한국으로 돌아왔다. 한국에서 글쓰기는 더 큰 위기였다. 외국에 있었을 때는 혼자 있는 시간이 많아 시간을 내 선택으로 채울 수 있었지만, 이제는 아니었다.

한국에서 저녁 식사는 가족들과 같이했다. 외국에서 근무하는 동안 아이들에게 느꼈던 미안함 때문에 친밀한 관계를 유지하려는 내 위안이었다. 저녁 식사를 하면서 아이들과 그날 있었던 이야기를 했다. 새벽에 출근하느라, 이렇게라도 얼굴을 보지 않으면 아빠 얼굴을 잊어버릴지 모른다는 내 불안 때문이었다. 밥을 먹고 나면, 매일 집안일을 하느라 힘들었던 아내를 위해 설거지를 하려고 노력했다. 주방까지 정리하고 나서 시계를 보면 언제나 8시가 넘는다. 샤워하고, 다이어리를 쓰면 저녁의 시간이 빠르게 지나간다. 회사에서 일하는 시간은 더 빠르다. 아침 7시에 출근해서, 이메일을 보고 분류해서 회신하다 보면 점심시간이었다. 오후에 미팅을 다녀오면 벌써 퇴근 시간이었다. 종종 회사 업무 시간이 길어지고, 회식도 참석해야 했다.

한국에서 가족들과 같이 있어 행복한데, 변화할 시간을 확보 못 해 끙끙거리며 발버둥 쳤다. 찾은 답은 새벽이었다. 결과를 내고 싶었다. 글쓰기로 기회를 찾다가 사용하는 다이어리 회사에서 스피치 행사에 지원서를 넣었다. 1년 반 동안 꾸준하게 쓰지는 못했지만, 새벽 시간에 묻은 노력을 보상받고 싶어 도전했다. 감사하게도 스피치 무대에 섰다. 신청서를 잘 썼기 때문이 아니라, 40대 남성 신청자가 필요해서 우연히 선발되었다. 우연이 만든 행운이었다.

　스피치 무대를 통해 행동이 기회를 잡는다는 지혜만 얻지 않았다. 추가로 사람도 얻었다. 좋은 사람. 그들은 나보다 먼저 무대를 경험한 스피커였다. 그중 한 명이 강혜진 작가다. 처음 만남은 유튜브였다. 스피치를 준비하면서 본 영상에서 "대한민국에서 1호 여성 노벨문학상 작가가 된다."라는 말이 왜 그리 멋져 보였는지. 호감이었다. 2024년 4월 20일에 내가 무대에 선 오로다데이 참여 후기를 작성한 강 작가의 포스팅에 댓글을 단 게 인연의 시작이었다. 4월 23일에 강혜진 작가가 내 포스팅 댓글에 남긴 "저랑 친하게 지냅시다!" 이 말 한마디 덕분에 많이 변했다. 낯선 사람들과 대화하지 못하는 나에게 친하게 지내자는 말은 내려놓기 싫었다. 강 작가의 관심사가 무엇인지 궁금해 그녀의 블로그를 뒤적거렸다. 회사 사람이 아닌 다른 관계를 만들고 싶은 내 욕망의 반응이었다.

　강 작가의 블로그에서 눈에 들어오는 건, '글빛백작'이라는 책 쓰기 수업의 후기였다. 나 역시 300명이 넘는 사람이 보는 스피치 무대에서 작가가 되고 싶다는 공언을 했는데, 책 쓰기 수업 포스팅이 계속 올라오니 방문하고 하트를 눌렀다. 강 작가는 내 스피치 무대 이야기를 블로그에 써 준 선의를 베푼 사람이다. 강 작가의 블로그에 영어공부, 일상의 발견, 독서 기록으로부터 보이는 노력의 흔적을 믿어보기로 했다. 글쓰기 수업 포스팅의 댓글로 질문 몇 가지 작성했다. 강 작가는 나에게 글쓰기 무료 강의를 들어보고, 직접 판단하라고 권했다. 선입견을 주지 않으며 본인이 경험하고 결정하라는 성숙한 대응에서 더 신뢰가 갔다. 바로 무료 수업 신청서를 작성했다.

2024년 5월 3일 책 쓰기 무료 특강을 들었다. 특강에 30분 넘게 늦었다. 특강 바로 전, 스피치에 참여했던 사람들과 해단식이 있었다. 아쉬움과 고마운 마음을 전하느라 예정보다 대화가 길어져 늦었다. 늦었지만 글쓰기 끈을 놓치고 싶지 않아 줌 강의에 들어갔다. 수업은 글빛 코치가 하고, 백작 코치는 듣고 있었다. 인사 한마디 하고, 이어서 강의했다. 강의에 집중하는 모습에 끌렸다. 이 코치는 수업을 듣는 사람도 없는데, 강의를 끝까지 하는 사람이었다. 듣는 사람이 없는 무료강의지만, 굴하지 않고 꿋꿋이 수업하는 과정이 어려운 여정임을 안다. 어떤 가치를 글쓰기 수업에서 전달하고 싶기에 아무런 반응도 없는 세상을 향해 열심히 수업하는지 궁금해졌다. 그리고 진심을 믿었기에 이 코치가 바라보는 세상에 공감하며, 같은 방향으로 함께 걸어가기로 마음먹고 그 여정을 시작했다. 그리고 내 첫 책, 『문장, 살아갈 힘을 얻다』를 썼다.

내가 좋아하는 책 『퓨처셀프』 72쪽에 이런 글이 나온다. '가장 많은 시간을 함께 보내는 사람 5명의 평균의 모습이 바로 당신이다.' 짐 론이 한 말이다. 요즘 연락을 많이 하는 사람은 가족을 제외하고, 글쓰기 공부를 하면서 알게 된 강혜진 작가, 글빛 코치, 백작 코치이다. 이은대 작가는 매주 목요일에 문장 수업을 하면서 나만 알고 있는 사이이다. 이 사람으로부터 영향을 받은 이유는 내 목표와 같은 방향을 추구하기 때문이다. 읽고, 생각하고, 쓰는 삶을 살아가는 사람이다. 40대에 접어들면서, 나에게 영향을 주는 사람들을 대하는 자세가 달라졌다. 예전에는 영향을 주는 사람들의 마음에 들려고 노력했다. 호감을 얻어야지만, 내가 상처받지 않고 잘 지낼 수 있다고 믿었다.

하지만 요즘은 달라졌다. 코치라는 단어의 어원이 '중요한 사람을 목적지로 무사히 데려다 주다.'인 것에 공감한다. 주변 사람들이 이미 도달한 위치부터 나아갈 수 있도록 기반을 제공해 주었기 때문에 나도 당연히 할 수 있다. 강혜진 작가의 "저랑 친하게 지냅시다."라는 말 한마디 덕분에 내 첫 책이 출간되었다. **내가 받았던 좋은 가치를 주변 사람들에게 되돌려주는 작가가 되고 싶다.** 나는 나를 아는 사람들에게 내 글로 좋은 영향을 주고 싶은 초보 작가이다.

# |7|

# 멈춘 시간 속의 나

육이일

글을 쓰는 가장 좋은 방법은 글을 쓰는 것이다.

앤 라모트

 지방에서 직장 생활을 하는 딸이 퇴근길에 전화를 걸어왔다. "작가님." 엄마 대신 처음으로 그렇게 불렀다. 아직 책을 낸 적도 없고, 매일 블로그에 글을 올릴 뿐인데 '작가님'이라는 말이 낯설었다. 딸은 내가 쓴 글과 그림을 보며 용기와 꿈을 전해 주고 싶었던 걸까. 어느새 그 말이 자연스럽게 익숙해졌다.

 **"엄마, 책 내세요. 엄마의 그림과 글을 좋아하는 사람들이 있을 거예요."**

 딸은 내 그림이 좋다고 했다. 사실 내 그림은 단순하다. 동그란 얼굴에 선으로 그린 팔과 다리, 기다란 삼각형 몸통이 전부다. 거기에 색칠만 하면 끝이다. 색칠하기 전엔 한때 유행했던 졸라맨 같아서 누구나 쉽게 따라 그릴 수 있다.

 코로나19 팬데믹으로 바쁜 일상이 멈췄다. 아이들을 가르치는 일도 자연스럽게 중단되면서 갑작스러운 여유가 생겼다. 눈코 뜰 새 없이 바빴을 때는 푹 자는 게 소원이었는데, 막상 시간이 많아지니 늦잠을 자고 하루 종일 잠옷 차림으로 보내는 날도 있었다. 처음엔 여유롭다며 좋아했지만, 이내 무료해졌다. 매일 다니던 수영장에도 갈 수 없었다. 집에서 할 수 있는 운동을 하다가 왼쪽 어깨 근육을 다쳤고, 의사는 당분간 왼팔을 움직이지 말고 어깨 높이 이상 올리지 말라고 신신당부했다. 결국 운동을 멈추고 산책만 하게 되면서 무료함을 달래기 위해 필사를 하고 책을 읽기 시작했다.

**"작가를 해보는 건 어때? 당신이 잘하는 걸 블로그에 올려봐."**

순간 멈칫했다. '내가 잘하는 게 뭐지? 색연필로 그림 그리고, 명언이나 시를 따라 쓰는 게 전부인데… 그게 잘하는 걸로 보였나?'

"내가 잘하는 게 뭘까?"라고 묻자, 남편이 차분히 설명해 주었다.


교회 초등부 아이들과 캠프를 할 때였다. 목에 거는 명찰 대신 하트 모양 이름표를 준비했다. 친구들이 올 때마다 노란색 시트지 위에 이름을 써 주고, 옆에 작은 그림도 그렸다. 완성된 하트 모양 이름표는 옷 위에 붙여 주었다. **아이들이 자기 이름을 부끄러워하지 않고, 이름처럼 빛나고 당당하게 살아갔으면 하는 나의 작은 바람이었다.**

굵은 유성펜으로 쓱쓱 그린 그림에 아이들이 반했다. 캠프가 끝나자 아이들은 옷에서 뗀 이름표를 휴지통에 버리지 않고 집으로 가져갔다. 그 모습을 보던 남편이 말했다.

"당신은 사람의 마음을 감동시키는 재주가 있어. 글에는 어떤 선물보다 더 큰 힘이 있어."

그 말이 내게 용기가 되었다.


팬데믹으로 자유로운 일상이 멈췄지만, **그림만큼은 무엇이든 표현할 수 있었다.** 파란 하늘과 푸른 파도 앞에 서 있는 모습을 그렸다. 벚꽃이 활짝 핀 공원을 산책하며 두 팔을 높이 들고 점프하던 사진도 떠올렸다. 사진 속에 없던 막내는 그림 속에서 가장 높이 점프하도록 그려 넣었다. 아이들과 함께 점프하는 장면을 완성하자 저절로 미소가 지어졌다.

'이런 거구나! 이런 느낌.' **그림은 무료한 일상을 마법처럼 바꿔 주었다.**

비싼 장비나 큰 비용이 드는 취미도 아니었다. 처음엔 무지노트 서른 권을 준비해 한쪽 면에만 그림을 그렸는데, 금세 한 권을 채웠다. 사진으로 찍으면 크기 차이가 없다는 걸 알고 반으로 나눠 그리기 시작했고, 나중엔 네 등분으로 나눠 지금도 그렇게 그리고 있다. 색칠을 하다 보니 빨강, 노랑, 검정, 파랑, 초록, 살구색 색연필이 금세 몽당연필이 되었다.

어릴 적 몽당연필을 볼펜 깍지에 끼워 쓰던 기억이 나서 나도 그렇게 사용했다. 연필이 2cm 남으면 기념처럼 한쪽에 모아 두곤 했다. '고맙다, 잘 썼어.' 지금은 이렇게 인사하고 버리지만, 그때는 쉽게 버리기가 미안했다. 어쩌면 우리 인생과 닮아 있었기 때문이다.


남편 말대로 '마음그림' 블로그를 시작했다. 매일 일상의 소소한 감사 글을 올렸다. '밥을 먹을 수 있어 감사하다. 따뜻한 햇살이 고맙다.' 사람들과의 만남이 줄어들면서 자연스럽게 자연과 가까워졌다. 주변을 천천히 바라보았다. 바람이 스쳐 지나가는 순간도 특별했고, 하늘을 나는 새조차 소중하게 느껴졌다.

문득 발밑을 내려다보니 계절을 알리듯 냉이가 곳곳에 자라고 있었다. 냉이는 그냥 먹는 나물인 줄만 알았는데, 아주 작고 하얀 꽃을 피운 모습이 참 예뻤다. 잎사귀는 하트 모양이었다. 나태주 시인의 시가 떠올랐다.

**'자세히 보아야 예쁘다. 오래 보아야 사랑스럽다. 너도 그렇다.'**

혹시 그는 냉이 꽃을 보고 이 시를 썼을까? 자연은 늘 사랑을 속삭였지만, 나는 이제야 그 아름다움을 발견했다.

매일 자연과 친구가 되고 길가에 핀 민들레를 바라보다가 '후우' 하고 홀씨를 불어 날렸다. 새로 단장 중인 거리에는 일용직 근로자들이 뽑아낸 민들레와 이름 모를 잡초들이 쌓여 있었고, 집 근처 담벼락 끝에는 강아지풀이 바람에 흔들리고 있었다.

"다행이야. 저쪽 길에 있었으면 너도 뽑혔을 텐데."

강아지풀이 내게 속삭이는 듯했다. '너도 힘내.' 오늘은 강아지풀과 민들레를 그리며, 그 작은 생명들에 담긴 이야기를 그렸다.

# |8|
# 아픔을 이겨낸 한 줄의 감사 일기
### 이연화

글쓰기는 나의 자유이며, 내가 가진 생각을 세상에 알리는 길이다.

버지니아 울프

보육교사를 그만둔 지 4년이 지났다. 그동안 나는 만성 염증으로 고려대 A병원 내과에서 꾸준히 진료를 받으며 지내왔다. 그럼에도 불구하고 건강은 점점 약화되고, 크고 작은 병원 치료가 이어졌다. 하혈과 빈혈로 응급실에 실려가 산부인과 진료를 받게 되었다. 검사결과 자궁근종으로 인해 자궁벽이 단단하게 굳어졌다는 진단이 내려져 바로 자궁 적출 수술을 받았다. 수술 후에도 고통은 끝나지 않았다. 허리와 엉덩이 통증이 심해져 정형외과에 입원했다. CT와 MRI 검사를 통해 허리 디스크와 척추관협착증 진단이 나왔다. 퇴원 후에도 매주 신경 치료를 받아야 했다. 조금만 걸어도 온몸에 땀이 흥건해졌다. 오래 앉아 있거나 서 있는 것조차 버거웠다. 설상가상 만성 방광염까지 겹쳐 방광 출혈이 생겼다. 다시 비뇨기과에 입원해 치료를 받았다. 끝없이 이어지는 병원 생활에 나는 절망할 수밖에 없었다.

산부인과 치료만 잘 받으면 다시 보육교사로 복직할 수 있다는 희망을 갖고 치료에 임했다. 하지만 건강은 쉽게 나아지지 않고 계속 나빠졌다. 복귀에 대한 희망은 절망으로 바뀌어 갔다. 웃음이 사라지고 우울해하는 나를 보는 가족들의 걱정도 날로 커져만 갔다. 내가 잠시 보이지 않으면 불안해하며 하루에도 몇 번씩 안부를 확인했다. 몸이 아파지자 점점 마음까지 약해졌다. 우울증과 수면 장애가 재발해 정신과 치료도 받게 되었다. 수많은 약을 복용하다 보니 부작용도 심해졌다. 결국 안 좋은 생각까지 하게 되면서 입원 치료까지 받아야 했다. 그런 나를 가장 걱정한 사람들은 가족이었다. 가족들을 위해서라도 몸과 마음을 돌볼 수밖에 없었다. 치료를 받으며 상담을 하던 중, 상담 선생님이 나에게 감사 일기를 써보라고 권했다.

"감사 일기요? 그게 뭔데요?"

"하루를 보내면서 감사하게 느껴지는 일을 적어 보는 거예요."

"감사할 일도 없는 데 무슨 감사 일기를 써요?"

"일주일 동안 하루에 하나씩만 써보고 다음 상담일에 가져오세요. 숙제입니다. 알겠죠."

"꼭 써야 하나요?"

"네, 이번 주 숙제입니다."

상담 선생님은 웃으시며 말했지만, 몸도 아파 죽겠는데 또 뭘 쓰라니 당황스럽고 귀찮았다. 아무리 생각을 해봐도 감사할 일도 없었다. 숙제라니 하긴 해야겠는데 막막함이 들었다. 감사 일기를 쓰는 것은 쉽지 않았다. '도대체 감사 일기가 뭔데 숙제로 내준 거지?' 궁금해진 나는 바로 온라인 서점을 검색했다.

며칠 후 도서를 받게 되었다. 바로 양경윤 작가의 『한 줄의 기적, 감사 일기』였다. 나는 이 책을 통해 그 방법을 배울 수 있었다. 복잡한 이론이 아닌, 바로 일상에서 일어나는 사건이나 상황에서 느낀 감사함을 적는 형식이었다. 책을 반복해서 읽었다. '저는 아침에 눈을 뜨자마자 감사와 행운을 선택합니다. 그것이 바로 제가 가진 마법 지팡이입니다. 그렇다면 과연 그 마법 지팡이가 어떻게 저의 하루를 이처럼 행운과 감사가 가득한 날로 만들어 주었을까요?', '감사는 선택하는 것'이라는 말에 전율이 느껴졌다. 그날 밤, 병실 서랍장에 묵혀 두었던 다이어리를 꺼내 책상 위에 펼쳤다. 조심스럽게 한 줄 적었다.

'가족들의 무사 귀가에 감사합니다.'

그렇게 시작된 한 줄의 감사 일기가 내 삶을 크게 바꾸어 놓았다. 한 줄도 쓰기 어려웠던 내가 감사 일기를 부담 없이 쓸 수 있게 된 것은 오래 걸리지 않았다. 이 작은 습관이 내 삶을 변화시키는 기적이었음을 지금도 느끼고 있다. 아무것도 남지 않았다 여겼던 내 삶에서도 감사할 것들을 발견하게 되면서, 나는 조금씩 회복되어 갔다. 그리고 더는 나를 가두던 절망 속에 빠져 있지 않기로 했다. 감사 일기는 내 삶을 지탱하는 새로운 힘이 되었다.

'감사 일기'는 일상의 소중함, 긍정적인 생각, 자존감 회복이라는 세 가지 변화를 가져다주었다.

첫째, 일상의 소중함을 알게 됐다. 무료하게만 느껴졌던 일상에도 감사한 일들이 있었다. 감사 일기를 쓰는 시간은 하루를 되돌아보는 시간이기도 했다. 오랜 병원 생활을 마치고 집으로 돌아오니 예전에는 당연하게 여겨졌던 일들이 낯설게 느껴졌다. 가족이 함께 있어도 각자 방에서 지내는 모습이 어색했다. 그러던 어느 날, 문득 밥을 짓고 싶어졌다. 쌀을 씻어 밥을 짓고 된장찌개를 끓였다. 음식 냄새에 가족들이 하나둘 부엌으로 모여들었다. 남편은 고기를 굽겠다고 나섰고, 아이들은 수저와 반찬을 식탁에 놓았다. 오랜만에 다섯 식구가 식탁에 둘러앉았다. 저녁을 먹으며 서로의 이야기를 나누는 따뜻한 시간을 보냈다. 아이들은 맛있다며 엄지를 치켜들었고, 남편은 장난스럽게 투정을 부렸다. 그 순간, 내가 있어야 가족들도 행복할 수 있다는 것을 깨달았다. 집안일과 요리를 하면서도 행복을 느꼈고, 커피 한 잔의 여유도 감사하게 여겨졌다. 감사는 이렇게 작은 순간에서도 충분했다.

둘째, 긍정적인 생각을 갖게 했다. 부정적인 생각으로 가득했던 내 안에 긍정의 씨앗들이 자라기 시작했다. 긍정의 씨앗들은 내 감정을 조절할 수 있게 도와주었다. 감정 기복이 심했던 나는 감정 일기를 쓰며 감정을 인정하고 조절하는 법을 배웠다. 추가 검사가 필요하다는 말을 들었을 때도 예전처럼 절망하지 않았다. '병을 알지 못하면 치료할 수도 없다.'라는 감정 일기의 문장이 떠올랐고, 검사를 긍정적으로 받아들이기로 했다. 치료를 받을 수 있다는 사실에 감사하니 마음이 한결 편안해졌다. 점차 부정적인 생각 대신 상황을 긍정적으로 받아들이게 되었다. 감정이 흔들릴 때마다 감사 일기를 쓰며 감정의 원인과 해결책을 찾았다. 그 과정을 통해 부정적인 감정도 있는 그대로 인정하게 되었다. 중요한 것은 타인이 아닌 내가 스스로를 인정하는 것이었다. 그렇게 나는 부정적인 감정에 휘둘리지 않고 조절하는 법을 배워 나갔다.

셋째, 자존감 회복을 도와줬다. 감사 일기를 쓰면서 회복된 것은 나의 자존감이었다. 세상에서 쓸모없는 게 나라고 생각했었다. 죽고 싶은 마음도 들었다. 어느 날, 병원 침대에 누워 창밖을 멍하니 바라보기만 하던 때였다. 몸도 마음도 무거워 아무것도 할 수 없을 것 같았다. 그때 작은 수첩을 꺼내 '감사한 일'을 적어 보기로 했다. 처음엔 '햇볕이 따스했다.', '간호사 선생님이 웃으며 말을 걸어주셨다.' 같은 사소한 것들이었다. 하지만 하루하루 감사한 일을 적어 나가다 보니 점점 내가 살아가야 할 이유가 눈에 보이기 시작했다. 그렇게 나는 감사 일기를 쓰면서 어렵고 힘든 병원 생활을 잘 버텨낼 수 있었다. 무엇보다 내가 소중한 존재라고 내 스스로가 인정해 줄 수 있었다. 나를 사랑해 주는 가족들과 내가 건강해져서 다시 만나고 싶은 꼬마 친구들도 있었다. 그것만으로도 내가 살아야 하는 이유는 충분했다.

만약 상담 선생님의 권유를 무시했거나 망설였다면 아마 지금의 나는 존재하지 못했을 것이다. 무기력이 몰려올 때나 감정의 파도가 출렁일 때, 그럴 땐 감사 일기를 써보면 어떨까. 생각보다 세상엔 감사할 일이 많다. 찾지 못할 뿐이다. 일상의 소중함을 아는 삶과 모르는 삶은 행복의 차이가 크다. 지금 이 시간에도 나는 감사함을 느낀다. 노트북을 두드리며 글을 쓸 수 있는 것 또한 그 시작은 감사 일기에서 비롯된 것이다. **어떤 일상이든 감사함은 존재한다. 감사함을 찾는 것은 독자가 선택할 일이지만 누구나 살아 있다는 것 자체로 감사한 일**이 아닐까 한다.

# | 9 |
# 무명이지만 작가입니다

## 조지혜

작가란 오늘 아침에 글을 쓴 사람이다.

로버타 진 브라이언트

남편이 물었다. "왜 요즘은 글이 뜸하게 올라와?"

나를 제외하고 내 글을 가장 궁금해하는 사람은 남편이다. 2018년부터 블로그를 시작해 아이와의 일상 또는 읽은 책을 짧게 기록했다. 남편은 아침에 출근하고 밤늦게 돌아왔다. 바빠서 마주 앉아 대화할 시간이 거의 없었지만, 내가 일주일에 한두 번 쓴 글이 우리의 소통 창구가 되었다. 내 글을 기다려주는 사람이 있다는 사실은 8년째 나를 글쓰기로 이끌었다.

첫째 아이가 어릴 때부터 매일 책을 읽어주다가 초등학교에 입학하면서 '글쓰기' 관련 교육서를 찾아 읽었다. 아이가 짧게라도 글 쓰는 데 재미를 붙이길 바랐다. 그림일기, 세 줄 쓰기, 자유 글쓰기 등 교재를 구매했다. "생각이 잘 안 나요. 무슨 말부터 써야 할지 모르겠어요." 고민하는 아이 옆에 나란히 앉아 이야기를 나누다 보니 자연스레 내 글쓰기에 관한 생각으로 이어졌다. 여섯 살이던 아이는 스케치북 가득 공룡을 그리고 '공룡 책'이라고 제목을 쓰고, 자기 이름 옆에 '작깐님'이라고 써 놓았다. 뿌듯해하는 아이를 보며 말했다. "맞아, 너는 이미 멋진 작가님이야!" 그때부터였을까. 나 역시 좋은 글을 쓰고 싶은 욕구가 가슴속에서 꿈틀댔다. 일기에 머무르기보다 이제는 타인에게 읽히며 공감받고 싶었다. 희미하게나마 상상해봤다. 종이책의 저자가 되어 표지에 내 이름이 쓰여 있다면 얼마나 뿌듯할까.

하지만 내가 쓴 글이 누군가에게 읽히는 순간, 쉽게 내 삶을 평가받을까 봐 두려웠다. 내 안에서 글이 자랄수록 나는 그것을 빛을 피해 그림자 속에 숨겼다. 글을 쓴다는 건 나를 타인에게 내어주는 일이었지만 선뜻 용기가 나질 않았다. 몇 년간 아이의 그림일기가 줄글로, 세 줄 쓰기가 문단으로 바뀌어 가는 걸 지켜보며 나도 조금씩 용기를 냈다. 나이 들기 전에 꼭 해보고 싶다는 열망이 두려움을 넘어섰다. 2024년 1월, 블로그에 공언했다. 육아휴직 1년 동안 초고를 완성하고 투고 후 출간하는 작가의 꿈을 이루겠다고.


한 달 뒤 우연히 블로그 이웃의 글을 읽다가 AI로 그림책을 만드는 작업에 흥미가 생겨 신청했다. 그림은 생성형 AI로 만들고, 글은 챗GPT를 활용하거나 직접 써서 전자책으로 완성하는 과정이었다. 특수교사로 일하며 장애 공감 교육을 진행할 때마다 매번 적절한 자료를 찾느라 헤맸다. 이번에는 직접 만들어 볼 수 있는 기회가 찾아왔다. 처음 접하는 '미드저니'라는 프로그램으로 내가 쓴 문장에 맞는 이미지를 만들어 냈다. 하지만 구체적으로 프롬프트를 작성해도 엉뚱한 이미지가 나오곤 해서 답답할 때가 많았다. 노트북 앞에 앉아 온종일 이미지를 만들던 중 며칠 동안 열이 떨어지지 않던 첫째 아이가 결국 병원에 입원했다. 간이침대에서 생활하며 아이를 간호하느라 피곤한 나날이 이어졌다. 정해진 기간이 있어 포기할까 고민도 했지만, 옆에서 응원해 준 아이 덕분에 끝까지 최선을 다할 수 있었다. 그렇게 만들어진 전자책, 다양성 존중 그림책 『I am 아이엠』을 세상 밖으로 내놓았다. 유페이퍼를 통해 출간한 책이 온라인 서점에 올라온 날 새삼 깨달았다. '나, 작가가 됐구나.' 이 책의 첫 독자는 바로 내 아이였다. 자폐성 장애 학생이 주인공인 첫 번째 책에 이어 지적 장애 학생의 이야기를 담은 두 번째 책까지 완성했다. 통합교육 현장에 작은 보탬이 되면 좋겠다는 생각에 두 권의 책을 내 블로그에 올려 무료로 배포했다. 지금껏 올린 포스팅 중 가장 많은 공감과 댓글이 달렸다. 타인에게 많이 받으며 살아온 내가 누군가에게 기버(giver)가 될 수 있다는 사실에 가슴이 뜨거워졌다. 내 말과 글에 책임감이 생겼다. 이젠 '좋은' 글을 '잘' 써 보자고 마음먹었다. 좋은 글이란 누군가를 돕는 마음에서 나온다. 잘 쓰려면 탄탄한 구성과 세련된 문장이 뒷받침되어야 했다. 정답은 없어도 해답은 있지 않을까 기대했지만, 여전히 보일 듯 말 듯 손에 잡힐 듯 말 듯 아득했다.

개인 저서를 쓰기 시작했다. 호기롭게 시작한 초고 작업은 더디기만 했다. 블로그에 썼던 글을 복사해 한글 문서에 붙여 넣었더니 A4 절반을 거우 채웠다. 어림도 없었다. 글쓰기와 책 쓰기 관련 서적을 열 권도 넘게 읽었지만 막막함은 여전했다. 보통 200자 원고지 600매 또는 A4 100페이지 정도는 써야 투고할 만하다고 들었는데, 6개월 동안 쓴 건 고작 10페이지였다. 하얀 화면에 깜빡이는 커서를 바라보며 몇 시간을 허비하기도 했고, 어떤 일주일은 노트북조차 아예 열지도 않았다. 자존감이 다시 곤두박질할 때쯤 블로그에서 우연히 '책 쓰기 무료 특강'이라는 제목의 글을 발견했다. 5월 마지막 주, 신청서를 작성해 보냈다. 얼마 지나지 않아 문자메시지로 온라인 강의 링크를 받았다. 특강 시간이 되었지만, 아이들 챙기느라 끝내 참여하지 못했다. 그 뒤로도 두 번의 기회를 놓쳤다. 이대로 포기해야 하나 고민하고 있을 때 6월 마지막 주가 되었다. 그때 신청서에 적어둔 연락처를 보고 글쓰기 코치에게 안내 문자가 왔다. 이번에도 시간 맞춰 들어가지 못한다면 정말 포기할 것만 같았다. 다시 한번 신청했다. 내 안에 있던 불씨가 아직 꺼지지 않았다는 걸 깨달았다. 무료 특강을 듣고 망설임 없이 정규과정에 등록했다. 내 의지도 중요했지만, 멈춰 있을 때 누군가 손을 내밀어 끌어주길 바랐던 건지도 모르겠다. 코치는 말했다. "일주일에 한 번씩 저녁마다 온라인 강의를 듣고 꾸준히 쓰면 됩니다. 그렇게 포기하지만 않는다면 삶은 글이 되고 글은 책이 될 수 있습니다." 작가가 된다는 결과만 놓고 도전했다면 방법을 얻으려고 했을 것이다. 내 경험이 분명 가치 있고 단 한 명이라도 도울 수 있다는 말에 '쓰는' 삶을 살기로 했다. **글감은 저 멀리 바깥세상에 있지 않았다. 이미 내 안에 존재하고 있었다.**

아직 개인 저서를 내지 못했다. 하지만 결과보다 더 값진 변화가 있었다. 이제 나는 '글 쓰는 사람'이다. 내 삶 전체가 누군가의 희망이 되리라는 거창한 포부는 없다. 그럴 수도 없을뿐더러 작은 모임 하나 이끌 용기와 에너지도 부족하다. 하지만 내 글 어느 한 구간 아니 한 장면이라도 누군가의 꺼져가는 불씨를 다시 지피는 도구가 될 수 있다면 얼마나 행복할까. 내 마음속 희미해지는 불씨에 낯모르는 글쓰기 코치가 바람을 불어 다시 타오르게 한 것처럼.

"엄마, 오늘 속눈썹이 올라갔네요? 어디 갔다 왔어요?"
"응, 작가님들 만나고 왔어."
카톡 친구 목록과 블로그 이웃 그리고 삶 속에 '작가'들이 생겼다. 새로운 삶이 펼쳐졌다. 유명하지 않으면 어떠한가. 무명의 작가라서 할 말이 많고 쓸 글이 차고 넘친다. 그래서 나는 오늘도 쓴다.

# | 10 |

# 쫓기는 삶에서 주도하는 삶으로

### 조하나

나는 내가 생각하는 것을 알기 위해 글을 쓴다.

존 디디온

온몸이 덜덜 떨린다. 서늘한 수술실 온도 탓인지, 겨우 몸을 덮은 수술복 때문인지 알 수가 없다. 간단한 시술이라고 하더니 곁눈질로 내려다보이는 팔은 양쪽으로 고정되어 있었다. 묶인 몸 위로 날 내려다보는 의사가 두명, 간호사가 네 명. 알아들을 수 없는 전문용어가 난무했다. 누군가 실수를 한 건지 화내는 소리가 머릿속에 울렸다. 환자가 보이지 않는 건가하는 잡생각도 잠시. 정신을 차리니 이미 수술은 끝나 있었다. 겨우 발가락 골절인데 반깁스는 무릎까지 감겨 있고 감각이 없는 묵직한 발은 심장보다 높게 들려 있었다. 내 인생 첫 수술이었다. 어제만 해도 멀쩡하게 돌아다녔는데 왜 이 지경이 된 걸까.

한 달 넘게 피로가 풀리지 않았다. 밀려 있는 빨랫감은 세탁실을 초과해 이미 침실까지 왔고 더 꺼내 쓸 식기가 없는 주방은 반쯤 눈을 감지 않으면 도저히 지나칠 수가 없었다. 집만이 아니다. 밥을 먹고 자는 일도 후순위가 되었다. 바쁘다는 말을 꺼낼 시간조차 없어졌다. 한 달 전, 일 년 넘게 준비한 시험이 있었다. 시험 두 달 전부터는 잠까지 줄이고 몰입했다. 평소 잠을 깊게 자지 못하는 편이었기에 오랜 시간을 자야 일상생활을 할 수 있을 정도의 에너지를 낼 수 있었다. 보통의 수면 시간은 아홉 시간이다. 그런 내가 하루에 다섯 시간 이상 잔 날이 없었다. 잠잘 시간에 책을, 문제를 더 풀어 머릿속에 욱여넣었다. 삶에서 중요하게 생각하는 잠을 포기한다는 건 내게는 시험에 인생을 걸었다는 것이다. 그렇게 삶을 갈아 넣었음에도 시험에 낙방했다. 혹시나 하는 기대는 눈 깜짝할 새에 자책과 좌절로 바뀌었다. 시간이 지날수록 이 정도밖에 되지 않는 나 자신에 절망했다. 그러니 일 처리가 제대로 될 리 없다.

마음이 무너지는 순간에도 일은 해야 했다. 일은 일을 부른다고 했던가. 그때 마침 교내 평가와 행사 기간이 맞물려 버렸다. 아무리 해도 줄지 않았다. 걸었던 인생이 끝나버렸는데 마음 추스를 시간조차 없었다. 연말이 다 가올수록 일은 더 많아지고 복잡해졌다. 퇴근 후에도 일을 해야 했다. 물론 수당은 없었다. 그동안 공부한다고 야근을 하지 않았던 탓이다. 불 꺼진 건물에 혼자 남아 일을 처리하다 보면 금세 주변이 깜깜해졌다. 급하게 집으로 돌아와 한숨을 쉬며 누웠다. 입맛도 달아났다. 이참에 다이어트라도 하면 좋으니까 하는 마음에 저녁도 건너뛰었다. 눈을 뜨는 둥 마는 둥 걷다가

삐끗. 아픔도 느껴지지 않았다. 설마 하는 마음으로 병원에 갔더니 골절 진단이 나왔다. 어처구니없이 그렇게 수술실까지 오게 되었다. 병가를 신청하는 마음이 무거웠다. 남은 일들은 누가 할 수 있으며 언제 복귀를 할 수 있을지도 명확하지 않았다. 남은 나의 업무는 동료들에게 피해를 끼칠 수밖에 없다. 조금 더 관리했어야 했는데. 내가 조심했어야 했는데. 끊임없는 후회는 또 스스로를 괴롭게 했다. 진단서에 찍힌 치료 기간은 5주. 복귀를 앞당기고 싶지만, 방법이 없었다. 이 기간이면 바쁜 일이 마무리되었어야 하는 기간이다. 미안함에 업무용 노트북을 챙겨왔다. 내 일을 내팽개칠 수는 없으니 말이다.

　수술 후 첫 식사가 나왔다. 간도 되어 있지 않은 미역국에 쌀밥을 말았다. 입안이 꺼끌꺼끌해 넘어가지 않았다. 생각해 보니 수술 전 금식, 다치기 전 달아난 입맛으로 인해 사흘 만에 먹는 밥이었다. 코끝이 찡하다. 이렇게 감상에 젖어 있을 때가 아닌데. 준비해온 자료와 노트북을 켜기 위해 침대 테이블을 폈다. 어서 일해야 한다. 한 시간 정도 흘렀을까. 회진을 돌던 간호사가 귀신이라도 본 것처럼 뛰어와 외쳤다. '환자분, 누우셔야 합니다. 마취가 곧 풀려요.' 멋쩍게 웃기만 했다. 그녀가 돌아간 지 삼십 분도 지나지 않아 처음 겪는 고통이 밀려왔다. 급하게 진통제를 추가하고 무통을 달았지만 소용없었다. 무통을 달면 입원 기간이 늘어난다는 말에 시기를 놓쳐 버렸다. 수술한 다리 위에 고층 아파트를 얹어놓은 듯했다. 고통에 일하기는커녕 숨쉬기도 힘들었다. 이틀 뒤 소독을 위해 붕대를 풀어보니 연필심 두께만 한 고정핀이 다섯 개나 살을 뚫고 있었다.

어쩌다 여기까지 오게 되었을까. 생각해 보면 간단했다. 해야 하는 것에만 몰두하는 삶을 살았다. 학생 때는 공부를 해야 하니까. 직장을 다니게 되면 업무를 해야 하니까. 심리상담을 업으로 삼고 살아간다면 공부하고 수련해야 하니까. 해야 하는 일이 꼬리표처럼 삶을 쫓았다. 쫓기고 쫓기다 여기까지 오게 되었다. 성과는 내게 마치 훈장과도 같았다. 내 삶의 주도권을 온전히 내가 가지고 있다고 생각했다. 그러다가 결국은 수술 행이었다. 병가 중인 한 달하고 보름 동안 온 업무 연락은 겨우 세 번이었다. 일하지 않으면 큰일 날 거라는 생각은 틀린 것이 되었다. 삶의 첫 번째였던 업무는 그다지 중요하지 않았고 나 없이도 세상은 아무렇지 않게 흘렀다. 충실하게 살았기에 통쾌하게 알아버렸다. 끝나지 않을 것 같았던 회복 기간이 끝나갈 무렵, 내 삶은 이전과 확실히 달라졌다. 더는 알지 못하는 척할 수 없으니 말이다.

이제는 달라져야 한다고 생각했다. 무엇을 할 수 있을까. 과거를 돌아봐야 했다. 중학교 시절, 유일한 행복은 책이었다. 여름이면 시원하고 겨울에는 따뜻한 도서관을 방학 때마다 찾았다. 추천도서를 보기도 하고 책장을 둘러보며 마음가는 제목의 책을 골라 읽기도 했었다. 한창 인터넷 소설이 책으로 출간되던 시기였기에 인기 많은 소설책은 구하기가 쉽지 않았다. 반납대에서 기다리다 내려놓는 책을 낚아채야 했다. 오매불망 기다려야 했지만, 손으로 직접 만질 수 있는 종이책을 좋아했다. 그랬던 내가 일이 중심인 삶을 살게 되면서 책 읽기는 내게 '일'이 되었다. 이 일을 처리하기 위해서는 지저분한 밑줄과 구깃거리는 종이 질감을 만들어야 했다. 다음 차례를 기다리는 먼지 쌓인 책은 대부분 전문서적이 되었다. 낼 수 있는 모든 시간을 내어도 읽을 수 없을 것만 같은 양이다. 복잡하고 어려운 이론 서적은 페이지를 넘길 때마다 스트레스로 다가왔다.

이제는 해야 하는 것이 아닌 하고 싶은 걸 하고 싶어졌다. 책을 좋아했던 내가 글을 쓴다면 어떨까 궁금해졌다. 매일 비슷한 삶을 살아가고 있는 내가 어떤 이야기를 할 수 있을까. 글을 쓰면 인생이 달라질까. 책만 읽어도 행복했던 그때의 시간을 되찾을 수 있을까. 기분 좋은 물음표를 시작으로 글을 쓰기 시작했다.

누구에게나 동등하게 주어지는 시간, 그 속에는 건강한 신체와 사람과의 관계, 자신의 역할과 그에 해당하는 성취가 있다. 동등한 조건을 가지니 당연히 해야 한다. 내게도 일을 하는 건 자연스러운 일이었다. 그런 지극히 평범한 내가 글을 쓰게 되었다. 이제 더는 쫓기지 않게 되었다. **해야 하는 것만 하는 생활이 틀렸다는 것을 알고 난 후에야 겨우 글을 쓰겠다, 마음먹을 수 있었다.**

**글쓰기는 결국 삶을 주도할 수 있도록 해주었다.** 이제 더는 쫓기지 않는다.

# |11|

# 어릴 적 꿈, 지금의 나

최지은

> 꿈을 종이에 적는 순간, 그것은 목표가 된다.
>
> 나폴레온 힐

초등학교 시절, 할머니까지 여섯 명이 사는 대식구인데도 학교 다녀오면 집은 텅 비어 있었다. 어른들은 일하러 갔을 테고, 언니와 동생들도 약속이 있었던 모양이다. 집에 혼자 있기 싫었던 나는 학교 도서관을 찾았다. 시골에 있는 작은 학교였지만 책장 가득 책이 꽂혀 있었다. 바퀴가 달린 옅은 하늘색 문, 페인트가 반이나 벗겨진 문을 열면 드르륵 소리가 났다. 도서관답게 벽에는 '엄숙'이라는 글자가 커다랗게 붙어 있었다. 벽면 아래 서너 명의 아이들이 앉아 있는 게 보였다. 나와 같은 마음으로 온 아이들이었을까? 문을 열고 들어가도 아랑곳하지 않고 책에 코를 박고 있었다. 너덜너덜해진 겉표지. 여기저기 찢어진 속지. 한 장씩 조심스럽게 넘겨 봐야 했던 『알프스 소녀 하이디』를 보고 있으면 행복했다. 궂은일도 꿋꿋이 해내는 하이디. 슬픔은 알프스에 던지고 타인에게 즐거움을 주는 작은 소녀. 웃음을 잃지 않는 주인공 하이디를 응원했다. 소공녀, 신데렐라, 콩쥐팥쥐를 보면서 현실의 나와 비교했었다. 이들처럼 나의 하루도 집안일 없이 넘어간 적이 없었다. 그러기에 동화 속 주인공처럼 행복한 미래를 꿈꿨다.

중학교 1학년 때다. 겨울이 되면 연탄을 피워 방안 온기를 채웠다. 연탄불이 꺼지지 않도록 신경 써야 했다. 가족이 많다 보니 불 당번을 정했다. 당번 일을 제대로 하지 못하면 가족들의 따가운 시선과 엄마한테 잔소리 독박을 들어야 했다. 연탄불 가는 데도 행운이 따랐다. 반으로 잘 떨어지는 날이 있는가 하면 두 개의 연탄이 딱 달라붙은 날도 있었다. 잘 떨어지는 날은 금방 갈고 놀러 나가면 됐다. 반면, 쌍둥이처럼 딱 붙은 날은 집게의 날카로운 끝부분으로 죽은 연탄을 떼어내야 했다. 실력이 없어 산산조각이라도 나면 부서진 연탄 조각을 끌어 모아다 불을 살렸다. 죽어가는 불을 살리려면 시간이 걸린다. 연탄 아궁이에 후후 바람을 불어 넣어 불을 달래야 하는 1단계, 불이 살아나면 활활 타오를 때까지 부채질해야 하는 2단계, 무슨 일이 있어도 꺼지지 않을 것 같은 안정기를 확인하는 3단계. 행여 친구와 약속이라도 있는 날이면 마음이 급해진다. 대충했다가 불이 꺼지는 날은 냉골이 된 방에서 오들오들 떨며 밤을 보내야 했다. 행운이 빗겨 갔던 불 당번 날, 산산이 부서진 조각난 불을 살리며 도서관에서 빌려온 미우라 아야코의 『빙점』을 읽었다. 마지막 장을 닫을 때까지 눈물이 멈추지 않아 앞이 뿌옇던 기억이 난다. 빙점을 읽고 난 후 실화를 바탕으로 한 소설에 관심을 가지기 시작했다. 어쩌면 힘들고 궂은 나의 삶도 한 편의 소설이 될 수 있을 거라는 생각이 들었다. 처음 작가의 꿈을 꾼 게 이때부터였다.

〈별이 빛나는 밤에〉라는 라디오 프로그램에서 흘러나오는 음악을 들으며 잠들었던 고교 시절 때다. 선배의 연애편지를 대신 써준 적이 있다. "비가 내리고 음악이 흐르면 난 당신을 생각해요." 노랫말처럼 그리움을 쥐어짜 낸 연애편지. 지금 보면 코웃음 날지도 모르겠다. 사랑했던 친구에게 우정 편지도 즐겨 썼다. 손 편지를 쓰면서 글쓰기 실력이 점점 나아졌다. 학교 운동장 화단 사이에 '책 읽는 소녀' 동상이 있었다. 그 소녀 동상처럼 예쁜 꽃들 사이에서 책도 읽고, 글도 쓰는 삶을 동경했다.

아이들에게 전래놀이를 가르친 세월이 올해로 10년이 되었다. 초보 활동가를 위한 놀이책을 출간하고 싶다는 생각이 들었다. 경험자가 전하는 꿀팁이 담긴 책. 하지만 마음처럼 쉬운 일이 아니다. 책이 나오기까지 여러 검증을 거쳐야 한다. 출판 비용도 만만치 않다. '어떻게 하지?' 고민하다가 출간 경험이 있는 시아버지를 찾아뵙고 여쭤보기로 했다.

"책을 내려고? 어떤 글을 쓰려고 해? 주제는 정했니?"

적극적인 물음에 당황한 나머지 아니라고 손사래를 치며 황급히 자리에서 일어섰다. 책을 쓸 거라고 말했다가 아버님께 몇 시간이나 붙잡힐지 알수 없어서였다. 무슨 책을 쓸 거냐? 소재거리는 뭐냐? 출판 비용은 있냐? 집으로 와서 배워라… 등등. 내가 감당할 수 없는 관심을 가지실 게 자명했다. 지레 풀이 죽어 내 형편에 책 내는 것은 무리인가보다 하고 잊고 지냈다. 어느 날 같은 교회 다니는 분이 책을 냈다며 밴드에 글을 올렸다.

책을 출간해야겠다는 마음이 여전히 가시지 않던 7월의 아침. 백 작가를 찾아가 '물어볼까?' 몇 번이나 고민하며 망설였다. 마주치는 일이 드물었던 백 작가. 마치 마법 램프 지니처럼 앞에서 걸어오고 있었다. 작가의 길에 입문한 그녀의 얼굴이 해처럼 빛나 보였다. 출간을 축하하며 인사를 건넸다. 출판과정이 어렵지 않았냐는 질문에 자세히 설명해 주었지만, 여전히 궁금증은 남았다. 눈치를 살피며 책을 내고 싶은 나의 마음을 내보였다.

"글쓰기 무료 특강이 있으니 들어보세요."

글쓰기에 도움이 될 거라며 특강정보를 알려 주었다. 좋은 기회인 줄은 알지만, 시간을 내서 갔다가 도움이 되지 않으면 어떡하나 하는 생각에 마음이 갈팡질팡했다. 고민도 잠시. 이왕 하기로 마음먹었다면 뭐라도 해 봐야겠다는 생각이 들었다. 강연장으로 갔다. 단 세 명만이 한 평 남짓한 강의실에서 글쓰기 특강을 들었다. 내용이 좋기도 했지만 세 명을 두고 서른 명에게 하듯 열정을 쏟는 강연자의 태도에 마음이 끌렸다. 그날 이후 매주 화요일마다 온라인으로 글 쓰는 방법을 배운다. 이전에 끄적거리던 나의 글쓰기는 달라졌다. 독자를 위한, 독자에게 도움이 될 글을 생각하며 쓴다. 글쓰기에 빠진 나에게 "이제 책을 내셔야지요?" 공저 작가로 먼저 입문 하자고 글쓰기 코치가 제안했다. 내가 작가가 된다고? 꿈인가 싶었다.

아침에 해가 뜨고 저녁에 해가 지는 것은 어떻게 할 수가 없다. 그러나 **꿈을 향한 도전의 기회가 왔을 때 결정하는 것은 나의 몫이다.** 하고 싶어 찾아 나선 길이 아닌가. 공저에 참여하겠노라 말하고 초보 작가가 되었다.

바쁜 삶을 살다가 되살아난 나의 꿈. 빙점을 읽으며 작가를 꿈꾸던 소녀가 글쓰기의 계단에 첫발을 올렸다. 시간을 거슬러보면 누구나 그 시절 가슴속에 품었던 꿈이 있다. 이루지 못한 꿈 하나가 떠오르면 잊어버릴세라 꿈의 목록에 적어 놓는다. 아직 그 시절의 **열정이 마음속에서 요동하는지 살핀다. 도전의 기회가 찾아오면 돛을 올리고 물살을 가르는 항해사처럼 꿈을 향해 나아가 보기로 했다.**

# |12|
# 책은 나의 작은 우주선
### 홍순지

세상이 못 견디겠으면 책을 들고 쪼그려 눕죠.
그건 내가 모든 걸 잊고 떠날 수 있게 해주는 작은 우주선이에요.

수전 손택

"우리 딸 요새 살이 좀 쪘네?"

아빠가 귀신처럼 알아보신다. 2023년 여름, 3kg 정도 살이 쪘다. 얼마 아니라고 생각할 수 있지만 결혼 후 '일정하게 찐' 상태를 유지하던 나에게는 큰 수치였다. 살이 찌니 몸이 찌뿌둥하고 아픈 것 같아 운동을 시작했다. 운동을 한 지 몇 주가 지났는데도 기운이 없었다. 몸이 꺼질 것처럼 무거웠다. 불현듯 갑상선에 문제가 생긴 건 아닐까 하는 생각이 스쳤다. 다음 날 바로 병원에 찾아가 갑상선 검진을 받았다. 피검사 결과가 나오던 날, 병원에서 전화가 왔다. 이상이 없으면 결과지만 문자로 전송한다고 했는데 예고 없이 울리는 전화벨에 문제가 있음을 직감했다.

"갑상선 기능 저하증이네요. 병원으로 오세요."

그럴 줄 알았어. 괜히 살찐 게 아니라는 어리석은 안도감을 안고 병원으로 갔다. T3 호르몬 수치가 낮아 갑상선 기능 저하증이란다. 수치가 심하지 않고 일시적인 과로로 인한 것일 수 있으니 한 달 후 다시 검사하기로 했다. 앞만 보며 달려왔는데 그 결과가 아픈 몸이라니 자책과 허무함이 밀려왔다.

지친 몸과 씨름하며 다름없는 일상을 살던 어느 날, 늘 나를 염려하시던 엄마가 한마디 하셨다.

"요즘 브런치 작가라는 게 있다던데? 네 꿈이 작가였잖아. 한번 해보면 어때?"

아이들과 일에만 치여 자신을 돌보지 못하는 딸이 안쓰러우셨나 보다. 엄마의 말에 잠시 설렜지만 바로 행동하지 못했다. 언젠가를 기약하며 시간을 흘려보냈다. '나중에, 나중에 꼭.'

책은 책은 선생님이죠.
우리가 모르는 것 모두 알지요.
책은 책은 할머니죠.
재미있는 이야기 모두 알지요.
책은 책은 희망이죠.
동화 작가가 되려는 나의 꿈을 키워 주지요.

초등학교 2학년 학교 문집에 발표한 동시다. 각 반에서 몇 명씩 뽑혀 학교 창간호 문집에 글을 실었다. 문집은 아직도 아빠의 책장에 꽂혀 있다. 초등학교 6년 내내 동화 작가가 꿈이었다. 그저 책이 좋아서. 어린 내 눈에 책은 세상의 재미난 이야기를 다 품고 있는 화수분 같았다. 물구나무를 서고 뜀박질을 하다가도 책이 보이면 행동을 멈추고 달려갔다. 한번 책을 붙들면 시간 가는 줄 몰랐다.

언제부턴가는 참 빨리 읽었다. 지금 학생들에게 안 좋은 습관이라고 지적하는 속독을 사실 나도 했다. 뒷이야기가 궁금해 책장을 빨리 넘겼고 얼른 또 다른 책을 읽고 싶어 서둘렀다.

그렇게 초등학생 시절 내내 책을 달고 살았다. 내가 읽는 속도에 맞춰 책을 사 주시느라 엄마와 아빠는 동대문 헌책방을 자주 다니셨다. 노끈으로 묶인 책 한 질을 어깨에 짊어 메고 오시면서도 희희낙락 하시던 아빠의 모습이 눈에 선하다.

초등학교 3학년 때는 당시 재미있게 읽던 동화책과 비슷하게 따라 써봤다. 나의 첫 동화 『마법 소녀 레디』를 그해 엄마 생일 선물로 드렸다. 결혼 전까지는 책장 어딘가에 보관하고 있었는데 아쉽게도 지금은 사라졌다.

순둥이 같은 나의 외형 안에는 드러내지 않은 뜨거운 열정이 살았다. 하고 싶은 일도, 되고 싶은 것도 많았다. 자라면서 하고 싶은 일이 더 많아졌다. 뮤지컬 배우, 라디오 PD, 카피라이터까지 새롭게 품었다가 내버려진 꿈이 여럿 있었지만, 작가만은 언젠가 꼭 되겠노라고 잊지 않았다.

중고등학교를 거치며 현실을 마주한 나는 성공한 커리어우먼을 목표로 대학을 졸업해 대기업에 입사했다. 그래도 작가의 꿈은 잊지 않고 있었다. 언젠가 될 수 있다고 생각했다. 막연하지만 언젠가 나는 꼭 글을 쓸 것 같았다. 확언의 말을 지양하는 내가, 작가라는 꿈만큼은 늘 주변에 이야기하기도 서슴지 않았다.

아이 둘을 키우는 바쁜 일상 속에서 마흔이 되었다. 드문드문 내 속에 있는 무언가를 분출하고 싶을 때마다 꾹꾹 눌러 참아냈더니 등 한가운데 통증은 이제 고질병처럼 자리 잡았다.

회사를 그만두고 준비해 개인 학원을 운영한 지 1년이 막 넘었던 시절, 운영에 서툴렀던 나는 수강 신청이 들어오는 대로 비어 있는 모든 시간에 다 수업을 잡았다. 오전부터 시작된 수업은 점심시간 없이 저녁까지 이어졌다. 한번 틀어쥔 고삐는 느슨해질 줄 몰랐다. 높은 목표만 바라보며 쉬지 않고 달렸다. 보이지 않고 잡히지 않는 허상만 좇았다. 지식에 대한 갈증으로 대학원에도 진학했다. 논문을 완성 시키고 석사과정을 마치며 모든 에너지를 쏟아냈던 그때가 2022년이었다.

퇴근하고 집에 와 아이를 씻기고 먹이고 재운다. 아이를 무사히 재워두고 살며시 방문을 닫고 나오면 발에 밟히는 장난감들, 싱크대에 가득 찬 설거지, 개지 않은 빨래. 풀풀 날리는 먼지. 어느 것부터 해결해야 할지 엄두가 나지 않았다. 뭐라도 해야 했던 그 순간 내 다리는 성큼성큼 널브러져 있는 물건들을 건너뛰어 책장이 있는 서재를 향해 움직인다. 책장 앞에 서서 아무 책이나 꺼내 들고 눈에 보이는 대로 읽었다. 지금 생각해 보면 기이하다. 엉망인 거실을 가로질러 책장 앞으로 가 무엇에 홀린 사람처럼 책을 읽다니.

사유하는 인간임을 느끼고 싶었던 것 같다. 숨이 막힐 때면 현실을 피해 늘 책장 앞에서 가만히 숨 쉬던 나는, 몸과 마음이 아픈 것도 자각하지 못한 채 여러 날을 또 흘려보냈다.

안으로만 묻어두기에는 더 공간이 없었다. 그때부터 끄적이기 시작했다. 오른쪽 어깨 통증 때문에 손글씨는 어려워 메일함을 열어 '내게 쓰기'를 시작했다. 브런치에도 가입했다. 하지만 곪아있는 내 안의 이야기를 선뜻 꺼내기가 어려웠다. 작가는 되고 싶었지만, 나를 드러낼 자신은 없었다. 결국 또 내 이야기를 쓰지 못하고 역사 속 이야기만 나열하는 데 그쳤다. 솔직하지 못한 습작들만 쌓였다.

목에서 계속 통증이 느껴졌다. 갑상선 기능 저하증이라도 실제 목 통증이 있기는 드물다던데, 난 이물감은 물론 한껏 부은 느낌까지 들었다. 혹이 난 것처럼.

2024년 봄, 새해를 준비하며 무언가에 홀리듯 검색을 했다. 작가, 작가되는 법, 글쓰기……. 내가 원하는 것, 필요한 것을 찾는 긴 과정 끝에 우연히 블로그 글을 만났다.

'에세이 공저 작가 모집'

심장이 다시 뛰었다. 동화 작가를 꿈꿨고 언젠가는 꼭 글 쓰는 사람이 되고 싶다고 꿈을 유예하던 나의 코앞에 기다렸다는 듯이 글을 쓸 기회가 나타났다. 아무 제약도 없이 정말 작가가 될 수 있다는 반가운 글이었다. 노트북 화면에 떠 있는 글이 나를 보는 것 같았다. 더 미루지 말라고, 나를 놓치지 말라고 반짝반짝 빛을 내고 있었다. 바로 문자를 전송했다.

**"저도 작가가 될 수 있을까요?"**

# 오늘 바로 쓰고 싶은 당신을 위한 질문들

### DAY 1: 자아성찰과 감정 탐색

- 지금 내 기분을 색깔로 표현한다면?
- 오늘 하루 중 가장 기억에 남는 순간은?
- 최근에 '나 잘하고 있어.'라고 느꼈던 순간은?
- 지금 내 마음을 가장 편안하게 해주는 것은?

### DAY 2: 감사와 행복

- 내 인생에서 가장 감사했던 순간은 언제였나?
- 나만의 작은 행복을 찾는 방법은?
- 오늘 나를 행복하게 만든 작은 순간은?
- 나를 웃게 만드는 사람은 누구인가?

### DAY 3: 영감과 성장

- 내게 영감을 주는 사람은 누구인가?
- 내 삶에 가장 큰 영향을 준 책이나 영화는?
- 삶에서 나를 가장 성장하게 만든 경험은?
- 나를 가장 나답게 만드는 순간은 언제인가?

DAY 4: 꿈과 도전

- 내가 이루고 싶은 꿈 중 하나는 무엇인가?

- 어릴 적 꿈 중 아직 간직하고 있는 것이 있다면?

- 요즘 나에게 가장 큰 도전은 무엇인가?

- 오늘 나를 위한 다짐을 하나 해본다면?


DAY 5: 위로와 치유

- 최근에 나를 위로해준 것은 무엇인가?

- 최근에 가장 가슴이 뭉클했던 순간은?

- 내가 자주 하는 걱정은 무엇이며, 어떻게 내려놓을 수 있을까?

- 힘든 하루를 마치고 나를 위한 작은 보상을 준다면 무엇을 하고 싶은가?


DAY 6: 소중한 것들

- 내 삶에서 절대 놓치고 싶지 않은 것은 무엇인가?

- 내 인생에서 가장 소중한 추억 한 가지를 떠올려 본다면?

- 내 삶에서 사라지면 아쉬울 것 같은 습관이나 일상은?

- 나를 가장 자유롭게 만드는 순간은 언제인가?


DAY 7: 소통과 표현

- 지금 이 순간, 가장 듣고 싶은 말은?

- 미래의 내가 지금의 나에게 해주고 싶은 말은?

- 누군가에게 편지를 쓴다면 누구에게, 어떤 내용을 담고 싶은가?

- 언젠가 책을 쓴다면, 어떤 이야기를 담고 싶은가?

- 글을 쓸 때 가장 솔직해지는 순간은 언제인가?

2장

# 글쓰기는
# 기분이 아닌 기본으로

# | 1 |

# 찢겨도, 버려져도, 나는 씁니다

### 김미애


글을 쓸 때는 문법보다 진정성이 더 중요하다.

조지 오웰


나에게 아침 편지는 유일한 돌파구였다. 교사로 첫 발령 이후, 6학년 사춘기 아이들을 교육하면서, 교사라는 직업이 싫어졌다. 예의 없는 학생들과 보호자들로 교문을 통과하면 가슴이 답답해서 숨쉬기가 힘들었다. 이 괴로운 환경을 돌파한 방법인 '아침 편지'는 나에게 유일한 동아줄이었다. 그런 동아줄이 쓰레기통에서 발견했다. 쓰레기통에서 발견된 내 신념은 우리 반 아이들의 낙서로 얼룩져 있었고, 갈기갈기 찢겨 버려졌다. 편지가 딱지나 비행기로 바뀐 모습도 보였다. 나를 얼룩으로 더럽히고, 구겨져 쓸모 없게 만든 아이들에게 화가 났다. 나는 더러운 쓰레기통에 홀로 버려졌다.

아침에 아들과 대화가 스쳐 지나갔다. 출근 시간 30분 전이다. 아직 화장도 하지 않았고, 머리카락도 말리지 못했다. 아들의 학교 준비물도 챙기지 않았다. 방금 일어난 아들이 컴퓨터 앞에 앉아있는 나에게 무엇을 하느냐고 호기심 어린 질문을 한다. "지금 엄마 반 학생들에게 줄 아침 편지 적고 있지."라고 답하는 나에게 아들은 부러워했다. 엄마 반 학생들은 편지를 받으면 좋을 것 같다는 응원에 힘이 나서 웃으며 출근할 수 있었다. 하지만 이런 상황이라니. 쓰레기통에 버려졌던 아침 편지를 아이들의 마음으로 옮기고 싶었다. 방법을 찾기 시작했다. 아침 편지에 무엇을 넣으면 버려지지 않을지 고민했다. 아들과 읽으며 많이 웃었던 난센스 퀴즈 책이 눈에 들어왔다. 그 책을 활용해서 재미있던 퀴즈로 편지를 시작했다. '세종 대왕이 좋아하는 우유는?' 다음 날 편지에 답으로 '아야어여오요우유'를 넣었다. 아이들은 편지에 어떤 퀴즈가 있을지 궁금해했다.

"선생님, 편지에서 틀린 글자 찾았어요.", "선생님, 진짜 수능 3번이나 보신 거예요?", "편지에 2교시 체육수업 피구 시켜준다는 약속 지키세요." 조금씩 아이들이 내 편지에 관심을 가지기 시작했다. 나의 아침 편지가 학생들에게 보관되기를 바랐다. 그래서 편지를 일주일 동안 모아서 나에게 보여주면, 칭찬 스티커를 주었다. 한 학기 동안 편지를 잘 모은 친구들은 방학 때 나와 함께 영화데이트를 했다. 미리 상품을 안내하니 도전하는 친구들이 점점 늘어갔다. 그렇게 조금씩 나는 쓰레기통에서 아이들의 파일로 옮겨갔다.

학교에 출근하고 편지를 인쇄하면서 하루를 시작한다. 내 편지를 본 옆반 선생님이 나에게 말했다. "김 선생님과는 같은 학년 못 하겠어요. 괜히 비교되네요. 혼자만 열정 교사입니까? 왜 하필이면 김 선생님이 편지 같은 걸 써서, 안 쓰는 내가 꼭 불성실한 교사처럼 느끼게 하나요? 괜히 눈치 보이네요!" 옆 반 선생님은 내 편지가 불편한가 보다. 편지는 내 마음을 편안하게 만드는 필수품인데, 선생님의 눈에는 과시용 장식품으로 비쳤나 보다. 편지를 쓰지 않았던 첫해의 힘들었던 상황으로 되돌아가기 싫었다. 우리 반 운영을 내 의지대로, 결과도 내가 오롯이 지고 싶은 마음에 계속 쓰기로 했다.

아침 편지에 내 진심을 담았고, 그 덕분에 우리 반 아침 모습이 달라졌다. 아침부터 시끄럽게 뛰어다니던 아이들이 조용히 자리에 앉아서 편지를 읽는 모습으로 바뀌었다. 편지 덕분에 목에 좋다는 도라지즙을 더는 먹지 않아도 된다. 이제 아침 편지는 쓰레기통 안에서 아이들의 마음으로 자리 잡았다. 한번 마음에 자리를 잡은 편지는 우리 반 필수품이 되었다.


아침마다 편지를 썼지만, 실수로 어제 편지 파일을 가져오는 바람에 오늘 편지를 나눠주지 못한 적이 있었다. "꼭 내일은 오늘 것까지 같이 편지 주세요."라며 당부하는 학생이 생겼다. 편지는 아이들만 보는 것이 아니었다. 사춘기 자녀와 '아침을 여는 편지'를 읽고 대화거리가 생겼다며 고맙다는 학부모들이 늘어났다. "김 선생님, 치매 걸린 아버지와 아들의 이야기 읽고 울었어요. 효도 미션 덕분에 연희가 어깨도 주물러주고 설거지도 도와줘서 행복했습니다.", "선생님 편지 매일 기다리고 있습니다." 학부모는 편지에 적힌 나의 진심을 알아주었고 나를 응원해 주었다. 구독자가 점점 늘어났다. 어느새 나는 하루도 빠지지 않고 편지를 쓰기 시작했다. 내 편지를 기다리는 구독자들을 실망하게 하고 싶지 않았다. 몸이 아파도, 과음으로 술병이 나도 편지를 썼다. 남자친구와 헤어져서 밤새 울다 한숨도 못 잔 날에도 아침을 여는 편지는 계속되었다. 학생들과의 약속이 어느새 나 자신과 약속이 되었다.

'아침을 여는 편지'는 기적 같은 변화를 불러왔다. 선생님의 꾸짖음과 잔소리 대신 진심이 담긴 한 통의 편지로 학생들은 달라지기 시작했다. 교사로서의 고민, 학생의 잘못된 행동에 대해 화내고 벌을 준 후 밀려오는 선생님의 후회스러운 마음. 한 명 한 명에 대해 말로 표현하지 못한 애정이 가득한 편지를 썼다. 학생들은 편지 속 우리 반 이야기에 공감했다. '아침을 여는 편지'로 나에 대한 오해가 풀리고, 선생님에 대한 인식이 변하기 시작하면서 학생들의 행동이 바뀌었다. 우리 반이 달라졌다. 변화를 경험하면서 계속해야 할 힘이 생겼다.

그렇게 변화된 나의 삶이 나를 꿈꾸게 한다. 지금껏 써왔던 나의 아침 편지를 책으로 내어 누군가에게 도움이 되고 싶다고 생각하게 되었다. 그리고 꾸준히 일상을 적거나 그림책 포스팅도 열심히 진행하며 작가라는 꿈을 이루고자 한다. 교사 생활을 하면서 많은 사람을 만나고 경험하였다. 내가 원하는 대로 모든 것이 흘러가거나 항상 좋은 길만 있었던 것은 아니다. **방해 요인이나 힘든 일이 생기지만 나는 편지를 통한 진심을 전하는 글쓰기**

**를 멈추지 않았다. 그랬더니 어느새 내가 강해졌다.** 주변 반응에 흔들리지 말고 옳다고 생각한 활동은 포기하지 않았으면 한다. 나에겐 아침 편지 쓰기였다. 그 경험 덕분에 이 글을 쓸 수 있으니 삶이란, 반응보다는 행동이 중요하다는 생각을 해본다.

# | 2 |

# 책 한 권 낸다는 건 쉽지 않아

### 김서현

작가의 유일한 의무는 진실을 말하는 것이다.

나나 무스쿠리

책을 쓰기로 결심한 후부터 블로그를 시작해 매일 기록했다. 직장에서의 이야기, 아기 키우는 이야기, 일상생활에서 있었던 일 등. 퇴근 후에는 유빈이를 돌봐야 했기에 육아 출근 전에 조금씩 썼다. 시간이 지나니 글이 꽤 쌓였다. 처음 몇 달간은 바람을 따라 흘러가는 배의 돛처럼 순조롭게 흘러갔다. 매일 블로그에 내 이야기를 쓰는 것이 재미있었다. 하지만 직장 생활과 육아의 틈 속에 글쓰기를 집어넣자니 여유가 사라졌다. 매일 써야 한다는 압박감이 나를 옥죄는 것 같았다. 분명히 블로그에 끄적이는 것은 재미있는데, 여유가 없어지니 저녁 시간에 육아할 에너지가 없었다. 육아, 일, 글쓰기 모든 면에서 점점 활력이 떨어졌다. 그래서 일단은 나를 위해 '매일 글쓰기'를 잠깐 멈추기로 했다. 대신 생각날 때만 끄적이기로 하고 숨통을 텄다. 시간 여유도 생겼다. 숨 돌리는 와중에 첫 공저 책을 쓰게 되었다. 책의 주제는 '선택'이었다. 살면서 내가 했던 선택으로 인해 좋았던 경험, 나빴던 경험 등의 이야기를 진술하게 써서 네 개의 글을 완성하는 것이었다. 첫 책이니 근사하게 만들어 보고 싶다는 욕심이 생겼다. 워킹맘인 나에게는 글쓰기에 투자할 수 있는 시간이 많지 않았기에, 밤에 아기를 재운 이후 새벽에 일어나 원고를 쓰기 시작했다.

첫 장의 주제는 '내 인생에서 내린 선택과, 그 선택으로 인해 결과가 나빴던 경험'이었다. 화려한 주제에 비해 내 머릿속은 도대체 어떤 내용을 써야 할지 막막했다. 살면서 어떤 선택을 하고 후회했던 경험이 있긴 했다. 아니, 생각해 보니 그런 적은 많았다. 하지만 너무도 사소한 것들이었기에 책으로 쓰기에는 평범할 것 같았다. 뭔가 획기적이고 '있어 보이는' 이야기를 들려주고 싶은데, 그럴만한 것은 떠오르지 않았다. 시간이 흘러도 좀처럼 뾰족한 답이 떠오르지 않았다. '아, 나 못하겠어!' 한 문장도 쓰지 못하고 고민만 점점 커졌다. 자신감이 뚝 떨어졌다. 역시 나는 끄적이기만 좋아할 뿐, 책 쓰는 것과는 거리가 멀다고 느꼈다. 누구에게도 책 쓰기 고민에 대해 털어 놓지 않았다. 그들은 내 삶을 살아보지 못했을 거고, 힘들면 그만두라는 말부터 할 것 같았다. 날 위한다는 생각으로 왜 사서 고생하냐고 하겠지. 더 이상 고민만 할 것이 아니었다. '공부'를 해야겠다는 생각이 들었다. 마음먹고 들은 책 쓰기 강의에서, 갑자기 코치의 말이 귀에 꽂혔다.

"지금 당장 쓰세요. 무슨 내용이든 쓰세요. 평범한 일상도 글로 쓰면 스토리가 됩니다!"

'있어 보여야' 한다는 내 편견을 와장창 깨는 그런 말이었다. 내가 책을 쓰려는 이유가 무엇이었을지 다시 한번 되짚어 보였다. 진짜 있어 보여야 했기 때문일까. 아니면 다른 사람에게 위로와 용기를 주기 위해서였을까. 책 쓰기를 시작했으니 마무리도 해보기로 했다. 마음먹고 나니 '있어 보이지 않아서' 빼놓았던 글감이 다시 소중한 글 재료가 되었다.

다시 노트북을 켰다. 그리고 써야 할 주제를 다시 한번 차분히 바라보았다. 선택하고 후회했던 경험. 너무 멀리서 찾지 말자고 되뇌며 가까운 곳부터 기억을 되짚어 보았다. 그때 떠오른 일이 있었다. 아기 낳고 얼마 되지 않아 홀로 갔었던 대만 여행에서의 일들. 아기가 아직 태어난 지 150일도 되기 전이어서 한창 산후우울증에 힘들었던 때다. 마음을 탁 트이게 하고 싶어 여자 혼자 여행하기 안전하다는 대만에 놀러 가고 싶었지만, 아직 갓난아기인 아이가 눈에 아른거려 갈까 말까 수백 번 고민했던 그 시절. 다행히 남편이 다녀오라고 격려하고 아기도 돌봐줘서 다녀올 수 있었더랬다. 하지만 여행 첫날부터 몸살로 끙끙 앓아누웠다. 다음날은 마트에서 물건을 사다가 손가락이 베였다. 대만에 신이 있다면, 그 신이 나를 다시 한국으로 내쫓고 싶었던 건지도 모르겠다. 다음 여행지로 이동하는 와중에 택시에서 차 사고가 났고 전기 자전거 타고 섬을 돌다가 트럭과 꽝 부딪혔다. 호기롭게 여행을 택했지만 아프고 사고만 났던, 아름답지만은 않은 기억으로 남아있는 그 여행. 여행을 선택했으나 후회했던 그때의 경험이 책 쓰기 주제와 딱 맞아떨어졌다. 사소하기만 한 내용이지만, 글로 써보면 재미있는 스토리가 될 것이라 생각이 들었다. 그리고 나처럼 여행 가서 안 좋은 일들만 있었던 독자들에게 위로가 될 수도 있을 것 같았다. 기억을 되살려 당장 쓰기 시작했다. 쓰다 보니 두 장이 훌쩍 넘어갔다. 이렇게 술술 쓸 수 있었는데 왜 그리 어렵게 느꼈을까. 2주 후 첫 글인 '초고'를 네 편 완성했다. 아직 초고이니 부족한 부분을 확인하고 수정하기로 했다. 남편에게 보여주었다.

"왜 대만을 가고 싶었는지 이유가 있으면 좋을 것 같아.", "이 문단은 독자들이 흥미진진하게 느끼겠다."

남편은 꼼꼼히 글을 읽어보고 독자의 입장에서 아쉬운 부분과 보충할 내용에 대해 조언해 주었다. 역시 처음 쓴 글이다 보니 고쳐야 할 점이 많았다. 그래도 남편 덕분에 나도 글을 읽는 사람 시선으로 쓰게 되는 눈이 길러졌다. 이후에도 남편은 내 글을 읽을 때마다 더 잘 쓸 수 있다며 매번 나를 격려했다. 바쁘게 살아가는 내 모습이 보기 좋다며. 따뜻한 말을 해주는 그가 참 고마웠다. 대만 여행 이야기를 쓴 이후 나머지 세 편의 글도 글감을 선택해 써 내려 가보았다. 술술 써지다가도 막힐 때가 많았고, 내 문장력의 한계를 느끼기도 했다. 베스트셀러 작가들은 어찌 그렇게 유려한 말들로 독자들을 이야기 속에 빠뜨릴까. 새삼 작가라는 직업이 대단하다고도 생각했다.

모든 공저자들의 초고가 완성된 후, 본격적으로 글을 고치는 '퇴고 작업'을 시작했다. 몇 번이고 초고를 읽으며 문장을 고치고 다듬는 일을 반복했다. 한 권의 책이 만들어지는 것은 쉬운 일이 아니었다. 역시 책 쓰기란 만만치 않은 것이었다. 여러 번의 퇴고가 진행된 후, 마지막으로 짝으로 정해진 작가와 함께 서로 번갈아 읽으며 문장을 고치는 작업을 했다. 어떻게 보면 나와 만나게 된 짝 작가는 가족을 제외한 첫 독자다. 첫 독자에게 내 글을 내어주는 것이 부끄러우면서도 그가 글을 읽은 후 어떻게 느낄지 궁금하기도 했다. 다행히 짝 작가가 내 글이 술술 잘 읽힌다고 칭찬해 줘서 그동안의 힘든 시간이 스르르 녹아 내렸다.

몇 달 후, 책이 세상 밖으로 나왔다. 『모든 순간마다 선택은 옳았다』라는 제목과 함께. 베이지색의 표지가 새 책을 낸 내 마음처럼 반짝였다. 예약판매 기간에는 베스트셀러에 오르기도 했다. 하늘로 날아오를 것 같았다. 책 출간이라는 결과만 놓고 봤을 때는 세상 부러울 것 없었다. 하지만 여기까지 오기 위한 과정은 결코 만만치 않았다. 나처럼 쓰고 싶다는 열정으로 글쓰기에 풍덩 빠지더라도 다음 날 마음이 푹 꺼지는 경험을 해 본 초보 작가들이 있을 것이다. 나도 태어나서 처음으로 책을 출간해 보면서 시간이 쪼들린다는 것이 어떤 기분인지도 느껴봤고, 내 표현력의 한계도 맛봤다. 바닥에 던져진 나와 계속하여 마주하는 순간의 연속이었다. 하지만 초보 작가가 괜히 '초보'가 아니다. 초보의 역량만큼 내 이야기를 전달하면 된다. 오히려 초보의 날것에 더 감동하고 와닿는 독자들도 적지 않을 테다. 쓰고 있는 순간만큼은 걱정하지 않아도 된다. **걱정은 '쓰지 않을 때' 생기는 법이다.**

나는 또 쓴다. 쓰면 성숙해진 나를 만날 수 있다. 내가 나를 계속 다듬어가는, 힘들지만 중독성 있는 이것을 멈출 수가 없다. 멈추면 제자리에 머무르기만 한다.

그래서 오늘도 아기를 재우고 깜깜한 밤에 노트북 앞에 앉아 타자를 두드려 본다. 한 글자 한 글자 뒤에 숨어 있는 좀 더 성숙한 나를 만나기 위해. 그리고 책 속에서 만날 독자들을 생각하며.

# |3|

# 엄마, 틀려도 돼요?

### 김효정

글쓰기는 단지 시작하는 것뿐이다. 나머지는 고통의 연속이다.
그러나 계속 쓰면 결국 자신만의 길을 찾게 된다.

어니스트 헤밍웨이

기록이 쌓여갈수록 내 안에 욕심이 생겼다. 그것은 기록을 책으로 남기는 것이다. 그림책 교사동아리에서 여러 선생님과 함께 그림책을 낸 적도 있었고, 대학원 졸업 논문 대신 쓴 교재를 다른 졸업생의 것과 묶어 한 권의 책으로 엮은 적도 있어서 출판이 그리 어렵게 여겨지진 않았다. 그래서 호기롭게 책을 내려고 했다. 그러나 성공하지 못했다. 시작할 때는 늘 깨닫지 못하는 그것. 늘 현실은 상상보다 어렵다.

나는 그림책 작가가 되고 싶었다. 그래서 몇 해 전에는 실제로 그림책을 출간하기 위해서 노력했었다. 다섯 편의 시리즈를 계획하고, 첫 편을 썼다. 소방 안전과 관련된 그림책이었는데, 사람들을 괴롭히는 악당과 정의를 지키는 히어로와의 대결 구도를 통해 아이들에게 안전 지식을 재미와 교훈으로 맛있게 버무려 전달하고자 하였다. 글은 내가 직접 썼고, 그림은 아는 동생에게 내용과 맞도록 그려달라고 부탁했다. 동생은 대학 때 그림을 전공하기는 했지만, 그림책을 만든 적이 없었기에 처음에는 내 제안을 부담스러워했다. 그래도 나중에는 고맙게도 승낙해 주었다. 그림을 그리는 일을 주업으로 하는 동생이 아니었기 때문에 제출 기한은 없었다. 거의 2년 만에 그림이 완성되었다. 친구가 그려준 그림은 꽤 마음에 들었다. 그녀의 고민과 노력이 그림 곳곳에 녹아 있는 게 느껴져서 고마웠다.

그림이 어느 정도 완성되자 이제는 글자를 배치해야 했다. 직접 할 수도 있었지만 아무래도 내가 하는 것보다는 나보다 잘하는 사람에게 맡기는 것이 더 나을 것 같았다. 그래서 이번에도 다른 친구에게 부탁했다. 이 친구도 출판에 대한 경험이 없었다. 지난번처럼 기한 없이 그림에 맞게 글자를 배치하는 것과 표지와 속지를 포함한 전반적인 디자인을 맡겼다. 그런데 디자인하려다 보니 새로 추가해야 할 그림이 생겼고, 수정해야 할 그림도 있었다. 나는 그림책을 편집할 때, 그림 수정이나 표지 같은 문제를 두 친구가 알아서 결정하기를 바랐다. 하지만 두 친구는 잘 아는 사이가 아니었고, 사는 지역도 다르다 보니, 서로 소통이 되지 않았다. 내 기대보다 그림책 진행 속도가 더디었다.

결국 표지에서 그림책이 멈췄다. 나도 처음 글을 쓰는 것이었고, 그림을 그려준 친구도 처음이었다. 디자인을 맡은 친구도 처음이었다. 다 처음이다 보니 예상과는 다르게 일이 진행되었고, 필연적으로 발생할 수 있는 문제들을 제대로 해결하지 못했다. 그림책은 실패했다.

얼마 전 딸아이가 숫자 4를 배우는데 몇 번을 가르쳐 주어도 숫자 4를 못 찾는 것이다. 버튼만 눌러도 "사"라고 소리가 나오는데, 이것저것 아무거나 누르면서도 막상 4를 못 찾았다. 그래서 짜증이 났다. 아이에게 그만하라고 하고 나는 소파에 드러누워 버렸다. 아이는 울면서 계속하겠다고 했다. 나는 하지 말라고 했다. 그만해도 된다고. 다음 날에도 아이는 여전히 미련이 남았는지, "이게 4예요?"하고 물었다. 아이에게 아무거나 눌러보라고 했을 때, 아이가 한 말이 아직도 가슴을 아프게 한다.

"엄마, 틀려도 돼요?"

나도 모르게 아이에게 '실패할 수 있는 자유'를 빼앗은 것이다. 누구나 다 실패하면서 배우는 건데 나는 먼저 알고 있던 것이라서, 나에게 쉬운 것이라고 내 잣대를 아이에게 필터 없이 들이대어 아이를 평가해 버렸다. 아이는 '실패하면 엄마가 못 하게 하는구나. 실패하면 엄마가 싫어하는구나.'를 알았다. 그렇게 아이는 실패의 두려움을 알게 되었다.

그 이후로 나는 많은 시간을 들여 아이에게 계속 말해주고 있다. 틀려도 된다고, 실패해도 된다고. 실패를 통해 배울 수 있는 게 많다고. 그런데도 아이는 그 이후로 버튼을 안 누른다. 대신 "엄마, 이거 4 맞아요?"라고 먼저 확인한다. 내가 "응, 4 맞아."라고 대답해야만 아이가 버튼을 누른다.

나는 이 일로 '실패할 수 있는 자유'에 대해 진지하게 생각해 보았다. 그러고는 경험이 아예 없는 것보다는 실패 경험이든, 성공 경험이든 관련 경험이 있는 것이 중요함을 깨달았다. 경험은 일을 규모 있게 하도록 도와준다. 발생할 수 있는 문제를 예방하기도 하고, 발생한 문제를 해결하도록 돕기도 한다. 성공 경험만이 나를 돕는 것이 아니라 실패한 경험도 나를 돕는 것이다. 그렇다면 적어도 실패할 것 같아서 포기하면 안 된다. 실패에 대한 두려움 때문에 포기하는 것이 아니라 실패하더라도 도전해야 성공에 다가갈 수 있다. 일론 머스크는 우주선을 발사할 때, 100%의 성공 확신이 없어도 로켓을 발사한다. 그리고 실패했던 경험을 살려 보다 완벽하도록 재조정한다. 그에게 실패는 실패가 아니라 배움이다. 실패라는 배움을 통해 조금씩 더 성공에 다가가는 것이다. 그런 식으로 그는 누구도 하지 못한 일을 해내고 있다. 실패한 경험도 유익하다. 그러니 실패해도 괜찮다. 누구나 실패할 수 있는 자유가 있다.

그림책을 그리겠다고 마음먹은 후 벌써 4년이 지났다. 내 1호 그림책은 그 상태로 구글 드라이버에 표류 중이다. 쉬울 것 같아 시작했는데 쉽지 않았다. 쉽게 성공할 줄 알았는데 실패했다. 이때의 경험은 내 가슴에 얹힌 돌처럼 남았다. 얹힌 돌은 목에 걸린 달걀노른자 같았고, 다시 도전하지 못하도록 붙잡고 늘어지는 족쇄 같았다. 그림책을 만들고 싶지만, 그때의 기억으로 인해 그림책을 다시 만드는 것이 두려웠고, 실패를 겪으면 따라오는 좌절과 낙심, 이러한 감정이 마음을 무겁게 했다.

그런데 딸아이와의 일화를 통해 '실패할 수 있는 자유'를 깨달은 후, 엎힌 돌은 더 이상 실패의 증거가 아니게 되었다. 오히려 나는 엎힌 돌 덕분에 얻었다. 다음에 그림책을 만들 때, 그림책 출간에 실패하지 않게 만들, 한 가지를 말이다. 그리고 엎힌 돌은 더 이상 내 마음을 무겁게 만들지도 않는다. 오히려 엎힌 돌은 내가 그림책을 만들고 싶어 했음을 잊지 않게 해준다. 나를 다시 글 앞에 데려다 놓는 것이, 어쩜 이 엎힌 돌일 수 있다. 마치 알람처럼 잊을만하면 내게 '그림책 완성해야지.'라고 이야기해 주는 것만 같다. 엎힌 돌은 실패의 증거가 아니라 건너다보면 닿을 수 있는, 꿈과 이어진 징검다리다. 그게 실패를 대하는 나의 달라진 태도고, 실패하면서도 글을 계속 쓰고 있는 이유다. **포기하지 않는 한 실패의 끝은 실패로 끝나지 않는다.**

# |4|
# 초보 작가의 성장기

**문미영**

열정 없는 글쓰기는 독자에게 전달되지 않는다.

스티븐 킹

　요즘 책을 읽는 사람들이 줄어들고 있다고 해도 여전히 SNS상에서는 애독가들이 많이 보인다. 책을 많이 읽는 사람은 자신의 이름이 적힌 책을 출간하고 싶다는 꿈을 꾸게 된다. 나 또한 그러했다. 다른 사람들이 겪는 실패와 좌절, 그것을 극복하여 성장한 사연이 담긴 책을 많이 읽었다. 책을 읽으며 제일 먼저 떠오른 생각은 '나와 같은 난임 부부들을 위한 책을 써 보자.'였다. 난임 부부들은 배 주사를 맞아가며 혼자서 과정을 인내하고 있다. 그들에게 힘이 되어주고 싶었다. 그들의 목소리를 글로 대변하고 싶었다. 2023년, 번번이 실패하는 시험관 시술과 유산 때문에 몸과 마음이 지쳐있었다. 사랑하는 남편, 예쁜 아이와 함께 평범한 가정을 꾸리고 싶었다. 스스로 찌른 배 주사만 해도 셀 수 없다. 참기 힘든 고통보다 아이를 위해 내가 할 수 있는 일이라면, 무엇이든 하고 싶었고 할 수 있었다. 평범함조차 과분한 일이었을까. 그동안의 큰 노력이 수포가 된 기분이었다. 하지만 포기하지 않았다. 남편과 나에게 임신은 단순한 문제가 아니었다. 아이는 우리 둘 사이 사랑의 결실이라는 믿음이 있었기 때문이다. '난임이 나에게만 생긴 문제일까?' 궁금했다. 분명 나와 같은 아픔을 겪은 사람이 있다. 그중에는 역경을 슬기롭게 이겨낸 사람도 분명히 있을 터였다. 의사 선생님께서 나 혼자만의 짐이 아니라며 위로해 주셨던 기억이 났다.

'그럼, 난임 부부는 어떻게 아픔을 이겨내고 있을까?' 도서관에서 관련 책을 읽기 시작했다. 사람들의 이야기를 읽을 때마다 위로가 됐다. 몇 번의 유산을 겪었다는 작가의 말에 그 자리에서 한참을 운 적도 있다. 읽은 책이 점점 쌓여갔다. 매일 난임 일기와 독서 일기를 적었다. 작가의 말 한마디에 마음이 움직이면 밑줄 긋고, 일기에 옮겨 필사했다. 행복과 불행은 나를 가운데 묶어 두고 서로 반대 방향으로 달린다. 내가 약해지면 불행 쪽으로 마음이 움직인다는 걸 깨달았다. 마음을 단단히 먹기로 했다. 아픔과 고통은 나를 무너뜨릴 수 없다는 다짐을 세웠다.

그동안의 난임 일기가 한 장, 두 장이 되더니 어느새 한 권이 됐다. 사진과 병원 진찰 일지, 그날의 기분, 포스트잇, 라벨지, 그림까지 그려진 일기를 넘겨보니 그동안 힘들어했을 내가 기특하고 사랑스러웠다. 이제는 내가 어제의 나를 위로하고 싶었다. 나아가 나와 같은 아픔을 겪고 있는 이들의 어깨를 보듬어 주고 싶었다.

황상열 작가의 글쓰기 수업에서 '공저' 작가 모집 소식을 들었다. '내가 작가가 될 수 있을까?' 의심보다는 기대를 만족시키고 싶었다. 작가에게 카톡을 보냈다. "작가님, 저도 공저 작업에 참여하겠습니다!"

공저 주제는 '글쓰기'였다. 그동안 온라인 글쓰기 수업에서 배운 내용을 바탕으로 나의 이야기를 덧붙여 썼다. 그동안 겪은 어려움을 이겨낸 기억이 도움 됐다. 특히 꾸준히 기록한 독서 일기가 한몫 단단히 했다. 그제야 내가 읽고, 쓰기를 사랑하고 있다는 걸 알았다. 그 과정에서 난임 때문에 생겼던 스트레스가 조금씩 해소됐다. 각자의 어려움과 극복을 글쓰기에 녹여낸 이야기, 『글로 옮기지 못할 인생은 없습니다』라는 나를 비롯한 총 열세 명의 작가의 이야기다. 생애 첫 출간이라는 기쁨도 잠시, 책 한 권에 내 이야기가 얼마 되지 않는다는 사실에 조금은 실망했다.


거의 1년 만에 초고를 완성하고 황상열 작가가 출판사에 투고를 해보라고 하셨다. 황 작가가 전달해 주신 출판사 리스트 엑셀 파일을 참고하여 작성해 둔 기획서와 초고를 보냈다. 총 150군데 정도의 출판사에 투고했다. 일부 출판사에서 다음과 같은 내용의 거절 메일을 보냈다. "보내주신 내용은 편집팀 전원이 검토하고, 내부 기획 회의에서 출간 여부를 논의하였습니다. 그 결과, 아쉽게도 본 원고는 저희 출판사의 색깔이나 방향과는 맞지 않아 출간이 어렵다는 답변을 드리게 되었습니다."

황 작가에게 하소연하니 "앞으로 거절 받을 일이 많을 거예요. 벌써 상처받으면 안 돼요."라며 강하게 다그쳤다. 투고하면서 가장 상처를 많이 받고 자존감이 낮아졌다. '내 글이 그렇게 형편이 없나? 난임이 주제라서 돈이 될 것 같지 않아 그런가?'라는 생각도 들었다.

내가 좋아하는 작가가 책을 출간한 한 1인 출판사로부터 연락이 왔다. 원고를 봤는데 출간하고 싶다는 내용이었다. 하지만 계약이 밀려서 내년이 되어야 할 수 있을 것 같다고 하셨다. 나는 내년이 되어도 좋으니 출간만 할 수 있으면 좋겠다고 수락했다. 그렇게 내년에 책이 나온다는 생각에 설레었다.

며칠이 지나 대표에게서 전화가 왔다.

"미영 작가님, 제가 개인 사정이 생겨서 계약을 못 하게 되었어요. 죄송해서 어쩌죠."

이 말을 듣는 순간 힘이 빠졌다. 체념했다. 대표가 일부러 그런 것도 아니고 딸이 아프다는데 어쩌겠어. 그렇게 나는 또다시 투고를 시작했다. 한 번의 계약 무산 이후로 속도를 냈다. 며칠이 지나 다른 출판사에서 또 연락이 왔다. 이번에는 반 기획출판사다. 터무니없는 계약 조건과 대표의 억지스러운 행동에 계약서까지 받았지만, 계약을 안 하겠다고 말하며 취소했다.

또다시 투고했다. 이번에는 '북랩'과 '미다스북스'에서 연락이 왔다. '미다스북스'는 조건이 나쁘지 않았다. 결국 '미다스북스'와 계약하게 되었다. 작년 10월 29일에 전자 계약서에 서명하였다. 편집자가 3번이나 퇴고하라며 메일을 보냈다. 퇴고하는데도 계속 수정해야 할 부분이 생겨났다. 최종적으로 탈고 완료하고 인쇄에 들어갔다. 11월 28일부터 예약판매가 시작되어 2주간 진행되었다. 예약판매 기간이 중요하다고 해서 인스타와 블로그, 브런치에 열심히 홍보하였다. 남편과 시부모도 영업해 주셨다. 그 결과 총 117권이 판매되었다. 첫 출간치고는 판매량이 좋은 편이라고 했다. 예약 판매 기간이 끝나고 12월 12일에 책이 출간되었다. 연말도 있고 크리스마스 시즌이다 보니 택배가 밀려 배송이 밀리면서 초조해졌다. 배송이 늦어서 계속 기다리고 있다는 고객들의 말이 들려온다. "물류가 밀려 배송이 지연되고 있어요. 죄송합니다."라는 답변을 했다. 투고와 퇴고의 과정도 쉽지 않았는데 예약판매 기간에 판매하는 과정도 힘들었다.

책을 출간한 이후 책을 더 팔기 위해 적극적으로 돌아다녔다. 단골로 다니던 대전에 위치한 '버찌 책방'과 '그리다 책방' 독립 서점에 책을 입고하러 다니고 서평단을 모집하였다. 지인들에게는 사인해서 직접 선물로 드렸다. 그렇게 몸으로 움직이고 SNS에 홍보 글을 올리며 한층 성장해 나갔다. **무슨 일을 하든지 간에 경험이 중요하였다. 책을 출간하는 과정이 쉽지만은 않다는 것도 깨달았다.**

작가는 누구나 다 할 수 있다. 시중에 출간되는 책과 작가들이 많아졌다. 책이라는 결과물이 나오면 좋아 보인다. 하지만, 책을 출간하기까지의 과정이 쉽지만은 않다. 인내를 가지고 해야 하는 일이다. 만만하게 생각하고 덤비면 안 되는 일이기도 하다. 그럼에도 책을 출간하게 되면 좋은 일이 많아진다.

# |5|

# 돈이 안 되는 일을 뭐하러 해

**백현기**


좋아하니까 하게 되는 그런 일을 해라. 그러면 성공은 저절로 따른다.
자신이 좋아하는 일을 하는 사람은 누구나 열정과 에너지를 쏟아붓는다.

노먼 빈센트 필


"야! 네가 무슨 글을 쓴다고 그래?", "그런 건 누구나 다해."

오랜만에 만난 사람들과 근황을 나누다 요즈음 책 쓰고 지낸다는 말을 하면 대부분 같은 반응이었다. 그래도 이건 그나마 낫다. "할 일 없냐?", "한강 작가처럼 돈 많이 버는 거냐?", "책 쓰면 좋냐?", "그래서 출간은 해 봤냐?" 등 뭐라 대답하기 곤란한 질문을 받았을 땐 이렇게 에둘러 말했다. "그냥 취미 삼아 쓰는 거지 뭐⋯."

취미를 가져본 사람은 안다. 좋아하는 일을 더 잘하고 싶은 욕심이 생긴다. 자랑하고 인정받고 싶을 때도 있다. 직장에서도 마찬가지다. 회식 자리를 슬쩍 피해 독서카페에 들러 목표했던 글을 쓰고 나오는데 하필 과장 일행과 딱 마주쳤다. 자격증 시험공부를 하느라 잠시 들렀다고 핑계를 댔다.

아무런 결과 없는 시간 투자에 괜한 오해를 받는 것보단 열심히 사는 모습을 인정받고 싶었다. 그만큼 글쓰기 취미를 가지고 있다고 말했을 땐 주변 사람들의 반응이 신경 쓰였다.

회식 자리에서 친한 동료 K에게 그동안 꿈꾸었던 브런치 스토리 등단 소식을 전한 적 있었다. K는 글과 친하지 않았기에 등단이 무엇인지, 통과하기 위해 어떤 노력을 해야 하는지 별로 관심 있게 듣지 않았다. 대신 자신이 요즘 골프 필드에 나가기 시작했다는 말과 스윙 장면이 녹화된 영상을 나에게 자랑삼아 내밀었다. 실내 스크린 골프장 다니던 사람이 얼마 안 되어 골프 시합을 하다니, 평소에도 운동신경이 좋아 다양한 스포츠를 즐기던 K였기에 영상 속 '나이스 샷'의 외침이 부러웠다.

나도 '잘하는 사람'이 되고 싶었다. 남들은 어떤 일이든 뚝딱 잘 해내는 것처럼 보였다. 세상엔 나만 그대로인 것 같은 생각이 들 때가 많았다. 네 번의 거절 메일을 받은 후 네이버, 유튜브까지 뒤져가며 등단 비법을 찾았다. 누구는 한 번에 승인 메일을 받았다며 기뻐하는 사람이 있는가 하면, 아홉 번째 거절 이후 실패가 두려워 열 번째 도전을 포기하고 있는 사람도 있었다. 이 사회를 살아가기에 성공이라는 옷을 입지 못한다면 실패인 걸까.

내 삶은 온통 실패 콤플렉스가 가득했다. '성공' 강박에 시달렸다. 뛰어난 운동신경이 있는 것도 아니었고, 고등학교 졸업할 땐 전교 꼴찌 성적표를 받은 나였다. 서른이 넘어 뒤늦게 글쓰기에 관심이 생겨 읽고 떠오르는 생각 몇 줄 적었지만 그게 전부였다. SNS에 습작을 올려 두었을 땐 사람들의 관심에 목말라 있었다. 많은 하트와 '좋아요'를 받아야만 잘 쓰는 글이고 인정받을 수 있는 글이라 생각했다.

성공하는 사람을 부러워만 했지, 그들의 과정은 보지 못했다. 경기에서 양발을 잘 쓰기 위해 노력한 축구 선수 손흥민, 노벨문학상을 받기까지 많은 글을 쓴 한강 작가의 노력까지. 내가 부러워해야 할 점은 빛나는 순간이 아니라, 자신의 길을 묵묵히 걸어올 수 있었던 끈기였다.

2020년도에 개인 저서 출간을 위해 거의 오백 곳 넘는 출판사에 메일을 보냈지만 전부 대답은 없었다. 자존감은 바닥을 드러내기 시작했고, 결국 글과 거리를 뒀다. 이 시기를 억지로 떠올리려 해도 기억 나는 일이 없다. 누군가가 송두리째 들어내 버린 기분이다.

멈춰있던 순간부터 다시 내 인생 가꾸는 일에 초점을 뒀다. 시간이 지나 거절과 실패는 생장점이 됐다. 마침표 찍는 글이 하나, 둘 생기면서 번호와 제목을 적어뒀다. 25년 1월 25일의 기록은 204번, '2% 부족할 때'였다. 부족하므로 더 노력할 기회가 있고, 과정에서 성장을 이룰 수 있다는 내용이었다. 혼자만의 노력에 가까웠지만, 퇴고를 거치니 그럴싸했다. 빈도가 실력을 만들어 냈다. 실력은 자존감이라는 나무를 키워냈다. 모든 초고는 걸레라고 했다. 바닥을 닦아낸 걸레가 많아질수록 진정한 성공의 의미를 깨달았다. 좋아하는 일을 꾸준히 하면서 성장하는 시간이 곧 성공이었다.

이제는 한 번 노트북 앞에 앉으면 기본 한 시간은 움직이질 않는다. 스마트폰을 이용해 쓸 때도 마찬가지다. 덕분에 허리와 팔목엔 수시로 파스 붙였다가 뗀 흔적이 많다. 아직까진 베스트셀러 작가도, 브런치 스토리의 닉네임 앞에 'S' 딱지가 붙지 않아도(일종의 인플루언서 같은 유명 작가를 인증하는 표시) 사람들이 인정하는 '성공'이 아닌 '과정'을 사랑하게 됐다. 하루 한쪽씩 쌓여가는 나의 일기가 많아질수록 비교할 수 없는 기쁨이 더 크다는 걸 깨달았기 때문이다. 시를 흉내 내며 남겨둔 몇 줄의 일기가 공모전에 나가 상금도 타온 적도 있다. 제법 쌓인 글감 덕분에 이제는 책을 쓸 자신감도 생겼다.

"돈은 좀 버냐?"이라는 질문에는 나만의 대답을 찾아가고 있다. "좋아하는 일을 찾았다는 건 돈을 많이 버는 것보다 큰 행복이니, 언젠가 베스트셀러 작가가 될 수 있는 나를 좀 응원해 주지 않겠느냐?"라고. **글쓰기 이후 멋의 기준이 달라졌다. 돈 많이 버는 사람만 멋있어 보였다면, 지금은 독자에게 오늘이라는 삶을 선물할 줄 아는 내가 훨씬 멋있어 보인다.** 돈보다 더 귀한 일을 선택한 나는, 어떤 일이든 끈기를 가지고 한다면 남들도 인정하는 성공하는 삶에 가까워지리라 믿는다.

*이 글의 초고를 마친 다음 날 아침, 『모든 순간마다 선택은 옳았다』가 교보문고 베스트셀러에 선정됐습니다. 좋아하는 일을 할 땐 좋아하기만 하면 됩니다. 결과를 원할 필요는 없습니다. 그건 성공을 바라는 일이지, 좋아하는 일이 아니니까요.

# |6|

# 겨울 속 반팔, 나를 다독인 한 줄

쓰꾸미

무엇인가 싫다면 그것을 바꾸어라. 바꿀 수 없다면, 그에 대한 태도를 바꾸어라.

마야 앤젤루

2024년 12월 20일. 끊었던 담배를 다시 입에 물었다.

한 회사에 다닌 지 18년이 넘었다. 꽃다운 이십 대, 삼십 대를 중동, 아프리카에서 보냈다. 그러다가 2024년 1월에 본사에서 팀장으로 일했었다. 팀장이 되고 나서 팀의 성장을 돕고 싶었다. 그래서 기존의 방식을 따르기보다 작은 것들을 하나씩 바꾸어 나갔다. 매주 월요일 오전에는 팀원들과 일대일 면담을 했다. 팀 전체 미팅은 업무의 전체적인 조율 작업을 편하게 할 수 있지만, 팀원 개인과 독립적이고 깊은 소통은 힘들었다. 힘들지만 일대일 면담을 선택했다. 평소에 듣지 못하는 의견과 업무 처리 과정 중 고민하는 부분, 그리고 불편한 개인 사정도 들었다. 대부분 면담 시간을 듣는 시간으로 채웠다. 서로가 느끼는 심리적 거리를 줄이려 노력했다. 팀에 새로운 활력을 불어넣고 싶었다. 새로운 업무를 같이 도전했다. 사내 생성형 AI

를 도입 목적으로 스타트업 회사와 협업했다. 의심 없이 따르던 업무수행 방식에서 이유를 찾았으며, 개선 방법을 찾아 함께 변화했다.

팀과 같이 조금씩 변화하다가, 베트남 프로젝트에 인력이 부족해 어려움이 있으니 3개월 정도 잠시 출장 다녀오라는 경영층 요청이 들어왔다. 1년 전부터 현장 팀장급 인력을 충원하고자 수소문했지만 나이가 많다는 이유로 늦어졌다. 다른 현장 팀장은 합류 일정이 늦어짐에 따라 베트남 프로젝트 문제가 커졌다.

그날 저녁, 회사의 사정이 어려워 내가 출장을 다녀와야 할 것 같다고 가족들에게 이야기를 꺼냈다. 첫째 아들 우찬이가 올해 고등학생이 되고, 딸 채민이는 초등학교 5학년에 올라가니 성장통을 겪는 시기다. 아이들이 사춘기에 접어들어 아내가 혼자 감당하기 힘들다고 답했다. 6개월 안에 돌아온다는 조건으로 승낙 받았다.

현장 출장 하루 전에 인사과에서 근무하는 동료는 내가 출장을 가면 팀장을 바꾼다는 소식을 전해주었다. 아직 담당 중역에게 들은 것이 없으므로 흘려들었다. 1년 동안 큰 성과를 거두진 못했지만, 큰 잘못을 범하지도 않았기 때문이다. 하지만 소문은 사실이었다. 다음 팀장으로 오는 사람은 다른 팀에서 근무하던 사람이었다. 회사 인사 처리에 실망했다. 본인 입맛에 맞는 업무를 선택하며 일했던 사람이 팀장이 된다면, 팀에 헌신하며 일해왔던 팀원들이 앞으로 무엇을 바라보며 근무하라고 설명할 방법이 없었다. 꾸준하게 일하면 좋은 성과를 얻게 된다는 내 신념이 무너졌다.

출장 나오기 전에 출장비를 미리 받는 게 회사 시스템이다. 해외 출장비는 정산이 되지 않았고 건강 보험료도 국내 근무 기준으로 월급에서 빠져나갔다. 베트남 현장 부임이 아니라 출장인 관계로 근무복도 받지 못했다. 긴소매를 입고 근무해야 하는 현장인데, 반소매만 가져온 내 실수도 있지만 디테일에서 아쉬웠다. 가끔 추워지는 베트남 날씨 때문에 현장 사람들은 겨울철 외투를 입고 근무했다. 나만 반소매로 근무했다. 출장 기간만 참고 복귀를 하면 된다는 오기로 버티기로 했다.

2025년 1월 1일. 회사에서 공식적으로 쉬는 날이다. 업무가 많아 휴일에 동료를 다독이며 업무를 시작했다. 이날 아침, 관리팀에서 항의를 접수했다. 휴일 전날에 식사를 신청해야 사무실에서 밥을 먹을 수 있는데 왜 신청 없이 먹었냐는 불만이었다. 전날에는 새해를 맞이하여 팀 회식이 있었다. 그 전날 저녁 식사를 외부 식당에서 먹어 신청하지 못했고, 신청하지 않았으니 밥 먹지 말라고 관리팀에서 뾰족한 반응을 보였다는 거다. 휴일에 사무실 식당만 운영하면서 근무하는 직원들을 위한 배려라고 포장했다. 나에게는 쉬는 날 직원들을 출근하라고 사무실 식당만 열어 운영하는 마음이 보여 아쉬웠다. 나를 포함하여 신청하지 않은 사람이 많았다. 그래서 아침 식사로 나온 떡국이 부족했다. 현장 소장이 떡국을 못 먹었다. 소장의 잔소리에 핑계를 나에게 돌리면서 대응한 관리팀 방식이 나와 맞지 않았다.

출장 기간, 100일만 버티면 된다는 마음으로 달력 밑에 숫자를 적고 지나간 날짜를 엑스 표로 지웠다.

2024년 12월 말부터 2025년 1월 초까지 무기력한 일상을 보냈다. 회사가 인생의 전부인 듯 쏟아부었던 내 열정을 인정받지 못했다고 느꼈다. 일의 의미도, 흥미도 잃었다. 한 평이 조금 넘은 공간에서 침대, 책상, 옷장과 냉장고가 있는 현장 숙소 방 안이 좁게 느껴졌다. 기분을 바꾸기 위해 영상통화를 가족들과 했다. 와이파이가 붙었다 떨어졌다 했다. 그러다 보니 대화에 제일 많이 한 말이 "어디까지 들었어요?"였다. 휴식은 재충전의 시간인데, 후회의 시간으로 바뀌고 있었다. 한번 든 나쁜 생각은 쉽게 사라지지 않았다. 18년 전에 출근하며 자부심을 느꼈던 내 모습을 이제는 찾을 수가 없었다. 회사에서 나를 책임져 주지 않는다는 것을 잊고 살았다. 2024년 팀장이라는 유혹에 빠져 본질을 잊고 있었다.

회사는 나를 걱정해 주지 않는데, 나 혼자 힘들었다. 회사 노트북의 잘 보이는 빈 공간에, 노란색 포스트잇에 손으로 써 놓은 문구가 보였다. '내 행복이 우선이다.'라는 문장이었다. 환경을 바꾸기 위해 처음부터 다시 하나씩 쌓았다. 우울한 감정에서 벗어나기 위해 건강하고 컨디션 좋은 몸이 필요했다. 그래서 뛰었다. 매일 새벽 3시에 일어나서 제일 먼저 달렸다. 달리는 동안에 숨이 차 딴생각을 할 수 없었다. 달리고 나면 새로운 감정으로 다시 시작할 수 있었다. 내 일상을 위해, 월요일부터 토요일까지는 5km를 달렸다. 현장 유일한 휴일, 일요일에는 10km를 뛰었다.

몸 상태는 정상으로 돌아왔지만 마음은 불안했다. 나쁜 감정의 늪에서 빠져나오기가 쉽지 않았다. 나를 건들면 너도 다친다는 고슴도치 같은 반응을 보였다. 가슴에 통증을 느꼈으며, 이러한 감정을 가라앉히기 위해서

2년간 끊었던 담배를 다시 물었다. 그래도 해결되지 않고, 오히려 습관적으로 담배 피우는 나를 보며 놀랐다. 부정적 감정을 흘려보내기 위해 격한 감정은 '보내지 않는 편지쓰기'로 해소했다. 부정적인 감정을 가지게 만든 상대에게 솔직하고 강렬하게 욕과 비난을 편지에 쏟아냈다. 답답한 감정이 조금 누그러졌다. 쓰고 나면 마음이 조금 풀리기에 한 번 더 썼다. 그리고 한 번 더 썼다. 세 번에 걸쳐 욕을 다섯 장 넘게 쓰니 더 이상 쓸 욕이 없었다. 그리고 내 주변 모든 것이 삐딱하게 보이던 감정이 누그러졌다.

글을 쓰면, 삶이 변한다. 나는 이 문장에 동의한다. 작년 5월에 공저 집필을 시작으로 꾸준하게 글을 쓰며 노력했다. 꾸준하게 읽고, 생각하고, 쓰면 내 멘탈이 시련 앞에서 무너지지 않을 줄 알았다. 하지만 내가 원하지 않는 결과나 상황에서 쉽게 무너졌다. 세상은 내가 무너지든 말든 관심이 없다. 끊었던 담배를 다시 피울 정도로 일상이 무너졌는데 말이다.

내 감정이 부정적이니 태도 역시 부정적으로 바뀌었다. 부정적인 태도를 가지고 이 책을 쓰려고 하니, 한 줄을 썼다 지우는데 일주일의 시간을 보냈다. 지워진 내용은 비난과 불만으로만 채워져 있어, 내 글을 읽는 사람들을 돕겠다는 내 정체성이 빠져 있었다. 내 글이 나답지 않으니 여백을 채우지 못하는 것은 당연하다.

**나답게 글을 쓰기 위해 필요한 것은 내 일상을 바로 세우고, 내 몸과 마음을 안정적으로 만드는 것이다.** 그것이 바로 초보 작가의 첫걸음이라고 생각한다. 좋은 상황에서 실천하기는 쉽다. 나쁜 상황에서도 실천하는 것이 실력이다. 작가는 힘들었던 날도 독자를 돕겠다는 눈으로 일상을 바라보고 써야 한다는 걸 경험했다. 조금 더 성장한 작가가 되기를 바라는 마음으로 오늘도 달리고 쓴다.

# | 7 |

# 감사 일기로 시작한 나

#### 육이일

완벽한 글을 쓰려고 하지 마라. 먼저 나쁜 글을 써라.

어니스트 헤밍웨이

블로그에 글이 쌓이고 습작이 늘어갔다. 그러던 어느 날, 다시 바쁜 일상이 시작됐다. SNS에 글을 올리는 대신, 군에 입대한 아들에게 매일 감사일기를 썼다. 무릎이 아픈 채로 입대했는데 더 심해지지는 않았을까? 밥은 잘 먹고 있을까? 좋은 선임을 만났을까? 걱정이 끊이질 않았다. 엄마의 마음을 담아 하루도 빠짐없이 썼다.

자대 배치를 받은 후, 아들 소식이 더욱 궁금해졌다. 감사 일기를 길게 쓰며 그리움과 걱정을 담았다. 오랜만에 통화하는 날이면 아들은 크리스마스나 명절, 혹은 자신의 생일에 쓴 일기를 읽어 달라고 했다. 수화기 너머로 조용히 듣고 있는 아들에게 직접 읽어 주는 순간이 올 줄 몰랐다.

귀찮아서 쓰기 싫었던 날도 많았지만, 포기하지 않고 끝까지 써 오길 참 잘했다. 글은 단지 기록이 아니라 내 마음을 놓아주는 일이었다. 처음엔 아들을 위해 썼지만, 점차 내 마음을 위로하는 글이 되었다. 말하지 않아도 그 마음이 전달되고 오히려 내가 위로 받고 있다는 사실이 나를 더 강하게 만들었다.

하지만 딸의 생각은 달랐다. "요즘은 엄마한테 '작가'라고 안 부르네?"

1초도 망설이지 않고 딸이 답했다.

"작가님이 글을 써야 작가죠. 책은 언제 내실 건데요?"

그 말에 깜짝 놀랐다. 나는 꾸준히 쓰고 있다고 생각했지만 아니었다. 딸은 내 꿈을 더 뚜렷하게 본 사람 같다. "예전에 작가님이라고 불러 줬잖아.", "그땐 엄마가 정말 책을 낼 줄 알았지요." 순간, 정신이 번쩍 들었다. 감사일기와 블로그 글을 계속 쓰고 있었지만, 내 꿈은 미뤄 두고 있었다. 진짜 내가 원하는 것은 책을 내는 일이었다. 전화를 끊고 한동안 그 말이 머릿속을 떠나지 않았다. '그래, 언젠가 나는 진짜 작가가 될 거야.' 스스로 다짐하며 자리에서 일어났다.


학생 때 자주 다니던 도서관을 다시 찾았다. 책 출판과 관련된 책들을 빌려 읽기 시작했다. 책을 읽을 땐 '이 정도는 나도 쓸 수 있겠는데?' 싶었지만, 막상 펜을 들면 글쓰기가 이렇게 어려운 일이었나? 하는 생각이 들었다. 작가가 되겠다고 다짐했지만, 현실은 예상보다 훨씬 어려웠다. 머릿속엔 오직 책을 내겠다는 생각뿐이었다. 그때 블로그에서 '글쓰기 무료 특강'을 발견하고 결심을 했다. '그래, 이제 글쓰기 공부부터 시작해야겠다.'

세 번의 무료 특강을 들었고, 2023년 12월 29일. 한 해를 마무리하는 선물처럼 정규 과정에 등록했다. 이제 나도 작가가 되기로 했다.

매주 화요일 밤 9시. 평소 같으면 하루를 마무리하고 잠자리에 들었겠지만, 글쓰기 수업을 듣는 시간은 내 일상을 달라지게 했다. 줌으로 강의를 듣고, 후기를 남기며 배운 내용을 정리했다.

"이유 없이 마냥 좋았습니다. 혼자 자유 수영을 하다가 정식 강습을 받는 기분이었어요. 아무리 글쓰기가 즐겁고 글감이 많아도, 혼자 하다 보면 막막하고 지칠 때가 있잖아요. 그런데 먼저 책을 내신 분들의 경험을 듣고 배울 수 있는 시간이 참 소중하게 느껴졌습니다. 쉽지만은 않겠지만, 그 과정마저도 즐겁습니다. 너무 쉬우면 오히려 재미없을 테니까요. 함께 '으쌰으쌰' 하며 서로에게 동기부여를 주고받다 보면, 저뿐만 아니라 주변까지 행복해질 것 같습니다."

잠자리에 들기 전, 글쓰기에 대한 의지가 다시 불타올랐다. 이렇게 한 걸음씩 나아가다 보면 언젠가 내 책이 세상에 나올 거라는 확신이 들었다. '지치면 지고, 미치면 이긴다.' 올해는 책 쓰기에 푹 빠져 보고 싶었다. 하지만 이 감정이 일시적인 건 아닐까 하는 의문이 들었다. "왜 작가가 되려는 거야? 그냥 편하게 살 수도 있는데, 굳이 책을 써야 할까?" 그 질문에 대한 답을 글로 적어 내려갔다. **나처럼 고민하는 사람들에게 "괜찮아."라고 위로를 건네고, 아이들에게는 내 삶을 기록으로 남겨 주고 싶었다.** 어쩌면, 그 위로가 가장 필요한 사람은 나 자신일지도 모른다.

2024년 1월, 글쓰기 정규과정에서 받은 특별 혜택으로 『쓰면 달라진다』,

『사는 게 글쓰기입니다』 책과 필기류 선물을 받았다. 작가가 되기로 결심한 후, 책을 담아 보낸 비닐봉투마저 소중하게 느껴졌다. 그 봉투를 버리지 않고 책꽂이에 예쁘게 두면서 웃음이 나왔다. '이게 뭐라고 이렇게 기쁠까?' 마치 내 책이 이미 세상에 나온 것처럼 설레고 가슴이 벅찼다. 혼자 글을 쓸 때는 막막하고 길이 보이지 않았지만, 함께하는 사람들이 생기니 한결 든든하고 용기가 났다. 서로를 작가라 부르며 자연스럽게 마음가짐도 달라졌다.

개인 저서를 고민하다가 먼저 경험을 쌓으려고 에세이 공저에 참여했다. 전국 각지에서 비슷한 꿈을 가진 사람들이 모여 열 명이 한 팀이 되었다. 함께 글을 쓰고 나누면서 책 한 권이 완성되는 과정도 배우고 싶었다. 우리는 '쓰면 된다. 하면 된다.'는 마음으로 주어진 제목에 맞춰 글을 써 내려갔다. 공동 저서에는 한 사람이 네 꼭지만 쓰면 되었다. 한 꼭지에 두 장씩이라 부담이 적었다. 개인 저서를 혼자 쓰는 것에 비하면 훨씬 수월했다.

하지만 막상 글을 쓰기 시작하니 생각보다 쉽지 않았다. 짧고 간결하게 전하는 게 가장 어려웠다. '독자가 보여야 글이 써진다.' 이 문장을 노트북 바탕화면에 띄워 두고 흔들리는 마음을 다잡았다. 누군가 내 글을 읽고 있다는 생각에, 한 문장 한 문장이 조심스러웠다. 고치고 또 고쳤다. 처음부터 다시 쓰기를 반복하며 길을 헤맸다. **이 과정을 지나면서 조금씩 작가가 되어가고 있었다.**

| 8 |

# 작가는 아무나 하나

### 이연화

글쓰기는 자기를 발견하는 일이다. 자신을 찾고, 자신을 표현하며,
글을 통해 그 길을 걷는 것이다.

헨리 데이비드 소로

도서관에서 함께 그림책 창작 수업을 들었던 선생님의 소개로 글쓰기 무료 특강을 알게 되었다. 무료 특강은 돈이 안 드니까 시간도 많은데 손해 볼 것도 없겠다 싶어 신청서를 제출했다. 글쓰기 무료 특강이 있는 날이 기다려졌다. 기대도 되고, 무언가를 배운다는 것이 좋았다. 글쓰기 특강을 들은 후 '함께 하는 글쓰기'란 문구에 내 마음이 흔들렸다. '혼자는 어렵지만 여럿이 함께 하면 이룰 수 있다.' 무료 특강이 끝났음에도 계속 떠올랐다. 무작정 전화를 걸었다.

"작가가 되고 싶어요. 글쓰기 함께 해보고 싶습니다."

그렇게 나는 2025년 1월, 백작 부족의 12호 작가가 되었다. 초보 작가의

열정으로 닥치는 대로 수업에 신청했다. 하나라도 더 배우기 위해 도전했다. 시간이 날 때마다 블로그에 글을 올렸다. 글을 잘 썼든 못 썼든 그건 중요하지 않았다. 그저 완료했다는 것에 만족했다. '짧은 글이지만 매일 꾸준히 쓰자'는 생각으로 글을 써서 포스팅을 했다. 혼자였다면 불가능했을 것이다. 함께 할 수 있기에 작가에 도전을 할 수 있었다. 선생님의 수업 시간이 기다려졌다. 선생님은 글쓰기에서 제일 중요한 것은 '꾸준히 쓰는 것'이라 했다. 글감 찾기, 주제 찾기, 메시지 정하기 등 생각할 것이 많았다. 인상 깊었던 수업이 있었다. 수업 중에 갑자기 호명을 하고 물었다.

"작가님 앞에 무엇이 있나요?"

당황스럽기도 했지만, 질문을 받았기에 대답을 해야 했다. 눈에 보이는 대로 말했다.

"노트북이랑 스마트폰, 볼펜, 책, 다이어리, 이어폰, 따스한 차 한 잔이요."

"물건들을 보면서 어떤 생각이 드세요?"

"어수선하다. 나만의 공간이 있었으면 좋겠다. 특별한 게 없구나, 자랑스럽다."

"왜 나만의 공간이 있었으면 좋겠다는 건가요?"

"막내 책상이라서 신경이 쓰여서요. 조용한 나만의 장소에서 편하게 수업을 듣고 싶거든요."

선생님의 질문에 대답을 해 나갔다. 질문을 마치면서 써 놓은 걸 쭈욱 읽어보라고 했다.

"글감은 아무거나 생각나는 대로, 눈에 보이는 대로 쓰시면 됩니다."라며 선생님이 말했다. 노트북 화면을 보니 어느새 한편의 글이 쓰여 있었다. 신기했다. 소소한 일상이 글이 되는 순간의 경험은 당황스러움과 동시에 기대를 품게 했다.

'이미 가지고 있는 것을 글 재료로 살을 붙여 글을 쓰면 된다.'

책을 읽으면서 공유하고 싶은 문구, 커피를 마시면서 떠오르는 생각, 음악을 들으며 스치는 감정들, 문득 떠오르는 단상들을 적어 내려간다. 그렇게 쓴 글을 정리하면 한 편의 글이 된다. 모든 것이 글감이 될 수 있다니 신기했다. 책상 위에 너저분하게 펼쳐져 있는 물건들조차도 다 글감이 될 수 있다. 잘 쓰든 못 쓰든 중요하지 않다. 내 마음을, 내 감정을 있는 그대로 써 내려가는 것, 그 자체만으로도 나를 행복하게 만들었다. 이렇게 간단한 방법으로도 글을 쓸 수 있다니! 나도 할 수 있겠다는 생각에 심장이 두근거렸다. 걱정보다 도전하고 싶은 마음이 더 커졌다. 그 경험 이후, 나는 자연스럽게 글을 쓰기 시작했다. 메모하듯이, 생각나는 대로 써 내려갔다. 그리고 어느새, 글쓰기가 내 일상이 되었다.

꾸준한 글쓰기를 위해 15일 동안 15분씩 글 쓰는 모임에 참여했다. 15분 동안 글을 쓰는 것은 생각보다 쉽지 않았다. 매일 긴 시간을 들여 블로그에 포스팅하는 습관 때문이었다. 15분 타이머를 맞춰놓고 알람이 시작됨과 동시에 글을 써 내려갔다. 머리와 손가락이 따로 놀았다. 15분 종료 알람이 울리면 쓰던 것을 그대로 두고 손을 뗐다. 15분이라는 시간이 짧게 느껴졌다. 오타는 난무했다. 내용도 무얼 이야기하는 건지 알 수가 없었다. 두서없이 써 내려가기만 했다. 15분 글쓰기가 끝나면 손에 땀이 흥건해졌다. 그렇게 나는 1515 글쓰기를 얼떨결에 마쳤다. 비록 힘들었지만 글감을 찾는 훈련과 빠른 글쓰기 연습에는 도움이 되었다. 1515 글쓰기에 다시 도전했다. 글을 쓰다 보니 책을 더 자주 읽게 되었다. 자연스럽게 하루 10분 독서에도 참여했다. 하루 10분 독서와 1515 글쓰기를 위해 가방에는 항상 책한 권과 메모지를 들고 다녔다. 병원 대기 시간이나 이동 시간을 활용해 책을 읽고 글을 쓰는 것이 일상이 되었다. 블로그, 브런치, 메모장에 닥치는대로 글을 썼다. 목표를 달성하는 것도 중요하지만 매일 글을 쓴다는 것이 얼마나 중요한 일인지 알게 되었기 때문이다. 가끔은 숙제처럼 버거울 때도 있었다. 포기하고 싶은 순간도 많았다. 천근만근인 몸과 마음으로 침대에 누운 채 힘든데 그냥 쓰지 말고 잘까 할 때도 많았다. 그때마다 뒤늦게 후회할 내 모습이 떠올랐다. 고민할 시간에 빨리 쓰자며 나 스스로를 격려하며 글을 썼다. 글을 쓰고 난 뒤, 채팅방에 미션 완료 동그라미를 체크하고 올렸다. '오늘도 잘했어!'라고 나를 칭찬해 주고, 스스로를 인정해 주었다. 누구보다도 노력했다는 걸 내가 제일 잘 알기 때문이다. 그러면 뿌듯한 기분으로 편하게 쉴 수 있었다. 1515 글쓰기를 통해 브런치 작가로 활동할 기회를 얻었다. 매일 꾸준히 글을 쓰고, 스스로를 단련하며 얻은 값진 열매였다. 처음에는 단순한 도전이었지만, 어느새 글쓰기는 내 삶의 중요한 일부가 되어 있었다.

처음에는 작가는 어렵다고 생각했다. 글을 잘 써야 하고, 특별한 재능이 있어야만 작가가 될 수 있다고 여겼다. 하지만 글쓰기 수업에 참여하면서 그 생각은 바뀌었다. 작가는 그저 글을 쓰는 사람이라는 단순한 진리를 깨닫게 된 것이다. 나는 작가의 재능이 없다고 생각했지만, 그럼에도 매일 글을 쓰기 시작했다. 그 과정에서 미처 몰랐던 나를 마주했고, 글쓰기는 어느새 내 삶 속에서 상처를 치유해 주는 중요한 친구가 되었다. 처음에는 하루의 일과를 시간 순서대로 적어나갔다. 그러다 어느 순간, 울컥한 감정을 느꼈다. 모두가 잠든 밤, 그동안 느끼지 못했던 감정들이 밀려왔다. 사람마다 아픔과 상처는 있지만, 모두가 좌절하지 않는다. 나는 그 눈물 한 방울까지도 글로 풀어내며 스스로를 위로했다. 그 시간을 통해 작가라는 꿈을 품게 되었다.

나는 베스트셀러 작가가 되기보다는 꾸준히 글을 쓰는 사람이 되기를 원한다. 글을 쓰는 시간은 나를 알아가는 과정이었다. 처음에는 불가능해 보였던 일이 꾸준히 글을 쓰다 보니 자연스레 이루어졌다. 확신할 수 있다. **글을 쓰면 누구나 작가가 된다. 훌륭한 재능보다는 꾸준한 노력이 작가를 만든다.** 나는 평생 글을 쓰며 살아가고 싶다. 글을 통해 나의 이야기를 전하고, 그 글이 누군가에게 작은 위로와 공감이 되기를 바란다. 나를 위한 글쓰기가 결국 독자에게도 닿을 수 있음을 믿고, 매일 꾸준히 써나가겠다. 글을 통해 자신을 찾고 치유하는 사람들이 더 많아지기를 희망한다.

# | 9 |

# 익숙한 하루 속에서 달라진 나를 만나다

조지혜

글쓰기는 나의 진정한 모습을 세상에 드러내는 과정이다.

에밀리 디킨슨

나는 작가다. 공저 한 권뿐이지만, 온라인 서점에서는 에세이 작가로 불린다. 시와 소설로 등단하는 문학계에 설 자리는 없지만 글이 꼭 문학이어야 하는 건 아니다. 내게 의미 있었던 책들이 모두 문학은 아니었다. 자기계발서에 동기부여를 받고, 누군가의 에세이를 읽으며 위로받았듯 나도 그런 글을 쓰고 싶었다. 처음엔 내가 읽던 책들만큼 잘 쓰지 못한다는 게 부끄러워 한없이 움츠러들었지만, 한 번 출간을 경험하고 나니 뻔뻔해졌다. 특히 가족들에게 얼굴색 하나 변하지 않고 "나 지금 글 좀 쓸게."라고 당당히 말한다.

2024년 8월, 숨 막히는 거리. 5분만 걸어도 목뒤로 땀이 흘렀다. 서둘러 지하철에 몸을 실었다. 에어컨 바람에 땀은 식었지만, 긴장감에 심장이 요동쳤다. 경기도에서 서울로 향했다. 우리 집에서 지하철로 한 정거장이면 서울이지만 이상하게 늘 '나간다.'라고 표현하게 된다. 괜히 외모에도 신경을 썼다. 1년 만에 마스카라로 속눈썹도 올리고 구두도 신었다. 티셔츠 위에 재킷까지 챙겨 입었다. 목적지는 강남역. 놀러 간 건 아니다. 정확히는 강남역 근처에 있는 모임 공간에서 열린, 책 쓰기 강의에 참석하기 위해서였다. 책 쓰기 과정에 들어간 지 한 달이 넘었을 때다. 온라인 화면으로만 만났던 코치는 오프라인에서도 빛이 났다. 솔직하고 자신감 넘치는 모습, 내게 부족한 면이라 더 매력적으로 보였다. 그녀는 "책을 쓰려면 코치를 잘 활용하라."라고 말했지만, 오히려 우리에게 많은 걸 주고 싶어 하는 마음이 느껴졌다. 함께 강의를 들은 홍 작가는 공저 두 권을 낸 또래였다. 역사논술 교습소를 운영하며 글을 쓰고, 아이 둘을 키우면서 소설도 쓰고 싶다고 했다. 그 말에 반해버렸다. 세상엔 이렇게 자기가 선 자리에서 묵묵히, 열심히, 아름답게 삶을 가꾸어가는 사람이 많다. 땅이 비옥해지면 맞닿아있는 다른 땅도 영향을 받고 좋은 열매를 맺는 건 자연스러운 이치일 테다.

지하철을 타고 집으로 돌아오는 길, 오늘 만난 두 작가가 함께 쓴 『나부터 챙기기로 했습니다』를 밀리의 서재에서 찾아 읽었다. 세 시간의 만남에 더해 글로 다시 그들을 만났더니 더 가까워진 것 같다. 지하철에서 내려 둘째 아이 하교 시간에 맞추려고 서둘렀다. 집에 들를 틈 없이 구두를 신은 채 그대로 걸어 학교 앞에 도착했다. 아이를 만나 간식을 먹이고 학원에 보낸 뒤 집으로 돌아왔다. 잠시 숨을 고르고 다시 아이 데리러 나가려고 편한 신발로 갈아 신었다. 그 순간 왼쪽 발가락이 경련을 일으켰다. 이십 대 때

구두를 자주 신었을 때도 이런 적이 많았다. 오랜만에 신었더니 발이 적응할 틈도 없이 무리했나 보다. 많이 걸어서 근육이 뭉친 걸까?

구두를 신고 걷는 일. 자주 신고 내 발이 적응하듯 글도 마찬가지다. 좋은 글도 단번에 나오지 않는다. 이런저런 방법으로도 쓰고 무엇보다 꾸준히 써야 가능하다. 얼마 쓰지도 않았는데 내 글에 괜히 힘이 들어가 경련이 일어나거나 어색할까 걱정된다. 하지만 초보라면 당연한 일이다. 그런 걱정도 내려놓자. 진솔하게 쓰고 꾸준히 고쳐가다 보면 글은 자연스럽게 흘러갈 테니까. 예쁜 구두 같은 글이 아니어도 괜찮다. 내 발에 맞아지는 수제화처럼 언젠가는 편안하게 읽히고, 오랫동안 부담 없이 신을 수 있는 운동화 같은 글이 될 수 있겠지. 좋은 글을 쓰고 싶다는 욕심이 있다. 말을 하다 보면 실수할 수도 있고 의도와 다르게 전달될 때도 있지만, 글은 내보이기 전까지 생각하고 고칠 시간이 주어진다. 그게 참 고마운 일이다. 이제 포기하지 않고 꾸준히 쓰기만 하면 된다.

오 분만 걸어도 코끝이 시린 그해 겨울. 책 쓰기 공부한 지 6개월 만에 공저 『모든 순간마다 선택은 옳았다』를 출간했다. 나를 포함해 열 명의 작가가 네 편씩 글을 실었다. 예약판매가 시작됐던 날, 온라인 서점에 올라온 책을 보고 설레는 마음이 들었지만, 가족의 일상과 할 일들도 그대로였다. 식사 준비, 설거지, 빨래, 아이들 챙기기 등 잠들 때까지 평소와 똑같이 지나갔다. 책이 배송되어 내 손에 들어왔던 날엔 표지부터 책등, 책날개까지 천천히 쓰다듬으며 감사기도를 드렸다. 처음 있는 일이라서 개인적으로 친분 있는 사람들이 많은 관심을 주었다. "책 도착해서 읽고 있어." 축하한다는 지인들의 연락이 이어졌고, 친정엄마가 열 권이나 구매했다는 사실에 가슴이 뭉클했다. 동네 친구는 놀이터에서 네임펜을 건네며 사인을 부탁했고, 글에 등장하는 핫도그 가게 사장님에게 책을 선물했더니 "어머, 소름 돋았어요."라며 함께 기뻐해 주었다. 그날도 여느 때처럼 집으로 돌아와 아이들 식사를 챙기고 설거지하고 화장실 청소까지 마쳤다. 설레는 마음을 품은 채 하루를 마무리했다.

며칠 뒤, 8월의 그날처럼 지하철을 타고 서울에 나갈 예정이었다. 이번 목적지는 영등포 교보문고였다. 혼자가 아니라 남편, 아이들과 함께였다. 에세이 신간 코너에 책이 올라와 있다는 소식을 듣고 직접 보고 싶어서였다. 책 표지가 위로 가게 진열된 책이 몇 주 뒤면 서가에 꽂히니 그 전에 기념사진을 찍고 싶었다. 이번엔 구두 대신 운동화를 신고, 코트 대신 패딩점퍼를 입었다. 눈썹을 그리고 입술도 붉게 칠했다. 가족 모두가 좋아하는 초밥도 먹기로 했다. 가는 길이 순탄하기만 했으면 좋았을 텐데. 초등학생인 두 아들은 춥다며 밖에 나가기 귀찮아했고 현관을 나서자마자 서로 다퉜다. 기분이 상했다. 제일 기뻐하고 인정해줬으면 했던 아들들이 내 일에 축하하는커녕 관심조차 없는 것 같았다. 아파트 정문에서 다시 집에 들어와 버렸다. 작가가 되었지만 나를 둘러싼 일상은 변한 게 없었다.

남편이 『기분이 태도가 되지 않게』라는 책을 건네며 말했다. "지혜야, 다시 가자." 나는 '선택'에 관한 책을 낸 사람이었다. 기분이 상했다는 이유로 이불 속에 웅크리고 있었다는 사실을 깨달은 순간, 기분이 태도가 되어버린 내 모습이 부끄러웠다. 아이들을 탓했지만 결국 문제는 내 안에 있었다. 다시 일어나 가족과 함께 서울로 가기를 선택했다. 남편이 건넨 베스트셀러가 쌓여 있는 서점에서 당당히 내 이름이 저자로 적힌 책을 발견했다. 출간 후 일상은 달라지지 않았지만, 저자인 나는 변하고 있었다.

매일 크고 작은 선택 앞에 무엇이 더 나을까 고민하며 살아간다. 여전히 실수투성이에 자존심만 내세우는 나 자신이 부끄럽다. 말과 글에 책임감을 느낄수록 어깨는 더 무거워진다. 그마저도 쓰기로 했다. **부정적인 감정과 부담감도 결국 내 삶의 한 조각이다.** 그렇게 하루하루 쓰다 보면 언젠가 이 모든 순간을 따뜻하게 돌아볼 날이 오겠지.

# 마침내 작가

### 조하나

글을 쓰는 순간, 나는 세상의 어떤 것보다도 자유롭다.

찰스 부코스키

    평범한 날을 살아가고 있는 나의 글이 무슨 의미가 있을까? 스스로 수십 번은 한 질문이다. 특별한 취미도, 대단한 특기도 없는 내가 어떤 이야기를 할 수 있을까. 글을 쓴다는 건 대단하고 멋진 사람들만 쓰는 것 아닌가. 끊임없이 쏟아지는 질문은 나를 움직일 수 없게 했다. 그 끝은 매번 '할 수 없다.'가 되었다. 믿음 자리를 가득 채운 불신은 결국 넘쳐흘렀다. '그래, 시작하지 않으면 실패하고 좌절하지 않으니 오히려 잘된 일이야.' 애써 내게 위안을 보냈다. 그래야만 했다. 그런 내게 글을 쓰겠다는 결심은 미친 짓이었다. 공들여 만들고 있는 삶이라는 탑을 무너뜨리는 일일지도 모른다는 생각이 들었다. 십 년 남짓 해오던 일이 있었고 좋은 평가를 받고 있는데 굳이 초심자로 돌아갈 필요가 있을까. 주저하던 마음이 걸음을 막아섰다. 그럼에도 불구하고 글을 쓰기로 했다. 무슨 이야기를 할까. 여기에 어떤 말을 더하는 게 혹은 빼는 게 좋을까. 제목은 어떻게 해야 함축적이면서도 세련될 수 있을까. 잘하기 위해 생각하고 메모했다. 금방 과부하 되었다. 그런 날은 한 글자도 쓰지 못한 후회로 하루를 통째로 버리기도 했었다. 그럼에도 멈추지 않기로 했다. 어떻게 그럴 수 있었을까? 이유는 단순했다. 그저 쓰고 싶었다. 그뿐이다.

글을 쓰겠다 결심했다고 모두 작가라고 할 순 없다. 가장 먼저 인터넷 글작가 공고에 신청서를 넣었다. 어떤 글을 쓰고 싶고 왜 글을 쓰기로 했는지 자세하게 적었다. 결과는 탈락. 지금 생각해 보면 당연한 결과였다. 그렇다고 좌절만 하고 있을 수 없으니 다른 길을 찾아야 했다. 수소문 끝에 공저를 알게 되었다. 공저는 혼자 책을 쓰는 것이 아니라 함께 쓰는 것이다. 이전까지 몰랐던 새로운 사실에 입꼬리가 씰룩거렸다. 조심스럽게 블로그를 살펴보고 검색했다. 관심사에 따라 연관 자료를 추천해 주는 알고리즘이 특히나 고마웠던 날이다. 여러 추천 자료는 흥미에서만 멈추지 않도록 해주었다. 그것만으로도 충분했다. 그렇게 몇 번의 질문과 상담 끝에 인생 첫 공저 모임에 합류했다. 신청서를 작성하고 나니 벌써 베스트셀러 작가라도 된 것처럼 들떴다. 사람들이 내 글을 읽고 나에 대해 너무 궁금해하면 어쩌지. 유명한 작가 중에서는 자기 신상을 드러내지 않는 작가들도 있다는데 그들처럼 필명을 만들어야 하나. 다음 차기작은 어떤 주제로 써야 하나. 즐거운 고민은 꼬리에 꼬리를 물고 생겨났다. 아직 한 글자도 쓰지 않았는데 말이다.

공저의 주제를 확인하고 나니 어디서부터 어떻게 시작해야 할지 막막했다. 일단 카페에 들러 소금빵과 시그니처 라테를 시켰다. 빵을 다 먹어가도록 노트북에는 빈 화면뿐이었다. 말도 안 되는 일이었다. 글을 쓰겠다고 친구며 가족에게 공공연하게 선포했었다. 전업 작가가 되어 지금과는 다른 인생을 살 수도 있으니 잘 보아두라던 큰소리도 물거품이 되었다. 무엇이 문제일까. 뜨거웠던 커피도 차갑게 식어 버렸다. 답이 없었다. 신기하게도 아무런 생각도 나지 않았다. 창작의 고통이란 이리도 괴로운 것이었던가. 모순적이게도 카페 창문으로 비친 모습은 꽤 멋져 보였다. 커피 한 잔과 노트북, 고뇌하는 모습은 영락없는 작가였으니까 말이다. 해답을 얻기 위한 시간은 하루, 이틀 빠르게 지나갔다.

첫 줄을 썼다 지웠다 반복했다. 생각은 엉킨 실타래처럼 복잡한데 한 문장도 꺼내올 수 없었다. 외출하다가도 침대에 누워서도 머릿속은 엉망이었다. 꽉 차 있다고 생각했는데 자투리만 가득했다. 눈을 떠도 감아도 글을 써야 한다는 생각이 떠나지 않았다. 오랜만에 느껴보는 압박감에 몸살이 난 것처럼 목덜미가 뻣뻣했다. 이러다간 마감일을 지킬 수 없다. 하는 수없이 선배 작가에게 비상 전화를 걸었다. 아직 한 줄도 쓰지 못한 나를 어떻게 생각할까 하는 걱정은 던져버렸다. 당장 마감이 나흘밖에 남지 않은 시점이었다. 어려움을 호소하는 말도 중구난방이었다. 주제도 없고 내용도 없었다. 섣부르게 글을 쓰겠다고 한 탓인지 아무래도 안 될 것 같다는 말만 나왔다. 선배 작가는 누구나 다 어려워하니 걱정하지 않아도 된다고 했다.

뜨끈한 위로가 되었다. 어쩌면 그 말을 가장 기다렸을지도 모르겠다. 마음이 편안해지니 생각이 물밀 듯이 떠올랐다. 오히려 너무 많은 생각이 떠올라 곤란할 지경이었다. 여덟 장을 하루하고 반나절 만에 써 내려갔다. 문법은 중요하지 않았다. 무슨 이야기를 하고 싶은지가 중요했다. 그 순간에는 글과 나뿐이었다. 글을 쓰려 했을 때는 한 줄도 쓸 수 없었지만, 말을 하려니 쏟아져 나왔다. 이야기하듯이 글을 써야 한다는 말이 그제야 이해됐다. 처음부터 허세 가득한 멋진 글을 쓰려 했으니 어려웠던 것이었다.

말을 하듯이 쓰기 위해서는 무슨 말을 하고 싶은지 알아야 했다. 나의 글에는 어떤 삶이 드러날까. 일상을 글로 쓰고자 하니 평범하다 생각했던 하루가 새롭고 특별해 보였다. 엄청난 변화가 생긴 것이 아니다. 그저 그걸 바라보는 시선과 해석만 바꾸면 되는 것이었다. 자신이 느끼고 있던 추상적인 것들을 문장으로 표현할 뿐이다. 그거면 충분했다. 어렵다고 느끼던 글쓰기가 일상으로 녹아들었다. 그렇게 하루 이틀을 보내면 작가의 삶을 살아내고 있다고 깨닫는 순간이 온다. 석 달 만에 첫 공저 책이 출간되었다. 처음 쓰는 글이다 보니 형식이 다르고 맞춤법이 틀려 몇 번을 새로 썼는지 모르겠다. 그래도 내 이름이 적힌 책은 나를 작가로 존재하게 해주었다.

자신의 말을 글로 표현할 수 있다면 모두가 작가다. 예전의 나처럼 의심하고 글쓰기를 미뤘더라면 작가가 될 수 없었을 것이다. 단순하게 나도 했으니 모두가 할 수 있다는 이야기를 하려는 것이 아니다. 특별할 것 하나

없고 평범한 삶을 살아가고 있는 한 사람이 있다. 그가 무언가를 하고자 할 때 망설이는 건 어찌 보면 당연한 모습이다. 우리는 해보지 않은 것을 하고자 할 때 두려움을 느끼게 된다. 그 두려움은 평범한 일상을 잃을 수 있다는 것에서 시작되지 않을까. **계속해서 실패를 미리 걱정하고 겁을 낸다면 아무것도 변하지 않을 것이다. 빠르게 변화하는 세상에서 변하지 않겠다고 가만히 있는 것은 결국 후퇴하는 일이 될 것이다.**

**지금 이 순간, 글을 쓰고 있으며 누구라도 나의 글을 읽어준다면 그때부터 달라진다.** 그렇게 나는 지금의 당신 덕분에 작가가 되었다.

# |Ⅱ|
# 엉터리 초보 작가의 글쓰기
### 최지은

초고는 언제나 엉망이다. 그러나 그것이 시작이다.

앤 라모트

   신년 초, 모임에 나가면 인사하듯 한 해 계획을 묻는 사람이 있다. 특별한 계획을 세우지 않아 그럴 때마다 매번 얼버무렸었다. 올해는 한 가지라도 정해 보기로 했다. 따뜻한 커피와 구수한 빵 냄새로 가득한 카페에 열 명 남짓 동네 지인들이 모였다. 수다를 떨다가 사람들 앞에서 책을 출간하는 것이 올해 목표라고 말했다. "어떤 책이요?" 멀찍이 앉아있던 누군가 들릴 듯 말 듯 되묻는 소리가 들렸다. 다들 마주 보고 이야기하느라 올해 목표를 듣던 사람도 말하는 나도 어수선함 속에 가볍게 넘어갔다. 출간 계획에 대한 말은 했지만, 어디에도 내 이름이 적힌 책이 나온다는 확신은 없다. 하지만 '발검참복(拔劍斬蔔)', 칼을 뽑았으면 무라도 베라는 말이 있다. 작가로 불리는 순간을 꿈꾸며 글 쓰는 일상에 도전하기로 했다.

8월, 더위가 절정에 이르렀다. 시원한 바람을 찾아야 했던 한여름에 기적 같은 일이 일어났다. 수필을 쓰기 위해 모인 열 명의 작가 중에 내가 있다는 것이다. 독자를 생각하며 글을 쓰는 건 이번이 처음이다. 일상을 이야기하는 네 편의 글을 써야 한다. 주제는 '선택'이다. 첫 번째 글은 선택했는데 실패한 이야기, 두 번째는 선택했는데 기적처럼 성공한 이야기, 세 번째는 미워도 고와도 내 인생, 네 번째는 어떤 선택을 하던 괜찮을 거라는 인생에 기대를 품는 내용의 이야기를 쓰기로 했다. 아홉 명의 공저 작가들과 문자와 줌으로 소통하며 지냈다. 공저에 참여하고 얼마 지나지 않아서다. 괜한 욕심을 부린 건 아닌가 하는 생각에 후회가 쓰나미처럼 몰려왔다. 어떤 이야기를 써야 할지 몰라 몇 날을 고민하다가 시간만 흘려보냈다. 첫 줄만 쓰고 하루를 보내기도 했다. 정해진 기간 안에 초고를 완성할 수 있을까? 주제에 맞는 글은 어떻게 쓰지? 글감에 맞는 경험이 있나? 안 되겠다, 못 하겠다는 말을 연신 중얼거렸다. 어깨에 둘러멘 걱정이라는 보따리는 무겁기만 했다. 초고를 15일 안에 제출해야 한다. 초보 작가에게는 터무니없이 짧은 날짜다. 하루도 손가락을 머리카락 사이에 집어넣지 않은 날이 없었다. 초고를 제출해야 할 시간이 코앞으로 다가왔다. 급한 마음에 대못을 얼렁뚱땅 두드려 박듯이 글을 마무리했다. 문장과 문맥이 맞는지 확인할 여유도 없었다. 글을 올린 후 다시 읽어보니 실타래처럼 글들이 엉켜 있었다. 코치로부터 피드백이 날아왔다. "글을 통해 독자가 스스로 감동할 수 있도록 합시다." 초고를 천천히 열 번 이상 소리 내어 읽었다. 나의 감정을 드러낸 글이 아니라 독자에게 나의 이야기로 희망을 줄 수 있는 글이어야 한다. 글 속에 담긴 동료와의 갈등 부분을 수정했다. 그대로 드러난 분노를 지우고 억울함을 지웠다.

초고 이후 되돌아온 퇴고의 시간. 글을 썼다 지우는 일상을 보내던 중 11월 24일 출판사와 계약 날짜가 정해졌다. 일정을 위해 나선 이른 아침. 외투 겉에 쌀쌀함이 묻어났다. 대전행 기차를 타기 위해 진영역에 도착했다. 우리의 행보를 아는 듯 나팔꽃이 축하의 팡파르를 울리며 역전을 따라 피어있었다. 각 처에 있는 작가들이 출간 계약을 위해 대전에서 모이기로 했다. 처음으로 오프라인에서 동료 작가들을 만난다. 설렜다. 낯설지만 반가운 얼굴들이다. 자기소개 시간이었다. 화면보다 작은 얼굴, 큰 키, 생각했던 이미지와 다른 작가도 있었다. 인사를 나누고 차례대로 출판계약서에 서명했다. 그때마다 우리는 서로를 축하했다. 이후 식사하러 자리를 옮겼다. 분위기 좋은 카페도 들렀다. 대전에 간 김에 유명하다고 입소문 난 성심당에서 줄을 기다리며 빵도 샀다. 반나절을 넘게 같이 다니면서 서로를 알아갔다. 낯설었던 시간이 익숙해질 즈음 헤어져야 했다. 예매해 놓은 기차 시간이 얼마 남지 않았기 때문이다. 기차역으로 이어진 시장을 지나면 지름길이 나온다. 골목 안으로 쭉 이어진 가게를 지나 중간쯤 왔을 때다. 호떡 가게 앞에서 영민 작가가 걸음을 멈추었다. "호떡 하나 먹을까요? 이집 호떡 맛있어요." 호떡 기계 앞에 호떡 예찬론자가 쓴 것 같은 호떡을 향한 사랑의 시가 적혀 있었다. 꿀이 흐르는 호떡을 한입 베어 물었다. 시를 읽고 먹어서일까? 더 달게 느껴졌다. 글 쓰는 동안 앓았던 두통이 사라지는 행복한 시간이었다. 출판 계약을 위해 기차를 타고 갔던 대전, 공저 작가들과의 만남, 진한 커피 향을 맡으며 나눈 수다, 모든 일정이 여행 같았다. 행복했던 하루의 기억으로 글 쓰는 시름을 잊으며 며칠이 지났다. 출판사에서 또다시 퇴고를 요청했다. 나도 모르게 한숨이 나왔다. 마지막 탈고를 마치고 출판사에 넘겼을 때다. 무심코 달력을 보았다. 기다림과 설렘으로 심장이 뛰었다.

전쟁 같았던 넉 달의 글쓰기 시간이 마무리되었다. 첫 번째 공저가 출판되었다. 인터넷 서점에 예약판매가 시작되었다는 소식이 단체방에 올라왔다.

12월 6일 책이 배송되어왔던 날, 남편이 사 온 케이크에 커다란 초 하나를 켰다. 입을 모아 촛불을 끄는 순간 글을 쓰면서 보낸 시간이 주마등처럼 지나갔다. 초보 작가인 나의 일상은 어수선 그 자체였다. 싱크대에 설거짓거리가 쌓이고, 세탁기 앞 빨래 바구니엔 옷들이 산 무더기가 되어 있었다. 학교 다녀온 배고픈 아들에게 간식과 밥을 챙겨 줄 여력도 없었다. 초보 작가의 길에 들어선 엄마를 기다려줬던 아들, 퇴근해 올 남편을 기다리며 노트북 앞에서 전전긍긍했던 시간, 배려해주는 남편과 아들이 있었기에 작가에 도전할 수 있었다. 가족의 배려가 없었다면 콧구멍이 있어도 숨 쉴 수 없다며 푸념을 쏟았을 거다. 두 번째 글쓰기는 꿈에 불과했을지도 모를 일이다. 남편과 아들의 축하를 받으며 진짜 초보 작가가 되었다.

초보 작가의 어설펐던 시간이 지나고 떡하니 내 이름이 들어간 책을 받던 날, 행복하고 설렜다. **꿈을 적고 목표를 세웠다. 나와의 약속을 지키리라 다짐하며 노력했다. 그리고 아득했던 목표를 이루었다.**『모든 순간마다 선택은 옳았다』 공저 작가, 노력의 결과물이다.

다시 글을 쓰며 두 번째 공저에 도전 중이다. 일상과 부딪히는 어려움이 있겠지만 오늘도 읽고 쓴다. 잘 쓰고 못 쓰고에 신경을 쓰기보다 지금은 도전에 목표를 두는 글쓰기다. 언젠가 오늘보다 더 나아질 글로 독자에게 희망을 전할 수 있으리라. 머리를 쥐어짜며 노트북을 켰다.

**인생은 길다. 그 길을 어떻게 사느냐는 중요하다. 하고 싶은 일을 도전하다 보면 실패하기도 한다.**

**뭐 어때? 인생은 끊임없는 도전인 것을. 도전 없이는 성장할 수 없다. 실낱같은 희망으로 대망을 꿈꾸며** 오늘도 쓰는 하루를 살아가고 있다.

# |12|
# 글 안에서 무한한 나의 세계
### 홍순지

내 언어의 한계는 내 세계의 한계이다.

비트겐슈타인

　에세이 작가 신청을 하면서도 계속 의심했다. 사기인가? 나중에 돈을 많이 내야 한다고 하는 거 아냐? 이렇게 아무나 작가가 된다고? 의심이 꼬리에 꼬리를 물고 이어졌지만 밑져야 본전이다 생각하고 일단 쓰기 시작했다. 가족들에게는 비밀로 하고 아침, 저녁으로 조금씩 썼다. 며칠이 지난후 남편과 아이들에게 스치듯 이야기했다. 요동치는 마음을 숨기고 무심하게 말을 꺼냈다. 그때까지만 해도 엄마의 역할을 감당하기에도 벅찼던 내가 새로운 일을 욕심낸다는 것에 대한 죄책감이 있었던 것 같다.

　초고를 쓰고 여러 번에 걸쳐 퇴고를 했다. 공저 일정에 맞춰서 글을 쓰다보니 정말 내 글이 담긴 책이 출간됐다! 사기가 아니었다. 작가는 뭔가 특별한 사람이 할 수 있는 일이라고 여겼던 내 인식이 잘못이었다. 특별하다는 것에 대한 세상의 잣대와 자격을 들먹이며 타성에만 젖어 있던 내가 잘못됐다는 것을 많은 작가를 만나고 깨달았다. 우리는 서로 작가라고 부른다. 처음 문을 두드리는 사람들에게도 마찬가지다. 글을 쓰기 위해 학력도 학벌도 재산도 명예도 아무것도 필요 없다. 그저 삶을 사랑하고 사색하는 사람이라면, 주변을 돌아보고 성찰하는 사람이라면 할 수 있는 일이었다. 자신의 노력을 통해 남을 돕고 싶은 사람이라면 누구라도 작가가 될 수 있다.

에세이 공저 3기에 참여해 총 10명의 작가와 함께 책 『나부터 챙기기로 했습니다』를 완성했다. 한 명이 네 꼭지를 쓰는 일이었다. 지금에야 네 꼭지 쓰는 일이 뭐 그렇게 힘들었을까 싶지만 뭐든 처음이 가장 어렵다. 초고 제출까지 주어진 시간은 약 3주. 처음 며칠간은 신났다. 노트북을 켜고 앉아 타닥타닥 키보드를 두드리는 내 모습에 취했다. 꼭꼭 묻어두었던 말들을 쏟아내 개운했다. 동료들은 분량 채우기 어렵다고들 했지만, 워낙 쓰고 설명하는 것을 좋아하니 그건 어렵지 않았다.

나에게는 다른 세 가지 문제가 있었다. 문체, 방어기제, 시간 부족이라는 벽이었다.


첫 번째 문제는 나의 문체. 논문처럼 정확하게 설명해야 하는 글만 쓰다 보니 감정을 보여주는 것이 아니라 설명하고 있었다. 지루하고 답답한 글이 나왔다. 기존에 '내게 쓰기'처럼 감정 설명만 가득한 글은 푸념이나 한풀이일 뿐이었다. 담백하게 설명하고 생동감 있게 표현하는 것이 중요했다. 막막했지만 꾸준히 쓰고 고치다 보니 조금씩 나아지고 있다.

두 번째 문제는 불쑥불쑥 드러나는 방어기제였다. 나에 대해 어디까지 공개할 것인가 끊임없이 고민했다. 가족의 이야기가 많이 나올 수밖에 없는 주제이다 보니 엄마와 아빠가 불편해하실 수 있다는 생각이 들어 글이 막혔다. 과거를 들춰 치부를 드러내는 것 같아 망설여졌다. 브런치 작가를 시작하려던 때처럼 또 숨게 될까 두려웠지만 이번엔 달랐다. 함께 하는 작가들이 있었기 때문에 계속 쓸 수 있었다. 비슷한 고민을 하고 있는 동료들과 함께 벽을 넘었다.

글을 쓴 지 한 달 정도 되던 날 위경련이 왔다. 먹은 것이 없는데 온종일 구토가 나오고 열이 났다. 수년간 학원 수업을 단 한 번도 빠지지 않던 내가, 하루 휴강을 했다.

'명현현상이었을까?'

이제야 생각해 본다. 갑자기 좋은 화장품을 발랐을 때 나온다는 일시적인 트러블처럼 갑자기 글이라는 해독제를 먹으니 몸에서 독소를 쏟아내느라 그렇게 고통스러웠나보다고. 글 쓰는 일상에 적응할 때까지 그렇게 '글쓰기 근육통'에 시달렸다. 글 쓰는 일은 내면의 근육을 단련하는 일이라고 비유한다. 지속적인 훈련 끝에 단단해지는 근육처럼 글쓰기도 끝없는 연마와 노력이 필요하기 때문이다. 이제는 쓰는 일에도 나를 드러내는 일에도 익숙해지고 있다.


세 번째 문제는 작가 수업에 참여하는 일이었다. 작가 수업은 주로 저녁 시간에 이루어졌다. 늘 8시 넘어 퇴근하는 나는 두 아이의 저녁을 챙기고 하루를 정리하는 저녁 시간이 가장 바쁘다. 처음에는 수업을 듣고 싶은 마음과 들어야 하는 당위성, 그리고 들을 수 없는 현실이 뒤섞여 자주 괴로웠다. 어쩌다 퇴근을 일찍 한 날도 수업을 듣기 힘든 건 마찬가지였다. 방에 들어가거나 각자의 시간을 갖지 않는 우리 부부의 특성상, 퇴근 이후 시간은 온전히 자신의 시간이라고 알고 있는 딸을 둔 엄마의 특성상, 챙겨줄 게 많은 중학교 아들을 둔 엄마의 특성상 나는 저녁에 나만의 시간을 갖기가 어려웠다. 그래도 공저를 처음 준비하던 몇 주는 열 일 제쳐두고 수업을 들었다.

"소연아, 엄마 이번 주 화요일에는 꼭 들어야 하는 수업이 있어. 소연이도 엄마랑 같이 수업 듣자."

"나도 작가 할 수 있어?"

"그럼. 그림책 작가! 어린이도 할 수 있어! 엄마 수업 듣는 동안 소연이 옆에서 그림 그려보자. 나중에 거기 글도 쓰는 거야. 엄마가 도와줄게."

때때마다 딸을 달래 수업을 들었다. 남편 퇴근 시간. 미처 밥을 챙기지 못하고 수업을 듣게 되면 남편은 혼자 밥을 차려 먹었다. 수업 중간 10시는 중학생 아들이 학원 수업을 끝내고 집에 와 늦은 저녁을 먹는 시간이다. 이번엔 빛의 속도로 달려 나가 얼른 밥을 차려주고 돌아온다. 수업 들으랴 바깥소리 신경 쓰랴 정신없다. 이 시대의 엄마는 배움을 위해서도 큰 의지가 필요하다.

수업이 끝나 나와보면 쓸쓸하게 뉴스를 보고 있는 남편. 미안한 마음에 서둘러 막걸리와 야식을 준비해 옆에 앉는다. 아들, 딸의 밀린 이야기를 들으며 저녁을 보내고 가족들의 취침 시간이 되면 다시 책을 집어 든다.

가족과 보내는 시간을 놓치지 않기 위해 책은 주로 늦은 밤 또는 새벽에 읽었다. 새벽마다 다른 세상이 열린다. 오롯이 나와 책뿐이다. 다정한 글에 빠지고 명료한 글에 감탄하며 필사를 멈추지 않았다.

고군분투의 시간이 지나고 지금은 수업에 임하는 마음이 조금 달라졌다. 조급함도 죄책감도 어느 정도 사라졌다. 수업은 기술적인 것을 배우는 시간이 아니다. 자꾸 세상으로 밀려나는 나를 다시 나의 중심으로 끌어오기 위한 과정이다. 환경이 허락하는 만큼 참여하고 노력하되 너무 오래 밀려나지 않도록 느리더라도 꾸준히 해 나가려 한다. 오래 할 일이니까.

처음 작가로 발을 내딛던 시절, 우주가 나를 돕는 것처럼 나의 새로운 꿈을 위해 업무도 남편도 아들도 딸도 모두 한 걸음씩 물러서 틈을 내어준 덕분에 이만큼 성장했다.


"홍시? 홍반장? 홍콩 할매!"

남편과 아들, 딸이 한참 열띤 토의를 한다. 필명을 만들고 싶다는 내 말에 기다렸다는 듯 침을 튀기며 의견을 낸다. 친정 부모님까지 가세했다. 아빠는 한자로 된 필명을 몇 가지 가져오셨다.

새로운 일을 시작해 가족들에게 괜한 부담을 주는 것은 아닐까 걱정했다. 안 그래도 늘 바쁜 엄마라 미안한데 아이들에게 더 소홀해질까 봐 지레 눈치를 봤다. 하지만 가족들은 나 못지않게 즐거워했다. 내가 하게 된 새로운 경험은 아이들에게도 남편에게도 부모님에게도 일상을 넘는 색다른 일

이었다. 작가의 아들과 딸, 작가의 남편, 작가의 부모가 되어보는 새로운
경험이었다.

하교해 책가방을 벗으며 딸이 이야기한다.

"엄마! 나 오늘 선생님께 자랑했다! 엄마 작가라고! 선생님이 검색해 보
셨어. 저번엔 엄마 이름이 맨 위에 나왔는데 오늘은 바로 안 나와서 당황했
어. 엄마 책 또 얼른 써! 그래야 이름이 맨 위에 나오지!"

숨기려고도 했던 나의 작가 입문은 나에게도 가족들에게도 일상의 기분
좋은 파동이었다. **작은 파동이 모여 새로운 세상을 만들 수 있다는 것을,
성장하는 엄마의 모습을 아이들에게 보여주고 싶다.**

# 글이 막힐 때 건네는 작은 팁

## 문장 따라 쓰기

- 좋은 글을 읽으며 마음에 와닿는 문장을 골라 밑줄을 긋고 따라 써본다.

- 손으로 직접 쓰면서 문장의 흐름과 리듬을 몸에 익히는 게 중요하다.

- 이 과정을 반복하면 자연스럽게 문장력이 향상된다.

- 처음엔 어렵겠지만, 꾸준히 하다 보면 문장이 더 자연스러워진다.

- 좋은 문장을 많이 접할수록 글의 감각이 길러진다는 걸 느낄 수 있다.

## 적절한 휴식 취하기

- 계속 고민해도 해결되지 않는다면 잠시 멈추고 다른 활동을 해본다.

- 책을 읽거나 산책을 하면서 머리를 식히면 생각이 정리된다.

- 음악을 듣거나 영화 한 편 보는 것도 새로운 영감을 줄 수 있다.

- 자연을 바라보거나 손을 움직이는 활동이 창의력에 도움이 된다.

- 잠시 글에서 벗어나면 오히려 더 좋은 아이디어가 떠오를 수도 있다.

## 초심 되돌아보기

- "나는 왜 글을 쓰려고 했을까?" 스스로에게 물어본다.

- 처음 글을 쓰기로 결심했던 순간을 떠올리면 동기부여가 된다.

- 글을 쓰는 목적을 되새기면 다시 펜을 들 용기가 생긴다.

- 예전의 글을 다시 읽어보면 자신의 성장도 확인할 수 있다.

- 처음 가졌던 열정을 되살리면 글쓰기가 한결 수월해진다.


몸 움직이기

- 오랜 시간 앉아 있으면 생각도 굳어지기 마련이다.

- 운동화를 신고 밖으로 나가 가볍게 걷다 보면 머릿속이 정리된다.

- 몸을 움직이며 자연스럽게 새로운 아이디어가 떠오를 수도 있다.

- 스트레칭을 하거나 간단한 요가 동작을 따라 해보는 것도 좋다.

- 몸이 유연해지면 생각도 유연해지는 걸 느낄 수 있다.


대화체로 먼저 쓰기

- 완벽한 문장을 만들려다 보면 한 글자도 못 쓰게 될 때가 많다.

- 일단 친구에게 말하듯이 편하게 문장을 써 내려가 본다.

- 나중에 다듬으면 되니까, 우선 생각을 글로 옮기는 게 중요하다.

- 소리 내어 읽어보면 어색한 부분을 쉽게 찾을 수 있다.

- 자연스럽게 흐르는 문장은 독자에게도 더 친근하게 다가갈 수 있다.


일상 기록하기

- 평범해 보이는 하루도 기록하면 훌륭한 글감이 될 수 있다.

- 무심코 지나쳤던 순간을 글로 남기면 새로운 시각이 생긴다.

- 일기나 메모를 습관화하면 글을 쓰는 근육이 길러진다.
- 짧은 한 줄이라도 꾸준히 쓰다 보면 글쓰기 실력이 쌓인다.
- 작은 조각들이 모여 언젠가 멋진 이야기로 완성될지도 모른다.


## 주변 관찰하기
- 길을 걸으며 풍경을 바라보는 것만으로도 좋은 자극이 된다.
- 카페에서 사람들의 표정을 살피거나 대화를 엿들어 본다.
- 일상의 작은 장면에서 예상치 못한 글의 소재를 발견할 수 있다.
- 특히 감정이 드러나는 순간들을 포착하면 깊이 있는 글을 쓸 수 있다.
- 눈에 보이는 것뿐만 아니라 소리와 냄새까지 기록해 보는 것도 좋다.


## 대화로 발전시키기
- 글이 막혔을 때는 혼자 고민하지 말고 누군가와 이야기해 본다.
- 친구, 가족, 멘토와 대화를 나누다 보면 새로운 관점이 생길 수 있다.
- 자연스럽게 떠오르는 말들을 정리하면 글로 연결할 수 있다.
- 말로 설명하면서 생각이 정리되기도 한다.
- 대화 속에서 예상치 못한 통찰이 나올 수도 있으니 열린 마음을 가져 본다.


## 과도한 걱정 내려놓기
- 완벽해야 한다는 생각이 글쓰기를 방해할 때가 많다.

– 다른 사람들의 반응을 너무 의식하면 글이 딱딱해질 수 있다.

– 자신만의 스타일을 믿고 일단 써 내려가는 게 가장 중요하다.

– 처음부터 완벽할 필요는 없다, 수정 과정도 창작의 일부다.

– 자유롭게 써 내려가다 보면 글도 점점 자연스러워진다.

3장

# 오늘도
# 글로 나를 일으키다

# |1|

# 편지로 바뀐 삶, 변화의 이야기

### 김미애

글쓰기는 감정을 해방시키고, 마음을 치유하는 도구다.

루이스 라모어

교사라는 직업을 선택한 지 어느덧 18년이 흘렀다. 첫 부임 때 만난 사춘기 6학년 친구들과의 악몽 같은 추억이 없었다면, '아침을 여는 편지'도 없었을 것이다. 교대에 입학했을 때, 나를 잘 아는 친구들은 "너처럼 게으르고 불성실한 학생이 무슨 교사를 하냐?"라며 놀렸다. 성실함과 끈기가 부족한 나인데, 왜 아직도 '아침을 여는 편지'를 계속 쓰고 있을까? 그리고 그 편지에는 어떤 의미가 있을까?

어느 날, 신규 선생님이 내게 물었다.

"선생님, 귀찮고 힘든데 편지를 왜 매일 쓰시나요? 누가 알아주나요?"

나는 대답했다.

"내가 신규였던 첫해, 우리 반은 학교폭력과 교권 침해가 끊이지 않는 힘든 학급이었어. 아무리 지도를 해도 사건, 사고가 매일 일어났지. 모든 게 내 잘못 같았어. 학생, 학부모, 동료 교사에 대한 원망도 커졌고, 매일 울었어. 그런데 '칠판 편지'를 따라 쓰기 시작하면서 우리 반이 변하기 시작했어. 거짓말처럼. 편지를 쓰는 일이 귀찮고 힘들 때도 많지만, 학생들과의 약속이기에 꼭 지키고 싶어."

그것은 행운이었다. 18년 동안 써 온 아침 편지로 많은 것이 바뀌었고, 앞으로도 계속 성장할 것이다. 내가 찾은 '아침을 여는 편지'의 가치를 공유하고자 한다.


첫째, 학급이 변했다.

**나는 무수한 말보다 한 통의 정성스러운 편지가 가진 힘을 믿는다.** 아침 편지는 학생들에게 주는 나의 작은 선물이다. 학생들은 편지를 받으면 오늘 어떤 수업이 있는지, 선생님이 어떤 미션을 주셨을지 궁금해한다.

체육수업을 좋아하는 아이들은 "3교시 반 대항 피구 대회"라는 문구를 보고 기뻐하며 교실을 뛰어다닌다. "1, 2교시 국어 · 수학 단원평가를 잘 치르면 가능"이라는 글을 보고는 교과서를 펴고 복습하기도 한다. "친구에게 '고마워' 서른 번 말하기"라는 미션이 적힌 날에는 서로 "고마워."를 외치며 즐거워한다. 급식 다 먹기 미션이 있는 날이면 우리 반 음식물 쓰레기가 하나도 나오지 않는 기적이 일어난다.

설렘과 호기심을 자아내는 편지. 이를 통해 학생들은 학교생활이 더욱 즐거워졌다.

"선생님, 매일 편지를 빠짐없이 쓰는 거 힘들지 않아요? 저는 일주일에 두 번 일기 쓰기도 귀찮던데…."

"다른 반과 달리 우리 반에는 '아침을 여는 편지'가 있어서 특별한 것 같아요."

"매일 편지 쓰려면 머리 아프겠어요. 대단해요."

학생들은 하루도 빠짐없이 전해지는 편지를 보며 나의 열정과 성실함에 감탄했다. 그 결과, 나를 더욱 신뢰하게 되었고, 말로 전하는 잔소리보다 편지에 적힌 조언을 더 잘 따랐다. 학습 지도와 생활 지도가 한결 쉬워진 이유도 바로 이 편지 덕분이다.

나는 학생들에게 말했다.

"얘들아, 선생님은 항상 너희를 사랑하지만, 때로는 오해가 생길 수도 있어. 그래서 하고 싶은 이야기, 꼭 해야 할 이야기를 글로 적는 거야. 매일 편지를 쓰는 게 힘들기도 하지만, 편지를 읽으며 변화하는 너희 모습을 보면 보람을 느껴."

진심을 담은 편지가 우리 반을 특별하게 만들고 있다는 사실을 깨달을 때마다, 나는 편지 쓰기를 멈추지 않길 잘했다고 생각한다.


둘째, 학부모와의 관계가 변했다.

학교생활에서 사건ㆍ사고는 끊이지 않는다. 학부모들은 교실 속 상황을 직접 볼 수 없으므로, 자칫 오해하거나 불신을 갖기 쉽다. 내 아이가 왕따를 당하거나 차별받지는 않을까, 다치지는 않을까, 학교폭력의 피해자가 되지는 않을까 걱정하며 촉각을 곤두세운다.

신규 교사 시절, 내가 학생들 앞에서 했던 말 한마디가 문제가 되어 학생의 가족이 학교로 항의하러 온 적이 있었다. 나는 아직도 그 순간을 기억한다. 학교폭력을 일으킨 학생을 지도하면서 '인간'이라는 단어를 사용했다는 이유로 "교사로서 자질이 부족한 네가 어떻게 교사냐?"라는 질책을 들었다.

수치스러웠던 그 날을 잊지 못한다. 학생을 바른길로 이끌고 싶었을 뿐인데, 신뢰가 없는 상태에서는 작은 말조차 오해를 불러일으킬 수 있었다.

그러나 '아침을 여는 편지'를 쓰기 시작한 후, 그런 일은 다시 일어나지 않았다. 처음에는 가볍게 생각했던 학부모들도 매일 편지가 전해지는 것을 보며 나를 성실한 교사로 인정했다. 우리 반에서 일어나는 일들을 알게 되면서 불신과 오해가 줄어들었고, 학부모들은 나를 열정 가득한 교사, 학생을 사랑하는 교사로 바라보기 시작했다.

18년간의 교사 생활을 돌아보면, 나의 가장 큰 무기이자 든든한 지원군은 바로 '아침을 여는 편지'였다.


셋째, 내가 변했다

'아침을 여는 편지'는 학생들에게 쓰는 편지이지만, 동시에 나 자신을 위한 편지이기도 하다. 힘든 학교생활 속에서 기쁨, 슬픔, 고통을 기록하며 스스로 치유하는 시간을 가질 수 있었다.

처음에는 글을 쓰며 많이 울었다. 나의 고통과 슬픔을 글로 표현하면서 상처가 치유되었고, 교사로서의 사명을 다시 다잡았다. 학생들을 올바르게 교육하겠다는 의지, 실수에 대한 반성과 후회를 적으며 나 자신이 가장 많이 변화했다. 무엇보다, 나는 강해졌다. 불성실하고 무책임했던 내가 매일 편지를 쓰면서 약속의 소중함을 깨달았고, 성실하게 무언가를 지속할 수 있는 사람이 되었다. 꾸준히 노력하면 결국 해낼 수 있다는 자신감도 얻었다.

이제, 새로운 꿈이 생겼다

혼자만의 기록이었던 '아침을 여는 편지'를 책으로 펴내고 싶다. 세상은 교사에게 가혹하다. 아동학대 신고를 당하지 않은 것에 감사해야 하고, 교권 침해를 당해도 홀로 삭여야 하는 시대다. 나 역시 힘들었던 적이 있었다. 교사를 선택한 것을 후회하기도 했다.

하지만 선배 교사의 '칠판 편지'가 내게 큰 위로가 되었듯, 나 역시 누군가에게 도움을 주고 싶다. 진심을 담은 편지와 글쓰기가 학생·학부모와의 소통 창구가 될 수 있길 바라며, 오늘도 나는 글을 쓴다.

'아침을 여는 편지'가 교사와 학생, 학부모를 잇는 다리가 되길 바라며.

# | 2 |

# 흔들리지만 쓴다, 오늘도

### 김서현

글쓰기는 마음의 거울이다.

로자 룩셈부르크

매일은 아니지만 블로그에 순간순간을 기록해 왔다. 처음에는 어색했다. 지금까지는 나만 볼 수 있는 '세 줄 일기'만 썼던 반면, 블로그는 글자 수 제한이 없고 외부에 공개되어 있기 때문이었다. 하지만 기록하다 보니 어느덧 습관이 되었다. 블로그에 기록하지 않으면 소중한 순간이 저 멀리 날아가 버리는 듯한 그 느낌이 싫었다. 그래서 뭐든 기록했다. 세 줄만 써야 하는 '세 줄 일기'와는 달리, 내가 쓰고 싶은 만큼 쓸 수 있다는 블로그의 특성을 활용해 아기에게 밥 차려 준 이야기, 저녁 메뉴, 유아 반찬 만드는 방법, 직장에서 있었던 일들, 하루하루 느꼈던 감정들, 수입과 지출 등. 내 삶 자체를 블로그에 완전히 녹아내리려고 애썼다. 이렇게 하다 보니 시간이 점점 지날수록 내가 나를 돌아볼 수 있는 기회가 많아졌다. 특히 아이를 키우며 힘들기만 했던 하루가, 글로 다시 마주해보니 희로애락으로 알록달록했다.

블로그에 썼던 육아일기를 한 번씩 다시 읽어보았다. 어떤 날은 아이가 하루 내내 내 말을 듣지 않아 힘이 쫙 빠진 날이 있었던 반면, 어떤 날은 내가 시키지 않아도 책도 잘 읽고 밥도 잘 먹는 날도 있었다. 육아는 내가 잘하고 싶다고 해서 잘할 수 있는 것이 아닐뿐더러, 엉망으로 하고 싶다고 해서 엉망이 되는 것도 아니었다. 끄적이고 쓰는 것은 내 육아의 역사를 돌아보는 일이기도 했다.

끄적이고 쓰는 것으로부터 시작해 지금은 부자가 될 준비도 하고 있다. 글을 쓰며 순간을 놓치지 않으려 애썼다. 그러다 보니 내 주머니에서 들어가는 돈과 나가는 돈도 관리가 쉬워졌다. 글쓰기와 돈 관리가 무슨 상관이 있냐는 의문이 들 수도 있겠지만, '습관'과 '관리'의 측면에서 서로 통함을 알게 되었다. 사실 평소에 가계부 어플을 활용해 돈 관리는 하고 있었다. 하지만 매번 어플을 확인하는 것이 쉽지 않았다. 반면에 블로그에는 들어오는 돈과 나가는 돈을 매일 적어 두었다. 비공개 게시판을 하나 만들어서 월별로 글을 하나 작성해 놓고 댓글을 이용해 매일 가볍게 돈을 기록했다. 하루, 이틀, 한 달이 되니 댓글의 기록을 보고도 내 돈의 흐름이 세세하게 눈에 보였다. 생각보다 밖으로 새어나가는 돈의 액수가 컸다. 적잖이 충격을 받고 나니, 블로그에 매일 일상 글을 포스팅하지는 못해도 수입과 지출은 댓글로 매일 기록하게 되었다. 돈의 흐름을 파악하는 습관이 생기니 자연스레 지출을 줄이려 노력하게 되었다. 글쓰기 습관이 돈 모으는 습관을 만들어 주기도 한 셈이다.

2024년 겨울, 첫 공저 책을 출간했다. 출간 과정이 쉽지는 않았다. 하지만 처음 다짐했던 굳은 마음을 떠올리며 정성 들여 글을 썼고, 마침내 책이 세상 밖으로 나왔다. 많은 사람들의 축하를 받았다. 지인들에게 무언가를 선물할 일이 있을 때 책에 메시지를 적어 선물했다. 무엇보다 뜻깊고 정성 어린 선물이 되었다. 친구들은 내 글이 힘이 된다고들 이야기해 주었다. 내 소소한 이야기가 다른 사람들을 따스하게 만들어 줄 수 있음이 행복했다. 내 스펙에는 '작가', '저자'라는 내용이 한 줄 추가되었다. 작가라는 타이틀이 붙으니 평소 하는 생각이 많이 달라졌다. 혹시 누군가와 싸우는 일이 생겼더라도 그전에는 빨리 잊히길 바라며 시간이 흐르기를 기다렸을 테지만, 작가가 된 이후로는 오히려 그런 상황이 반갑다. 글로 쓸 수 있는 내용이 많으니 말이다. 감정을 털고 또 털어내도 모자랄 테니. 글쓰기는 이렇게 좀 더 건설적인 내가 될 수 있게 해주었다.

내 주변을 이루는 사람들도 많이 바뀌었다. 공저 책을 같이 출간한 작가들과 친해져 온라인이나 오프라인에서 한 번씩 모인다. 함께 모인 사람들이 모두 책 읽고 글 쓰는 사람들이니, 자기 계발의 끝판왕들이었다. 가끔 오프라인에서 모임을 하고 나면 많은 것을 배우고 온다. 굳이 책에 관한 이야기가 아닌 일상 얘기를 하더라도 열심히 사는 사람들의 이야기는 다르다. 그들과 대화하면 한 편의 책을 읽는 기분이다.

하루는 오프라인 모임에서 두 명의 작가가 다이어리에 관한 이야기를 들려주며 그들이 직접 쓴 다이어리를 보여주었다. 두 작가가 똑같은 제품의 다이어리를 쓰고 있었다. 작은 글자로 빼곡히 기록한 페이지들을 보니 감탄이 나왔다. 하루 24시간을 이렇게까지 쪼개어 관리한다니 말이다. 더욱이 두 작가는 새벽에 일찍 일어나 달리기도 하고, 책도 읽는다고 했다. 순간 내 자신이 부끄러웠다. 출근 시간에 맞춰 겨우 일어나는 내 모습. 새어나가는 시간이 분명히 있음에도 매일 시간 없고 바쁘다며 징징대는 내 모습. 시간 관리를 철저히 하는 작가들과 비교되는 내 생활을 떠올리니 정신이 퍼뜩 들었다. 주눅 들거나 자신감이 없어지는 것이 아니라, 오히려 나도 24시간을 48시간처럼 살고 싶다는 욕심이 생겨났다. 그래서 기상 시간을 앞당겨 미리 출근을 준비하기도 하고, 틈틈이 책도 읽기도 한다. 나보다 더 부지런한 작가들 덕분에 더 자극받아 함께 달리려고 노력한다. 글쓰기라는 취미 덕분에 좋은 사람들을 알게 되었고, 그들의 선한 영향력에 나도 시간을 허투루 쓰지 않는 사람이 되어가고 있다. 글쓰기가 아니었으면 이렇게까지 열심히 사는 내가 될 수 있었을까.

글쓰기로 내가 이렇게 바뀌었다. 육아를 돌아보는 여유가 생겼고, 부자가 될 준비도 하고 있으며, 자기 관리에 발을 들였다.

어떤 교수가 독서법 강의에서 했던 말이 있다.
"나 자신을 마주하는 방법은 두 가지가 있습니다. 하나는 깊은 명상, 나머지 하나는 글쓰기입니다."
**글쓰기는 그냥 단순히 글을 쓰는 행위가 아니다. '나를 마주하는' 방법이**

**다.** 그래서 글을 쓰고 나면 마음이 홀가분해지고 어딘가 모를 여유도 생긴다. 어릴 때부터 끄적이기를 좋아했던 내가 꼭 힘들 때마다 일기장을 찾던 이유도 바로 이 때문이다. 나를 다시 마주 보며 털어내는 것. 오랜 시간동안 글 쓰는 것을 재미있어하고 책까지 출간한 내 자신이 자랑스럽다. 앞으로도 쭉 이어가야 할 평생 취미다.

나는 쓴다, 오늘도. 블로그든 세 줄 일기든 끄적여 본다. 멀어져가는 시간을 붙잡고 나를 다시 마주하기 위해, 글쓰기는 필요하다.

# |3|

# 쓰다 말아도 또 쓴다

### 김효정

> 글쓰기에는 꾸준한 인내가 필요하다.
> 처음에는 어려워도 계속 쓰면 결국 자신만의 길을 찾게 된다.
>
> 레프 톨스토이

아이가 네 살이 되니 말을 제법 잘한다. 아이의 말을 놓치기 아까워서 요즘은 포스트를 활용해서 아이의 어록을 남기고 있다. 덕분에 가족의 에피소드가 남는 것도 즐겁다. 이렇게 쓴 글은 읽고 또 읽는다. 그럴 때마다 그 날이 기억나서 행복하다. 글이라는 것은 곱씹을수록 좋은 것 같다. 하지만 글을 쓰는 일이든, 출간하는 일이든 혼자는 힘들다. 지속력이 약해 자꾸 멈춘다.

친구가 라이팅 코치가 되었다. SNS로 계속 그녀의 활동이 올라왔다. 열심히 사는 친구인 건 알고 있었는데 20년이 지나도 그녀는 여전했다. 여름 방학 독서캠프 강사로 그녀를 초빙했다. 3일간의 독서캠프를 마치고 같이 점심을 먹을 때, 그녀가 나에게 글쓰기 평생회원으로 등록하라고 한다. 글쓰는 것, 책 내는 것, 평생 도와주겠다고 한다. 그림책 출간도 알아봐 주겠다고 했다. 적은 금액은 아니었지만, 많은 금액도 아니었다. 고민하다가 남편의 허락 없이 등록했다. 다른 사람 같았으면 거절했겠지만 무려 20년을 넘게 보아온 친구다. 열정과 성실만큼은 인정한다. 그 일로 남편은 내 감시자가 되었다.

평생회원이 된 지 얼마 지나지 않아 그녀는 같이 공저에 참여하는 게 어떻겠냐고 제안했다. 주제는 독서법이었다. 자신 있는 주제는 아니었다. 그래도 내 독서법을 스스로 정리하는 계기로 삼으면 좋겠다는 생각이 들어 수락했다.

공저 작업은 혼자 하는 것이 아니라 여럿이서 함께 하는 활동이기 때문에 부담스럽기는 해도 효율적이었다. 나 한 사람으로 인해 다른 사람이 피해를 보면 안 된다는 부담감에 틈이 날 때마다 노트북 앞에 앉았다. 그런데 독서법에 대한 글을 쓰면서 내 지식과 경험이 참 얕다는 생각이 들었다. 글은 다른 사람을 위해서 쓰는 것이라고 하던데 과연 나의 지식이나 경험이 다른 사람에게 도움이 될까 싶은 회의도 들었다. 잘 써지지 않는 글 때문에 힘들어서 그만둘까 싶다가도 그만하겠다고 말하지 못해서 계속 썼다. 공부는 엉덩이로 한다던데, 글도 엉덩이로 쓰나 보다. 그렇게 제한된 기간 내에 초고를 제출했다.

초고를 제출하고 나니 글을 고쳐야 했다. 글을 고치는 게 한도 끝도 없었다. 맞춤법부터 띄어쓰기, 호응 관계까지 문법적으로 살펴봐야 할 부분이 너무 많았다. 거기다 최대한 의미를 잘 살려 전달할 수 있는 낱말과 문장으로 고치는 일 등 초고를 쓰는 것보다 퇴고가 더 어려웠다. 시간도 오래 걸렸다. 그래서 마지막 퇴고를 탈고라 부르나 보다. 육체도, 정신도, 영혼도 탈탈 털려서 말이다. 그래도 퇴고를 거듭할수록 글이 나아지는 게 느껴졌고, 그럴수록 글이 마음에 들었다.

드디어 책이 나왔다. 책을 보니 너무 뿌듯했다. 그렇게 어렵게 여겨지던 것이, 그래서 그리도 쉽게 포기했던 것이 무색하게도 멋진 책이 나왔다. 혼자는 힘들었지만, 이끌어주는 사람이 있으니 나도 출간한 작가가 될 수 있었다. 주변에 책이 나온 것을 알리자, 사람들의 칭찬이 쏟아졌다. 대단하다며, 놀랍다며 한마디씩 해주는데 고맙기도 하고, 내 노력이나 능력에 지난 것처럼 여겨져 부담스럽기도 했다. 소중한 사람들에게 책을 선물해 주었다. 부끄럽지만 뿌듯했다.

용기를 내 책 출간 기념 공저자 모임에 참석했다. 부끄러움을 많이 타서 이런 모임에는 잘 참석하지 않는데, 같이 글을 썼던 작가들이 보고 싶었고, 저자 설명회가 어떻게 이뤄지는지 궁금하기도 해서 참석했다. 6명의 작가가 저자 설명회를 하며 글을 쓴 배경과 작품에 대해 직접 설명해 주었다. 강연을 들으며 나는 아직 저 자리에 설 사람이 아님을 깨달았다. 수준이 맞지 않았다. 내 글은 맨송맨송했다. 그렇지만 그들의 글에서는 향기가 났다. 그것은 작가의 삶으로부터 비롯된 것이었다. 글은 작가의 삶을 반영하고 있었다. 그날 그 자리에서 나는 삶을 잘 살아야 글도 잘 쓸 수 있음을 깨달았다.

모래성을 높이 쌓기 위해서는 넓게 모래를 쌓아야 한다. 좁게 모래를 쌓으면 얼마 지나지 않아 모래가 흘러내린다. 넓게 쌓은 만큼 모래를 높이 쌓을 수 있다. 글은 혼자 쓰는 활동이다. 그러나 혼자 글을 쓰면 오래 못 쓴다. 글쓰기에는 끈기가 필요하기 때문이다. 꾸준히 써야 는다. 글도 글동무가 있어야 오래 쓸 수 있다.

그림을 그릴 때, 누구나 보이는 대로 또는 상상하는 대로 그림을 그릴 수 있는 것은 아니다. 그림도 원하는 대로 표현하기 위해서는 훈련을 받아야 한다. 글쓰기도 그렇다. 내 머릿속에 있는 내용을 글로 표현하기 위해서는 조력자가 필요하다.

나는 친구를 통해서 글을 마무리 지을 수 있었고, 출판사와 계약 후 출간할 수 있었다. 이후로도 동기부여 받아 일하면서도 계속 책을 읽고, 글을 쓰고 있다. 그리고 여러 작가와의 교류를 통해 글 쓰는 방법을 배우고 있다. 글동무와 조력자가 있으니 글 쓰는 게 지루하지 않고, 재미가 있다.

그럼에도 여전히 글쓰기는 나와의 싸움이다. 인내가 필요한 영역이다. 자꾸 멈추더라도 **나는 쓴다. 쓰다 말다 하더라도 다시 쓴다.** 글은 삶을 더 잘 살도록 동기부여 하기 때문이다. 삶을 잘 살아야 글을 잘 쓸 수 있다. 삶과 글은 서로 통한다. 상부상조하며 글은 삶을 더 잘 살도록, 삶은 글을 더 잘 쓰도록 이끈다. 나와 우리의 더 나은 삶을 위하여, 나를 위해서 소중한 일상의 특별함을 간직하고, 남을 위하여 내 삶에서 발견한 특별함을 전하고 싶다. 받기만 했던 삶에서 주는 삶으로 나도 그렇게 누군가에게 소망을 주는 삶을 살고 싶다. 하늘에 아무리 두꺼운 구름이 뒤엉켜 있어도 푸른 하늘이 그 뒤에 있음을 이야기해 주는 그런 작가. 일상의 특별함을 담아 소망을 이야기하는 작가가 되고 싶다.

# | 4 |

# 꿈 성장판은 아직 닫히지 않았다

### 문미영

글에서 '매우', '무척' 등의 단어만 빼면 좋은 글이 완성된다.

마크 트웨인

    사람들의 관심이 커졌다. 『기다림의 고백 그리고 희망을 향한 여정』에서 이를 출간하자마자 블로그와 인스타그램에 본격적으로 홍보했다. 아직 왕초보 작가였으므로 '황무지 라이팅스쿨'과 '백작 글쓰기'에서 글공부를 함께하고 있는 예비 작가의 도움을 받았다. 모두 자기 일처럼 두 팔 걷고 나서줬다. 황상열 작가, 백작 코치 역시 개인 SNS와 수업자료에 써도 되겠냐고 요청했다. 이미 책을 두 권 구매해 주변에 선물했다는 말을 들었다. 기분이 좋았다. 나도 이젠 작가라는 꿈에 한 발짝 더 나아가고 있었다.

    홍보 효과가 있었는지 주문이 많았다. 모르는 사람도 나의 '독자'라며 인스타그램 디엠으로 연락이 왔다.

    공저를 출간할 때와는 달리 개인 저서를 출간하고 나니 더 작가가 된 느낌이었다. 책 표지와 제목이 예쁘고 마음에 든다는 칭찬도 많이 해주셨다.

특히 '모든 난임 부부에게 바칩니다.'라는 소주제만 봐도 찡하고 마음이 아프다고 했다. 내 책을 좋아해 주고 관심을 보이는 사람들의 반응이 제일 좋았다.

1월 11일, 대전에서 '3인 3색 강연회'에 '강연가'로 참석할 기회가 생겼다. 『닥치고 책 쓰기』를 출간한 황상열 작가와 『막노동 잡부는 대체 어떤 선택을 했길래 억대 연봉자가 되었나』를 출간한 김정후 작가와의 합동 강연이었다. 처음 카톡 문자를 받았을 때가 생각난다. 심장이 쿵쾅거렸다. 나에게 이런 기회가 생길 줄 꿈에도 상상 못 했다. 늘 새로운 도전을 선물 받는 기분이었다.

강연에 사용할 파워포인트를 10장 정도 준비해야 한다는 말을 들었다. 아이들 앞에서 영어 문제를 풀기 위해 마이크를 잡은 적은 있어도, 나의 이야기로 메시지 만든 적은 처음이었다. 10년도 훨씬 전의 일이었다. 노트북 앞에 앉아 메시지를 하나하나 만들어 나갔다. 마침, 전세 계약도 만료되어 이사를 해야 했던 터라 정신없었지만, 중심을 잡으려 노력했다. 비슷한 경험을 딛고 이겨낸 사람들의 이야기를 찾아 읽었다. 스토리텔링에 집중했다. 서평단으로서 읽는 책이 많은 도움이 됐다. 어떤 어려움 속에서도 강연 준비를 최우선 순위로 두었다.

강연 당일 새벽 긴장한 탓인지 잠에서 일찍 깼다. 시계를 보니 새벽 5시를 조금 넘었다. 침대에서 일어나 몇 시간 전까지 읽어본 원고를 다시 확인했다. 강연에 참석하는 사람을 위해 준비한 팔찌 선물도 꺼내어 포장이 뜯

어지지는 않았는지 점검했다.

물 한 잔 마시려는데 식탁 위에 손 편지가 하나 있었다. 남편이 남긴 글이었다. 읽기 전부터 목이 뜨거웠다. 이런 사람이 아니었는데, 나와 함께 남편도 조금씩 성장하고 있었다. '그동안 고생 많았어. 이제는 항상 미소 잃지 말자. 1호 독자가.' 침실 문 너머로 잠들어 있는 남편에게 고맙다고 말하고 싶었지만 참았다. 대신 오늘 멋진 모습을 사람들에게 보여 주기로 했다. 화장실에 가 찬물로 세수하고 원고를 소리 내 읽었다.


아침 11시, 아산에서 강연 들으러 와주는 언니를 마중 나가기 위해 집을 나섰다. 차가운 아침 공기 탓인지 긴장됐다. 패딩 주머니에 넣어둔 핫팩을 주물럭거리며 역으로 걸어갔다.

언니를 만나 역 내에서 점심을 먹고 택시를 잡아 강연 장소로 향했다. 강연자인 황 작가와 김 작가가 복도 의자에 앉아 있었다. 왜 아직 안 들어가고 밖에서 기다리고 있냐 물었다. 예약해 둔 시간보다 일찍 와서 기다리고 있다고 대답했다. 긴장을 풀기 위해 대화를 나누며 기다렸다. 시간이 다 되어가자, 참석자들이 하나둘씩 모이기 시작했다. 내가 제일 첫 번째 순서였다. 준비한 파워포인트를 열었다. 난임과 관련된 용어와 감사 일기, 긍정확언과 시각화와 투고부터 퇴고, 책 출간 에피소드를 솔직하게 강의했다. 예비 작가들이 긍정 확언과 감사 일기 그리고 책 출간 과정이 제일 도움이 되었다고 말씀하셨다. 책 출간을 꿈꾸고 있는 예비 작가들이다 보니 선배 작가의 출간 이야기가 궁금한 모양이다. 이런 출간 과정들을 알려주는 선배가 없다며 감사하다는 말을 들으니 뿌듯했다. 긴장해서인지 말이 조금 빨랐지만, 사람들이 재미있게 들어주고 잘 웃어주었다. 그렇게 나의 첫 강연은 나쁘지 않았다.

오프라인 강연 제안을 받고 며칠 후에 백작 코치가 출간 기념 강연을 온라인(zoom)에서 해보는 건 어떻겠냐고 제안하였다. 언제가 편한지 날짜 선택권도 주셨다. 1월 16일에 줌으로 2번째 강연을 마쳤다. 이미 오프라인으로 강연을 한 터라 긴장은 좀 덜 되었지만, 여전히 긴장되고 떨렸다.

3년간 영어만 가르치다가 10년이 지나 오랜만에 강의하려니 적응이 안되고 낯설었다. 하지만 강의를 하고 사람들의 후기를 읽으니 뿌듯했다. 책을 출간하고 나면 문화센터나 도서관 등에서도 강의 제안이 올 때도 있다. 아직 나는 경험해 보지 못했지만, 주변 작가들이 경험을 공유해주셨다.

출간하고 이후 변화가 생겼다. 온라인 서점이나 오프라인 서점에서 내책의 반응을 보는 것이었다. 판매 지수와 후기를 살펴보고 오프라인 서점에 재고가 몇 권이 남아있는지 살폈다. 그리고 블로그 이웃과 인스타 친구들에게 서평단을 모집하고 나눠주었다. 인터뷰에 응해주시거나 감사한 사람들에게 선물로 보내드렸다. 책을 읽으신 독자들이 "내 주변에 난임 부부가 있어요. 난임 부부의 고충을 알 수 있어 도움이 되는 책이네요. 그 사람들에게 이 책을 선물로 사서 드릴래요."라는 말씀도 해 주셨다. 처음 책을 출간하려 했던 의도대로 혼자서 힘들어하고 있을 난임 부부를 대변해서 하고 싶었던 말을 전하였다. 더불어 위로하고 용기도 주게 되었다. 책을 통해 사람들과 소통하고 나를 알린(셀프 브랜딩) 덕분에 팔로우 수도 늘었다. 책을 출간하고 나를 알아봐 주고 다르게 보는 사람이 많아졌다. 내가 작가가 되자 이모는 "늘 밝게 웃어서 철없는 사람으로만 생각했지 뭐야. 시험관 시술하느라 힘들었겠네. 그런 줄 몰랐어."라고 말했다.

출간 후 난임 부부에 대한 시선도 달라졌다. 주변에서 상처 주는 말을 내뱉거나 난임 부부가 이렇게 힘든 과정을 겪는지 모르는 사람들이 많았다. 책을 출간한 뒤 "이 책을 읽고 난임 부부를 이해하게 되었고 함부로 말을 내뱉지 않아야겠다고 다짐하게 되었다."라는 반응도 있었다. **책을 통해 평범한 사람과는 다른 혹은 관심이 필요한 사람들을 한 번씩 더 돌아보게 되었고 나 자신에게 감사하게 되었다. 그게 바로 글쓰기의 장점이 아닐까.** 이제는 작가라는 호칭이 자연스럽고 기분이 좋다. 앞으로도 작가로서 사람들에게 도움을 주는 책을 많이 출간하고 싶다.

# | 5 |

# 글 한 줄로 내 삶이 변했다

### 백현기

내가 역사를 기록하려 하므로 역사는 내게 친절할 것이다.

윈스턴 처칠

17년 여름, 제주도 올레길 여행을 계획했다. 총 거리로만 따지자면 437km다. 대부분 나무 그늘 없는 해안도로를 따라 걸어야 했으므로 쉽지 않은 길이었다. 이번 여행에서 내가 선택한 길은 7번 코스. 이미 5번과 6번을 걸어본 적 있었기에 하루에 16km 거리를 완주하기로 했다. 숙소에서 오전 아홉 시에 출발했다. 해가 지기 전까지 시간은 넉넉했다. 올레길 중에서도 가장 경치가 좋다는 정보도 얻은 덕분에 마음 편하게 걷기로 했다.

인터넷은 유익한 정보가 많지만, 그만큼 과장된 정보도 많다는 걸 다시 한번 깨달았다. 경치는 좋았지만 길이 험했다. 계곡을 걸었고 도저히 사람이 다니기 힘들어 보이는 밭 사이도 걸었다. 신발은 흙투성이가 된 지 오래다. 숨이 가쁘고 온몸은 땀으로 젖었다. 그럴수록 걷는 것에만 집중했다. 눈앞에 보이는 나무뿌리에 걸려 넘어지지 않는 것이 우선이었다. 귀에 들리는 건 오로지 거칠어지는 내 숨소리와 옆에서 부닥치는 파도 소리뿐이었다. 처음 출발했을 때 보다 속도가 늦춰졌지만 멈추지 않았다. 힘겹게 걸어바다에 더 가까이 닿으니 어느새 목적지에 도착했다. 눈앞에서 하늘과 바다가 한 폭의 그림처럼 펼쳐졌다. 파도가 쉬지 않고 피워내는 물거품과 하늘에 하얀 붓질을 남겨 놓은 구름이 반기는 법환포구였다.

　글쓰기는 나에게 주는 선물이었다. 기억 속 한 장면을 추억으로 건네줬다. 처음 걸었던 이름 모를 바다의 모래에서 느껴지는 까슬함이라던가, 눈감으면 떠올릴 수 있는 하늘과 바다를 기억의 서랍에서 한 장면 꺼내왔다. 기록으로 완성된 글쓰기 덕분이었다. 여행을 좋아하는 사람이라면 안다. 아무리 남이 좋았다고 한들 직접 경험해 보지 않는다면 쉽게 공감하지 못한다는 걸. 하지만 시원한 바람이 불어오는 제주도의 하늘과 바다, 눈앞에서 쉬지 않고 거품을 피우는 파도라면 눈만 감아도 충분히 상상할 수 있지 않겠는가.

　법환포구까지 걸었던 여정이 7년 전의 기억인데도, 마치 어제 일처럼 생생한 걸 보니 기록의 힘이 얼마나 대단한지 다시 한번 깨닫게 됐다. 당시에도 스마트폰을 수시로 열어 메모하거나 사진을 촬영했다. 말 그대로 보고 들으며 느낀 순간의 감정까지 모두 저장한 셈이다. 사고고사(事故故事)라는 말처럼 예기치 않은 고생한 경험이 이야깃거리가 됐다. 앞뒤 순서만 바꾸었을 뿐인데, 네 글자 덕분에 일상을 기록하는 습관까지 생겼다.

부족함을 깨닫는 기회가 되기도 했다. 습관적으로 고민을 품고 살았다. 직장 업무가 처음 계획한 방향으로 진행되지 않으면 어쩌나 하는 걱정에 제2, 제3의 안을 준비해 뒀다. 보기에는 완벽해 보였지만 늘 어디선가 구멍이 뚫렸다. 그럴 때마다 자신에게 화가 났다. 더 꼼꼼하게 준비하지 못한 자신을 책망했다. 비슷한 경험이 있는 사람의 글을 읽으며 깨달았다. 계획에 기대하는 것만큼 바보 같은 사람은 없다는걸.

변화를 수용할 수 있는 태도가 필요했다. 글쓰기가 도움이 됐다. 바쁜 하루를 보내다가도 어떻게든 몇 분의 시간을 만들어 내기로 했다. 쓰는 동안 마음이 차분해졌다. 문제점을 해결하는 데에 집중하는 나로 바뀌어 갔다.

매일 업무 일지를 적었다. 최소한의 계획만 세운 채 벌어질 수 있는 상황이나, 문제에 대해 어떻게 대처할지만 대략 적어뒀다. 대신 '오늘 하루 안전하게 업무를 마칠 수 있어서 감사합니다.' 등의 감사를 찾아 적었다. 'A 동료 덕분에 웃을 수 있어서 감사했습니다.'라든가 'K 동료가 실수 없이 거래처 서류를 전달해서 감사합니다.'라는 식이었다. 절로 미소가 생겼다. '요즘 보기 좋다.'라는 말도 들었다. 그제야 깨달았다. 나는 마음의 여유가 부족했다는 걸. 글을 쓰다 보니 업무 태도 역시 긍정적으로 바뀌었다. 진작에 글쓰기를 배웠더라면, 모든 경험을 기록하고 나를 이해하는 데 더 집중했을 텐데 아쉬울 뿐이다.


마지막으로 내 감정을 알아차리게 됐다. 쓰기만으로도 내가 가진 생각과 감정을 가슴 밖으로 꺼내어 볼 수 있다. 지하철에서 내려 걷다 보면 수많은 사람과 마주할 수밖에 없는데, 그럴 때마다 부딪히지 않게 최대한 통로 끝에서 걷는다. 그런데도 갑자기 튀어나오는 사람이나 짐, 가방에 부닥칠 수 있는 상황은 언제든 생기기 마련이다. 보통 무시하고 내 갈 길 가겠지만, 기분 좋지 않은 날이면 갑자기 화가 났다.

지금은 다르다. 원인을 찾아본다. 내가 잠시 다른 생각 하느라 부닥친 건 아닌지, 상대방의 피치 못할 사정이 있어서 그랬던 건 아닌지부터 생각한다. 사람은 감정을 선택할 수 있다. 반응이 아니라 대응하는 연습하기, 나에게 글쓰기가 곧 감정연습이었다.


매일 쓰는 습관이 일상이 됐다. 여행을 떠나지 않아도 일상에서 주제와 글감을 찾고 기록했다. 평범해 보이는 하루에 관심 두고 더 오랜 시간 관찰했다. **글쓰기란 일상을 돌아보는 여유였고, 당연함은 없다는 것을 깨닫게 만드는 도끼가 되기도 했다.** 하늘의 구름 모양이 제각각인 것처럼, 일상도 살짝 비틀어 보면 느낌이 달라졌다. 느낌이 다르니 글도 달라졌다. 하루를 살아내는 나의 태도와 다짐까지도 달라졌다.

유명 명언을 인용하기보다는 자신이 겪은 일상에서의 경험을 하나둘 풀어내는 이야기가 인기가 많다. 작가는 덤덤하게 자신의 기억을 옮겨 적을 뿐이었지만, 사람들은 작가의 말에 관심을 기울였다. 쉬지 않고 글을 쓰는 일은 분명 쉬운 일이 아니다. 그런데도 매일 독자를 위해 쓰기를 반복한다.

나 역시 더 공감할 수 있는 사람이 되었으면 한다. 그 안에서 또 다른 나를 발견할 수 있었으면 좋겠다. 그동안의 기록 덕분에 오늘도 글이 완성됐다. 글쓰기는 선물이 되었다가, 나를 깨우치는 도끼가 되었다가 여유가 된다는 걸 직접 기록을 해보니 알겠다.

# |6|

# 당신의 빛나는 순간을 글자로 담아내다

쓰꾸미


사람들은 당신이 말한 것을 잊을 수 있지만,
당신이 그들에게 어떻게 느끼게 했는지는 절대 잊지 않는다.

칼 W. 뷰너


사람을 바라보는 시선이 따뜻함을 담았다면, 어떤 결과든 진심은 전해진다.

팀장이었을 때는 팀원 평가를 글로 작성할 수 있으니 글쓰기에 보람을 느꼈다. 2024년 연말 평가에서 팀원에게 약속했다. 인사 평가를 만족할 수 있을 만큼 점수를 잘 줄 수 없지만, 1년 동안 성장할 수 있도록 같이 치열하게 고민하며, 도전하고, 실천해 보자고 말이다. 활동했던 사항들을 다이어리와 컴퓨터에 기록했다. 그리고 연말에, 관찰하고 기록하였던 사항을 바탕삼아 좋았던 점과 개선하였으면 하는 사항을 인사평가서에 작성했다.

내 옆에 앉은 다른 팀장이 내 모니터를 보면서 왜 그리 정성을 들여 쓰냐고 물었다. 인사평가서에 빽빽하게 썼던 이유는 평가서를 어떠한 마음으로 썼는지 전달하고 싶었기 때문이다. 경험을 중심으로 기록을 남겨 조금 더 마음을 담은 성장 기록서를 작성하고 싶었다.

세심하게 관찰하고 기록하였다. 우리 팀에는 하루에 4시간 정도만 근무하는 팀원이 있다. 회사를 15년 넘게 다니고 있지만, 특별한 존재감을 드러내지 않았다. 연말에 저 평가자로 분류되어 매번 마음고생한다고 주변 사람들에게 들었다. 어설픈 동정은 아니었다. '팀장도 팀장이 처음'인데 누구에게 훈수라니. 박 매니저를 관찰했다. 업무 시간에 인터넷도 하지 않고 맡은 일을 성실히 완료하는 모습을 봤다. 자신이 맡은 일에 대해 유창한 말로 설명은 못 하지만, 같이 일하는 동료에게 언성 한번 높이지 않았다. 조용하게 상대를 배려하며 업무 기한을 맞추었다. 업무 처리 속도는 다소 아쉬웠다. 개별 업무 계획 면담을 하면서, 내가 관찰한 모습을 솔직하게 이야기했다. 지금 하는 일은 누군가가 쉽게 대신할 수 있는 일이어서 업무 범위를 넓혀 보자고 했다. 2024년을 어떻게 준비해야 2025년을 웃으면서 마주할 수 있는지 같이 고민해 보자고. 내가 발견한 박 매니저의 장점은 성실과 배려였음을 전했다. 어떤 마음으로 상대를 관찰하는지 섬세하게 표현하려고 단어 선택부터 조심했다. 그 마음이 온전히 면담만 아니라 평가서에 녹아들기를 바랐다.

내가 본 것들을 읽는 사람의 눈으로 바꾸어 공감할 수 있도록 썼다. 연말 인사 평가에 팀원을 일렬로 줄을 세워야 하는 건 부담스러웠다. 평가해야 관리할 수 있다는 말에 동의한다. 하지만 같이 일하는 사람들을 평가하고 측정하는 것은 두렵다. 내 평가가 틀릴 수 있기 때문이다. 나 역시 평가 결과에 불만을 가진 적이 많았다. 인사 평가에 대한 기준이 없었고, 상사가 일방적으로 주는 평가를 그냥 받아들이는 회사 문화가 싫었다. 물론 절차에 따라 평가에 이견을 제기할 수 있었으나, 주변 시선이 두려워 용기 내지 못했다. 일방적으로 수용하라는 문화를 바꾸고 싶었다. 인사 평가의 기준을 팀원들과 평가 전에 공유했다. 연초에 공유하지 못함이 아쉬웠지만 연중이라도 공유했다. 다음에는 연초에 고지하고 싶다. 팀원마다 목소리를 듣고 싶어, 주관식 설문 조사를 했다. 연초에는 업무 성과 목표. 중간에는 본인 경력에서 관리하고 싶은 부분과 미래에 회사에서 되고 싶은 위치. 업무를 하면서 불편한 사항이나 개선 사항을 들었다. 연말에는 1년 동안 본인 도전 사항과 성과를 설문 조사했다. 본인이 원하는 방향과 팀이 원하는 방향을 서로 피드백을 주고받으며 조율해 같은 방향으로 가고자 노력했다. 그렇게 팀과 팀원 각자가 수용할 수 있는 범위 안에 공통된 목표를 문장으로 만들어 실천했다.

도움이 되는 글을 쓰려고 늘 노력한다. 내 다이어리나 컴퓨터에 팀원들과 면담하면서 들었던 소소한 일들을 기록했다. 회식 메뉴로 고기와 회 중 어떤 것을 좋아하는지. 회식 장소의 맛과 분위기 중에 무엇을 선호하는지. 연락을 문자와 전화 중 무엇으로 연락하는 것을 편안한지. 주말에 무엇을 하면서 시간을 보내는지. 무엇을 우선순위로 두고 살아가는지 등등. 일뿐만 아니라 그 사람의 이야기를 이해하려 노력했다. 면담 시간은 평가하는 자리가 아니다. 들려주는 이야기를 있는 그대로 받아들이려고 노력했다. 논리는 순간의 답을 찾을 때는 유용하지만, 가끔 사람과 같이 보내는 시간을 바탕으로 직관으로 미래의 답을 같이 찾고 싶었다.

2주 전, 계약직 직원을 정규직 직원으로 전환 추천서를 작성했다. 내가 본 '지 책임매니저'에 대한 장점을 썼다. 발전소에서 수전과 발전 과정 중에 해야 하는 시험을 깔끔하게 마무리하는 기술력과 시험 중에 발생한 문제점을 해결하는 추진력을 넣었다. 회사에 기여할 수 있는 것, 다른 지원자들과 차별화된 장점을 작성했다. 지 책임에게 추천서 초안을 보냈다. 사실과 다른 부분이 있는지, 그리고 수정하였으면 하는 부분이 있는지 피드백을 요청했다. 지 책임은 나에게 '너무 잘 써주셔서 부담이네요.'라고 답했다. 나와 같이 보내온 시간, 회사 업무에 들인 정성과 태도를 보아서 안다. 그 정성과 태도에 대한 보답으로 써낸 글이 부담이라는 말로 되돌아와 나를 무겁게 만들었다. 당연히 받아야 하는 것에서 '부담'이라는 마음을 느껴서다. 결과를 기다리고 있지만, 좋지 못할 것 같다는 피드백을 담당 중역과 팀장으로부터 받았다. 생각보다 결과가 좋지 못해 어떻게 이 소식을 전해야 하는지 메신저에 문장을 썼다 지웠다는 반복했다.

2024년 말에도 우리 팀 강 매니저 승진 추천서를 작성했다. 발전소와 화공 플랜트에서 근무한 경험에 대한 강점이 있었다. 팀에서 팀원들로부터 자료를 모아 종합 보고서를 만들 때, 스스로 나서서 업무를 추진하는 적극

성도 있다. 본인의 생각을 결과가 보일 때까지 추진하는 강점도 있다. 이것들을 강조해서 추천서 초안을 작성했다. 초안을 강 매니저와 공유하고 사실 여부를 확인 요청했다. 강 매니저는 나에게 부담스러울 정도로 잘 써주어서 고맙다고 답했다. 하지만 강 매니저의 승진 결과가 좋지 못해, 승진 결과가 발표된 날에 카카오톡으로 위로주를 선물했다.

지난주 나와 같이 인도네시아에서 같이 일했던 외국인 직원, '사아다'가 추천서를 부탁했다. 각각 한국어와 영문으로 작성되는 추천서를 작성했다. 추천서의 내용 중에 업무 독립성, 업무 이해 능력, 태도, 잠재력, 공헌할 수 있는 부분과 문화적 다양성 수용 등 다양한 측면을 넣어서 썼다. 추천서에 2년을 넘게 나와 같이 근무하면서 봤던 책임감, 업무 성과의 자부심을 포함하여 작성했다. 이 추천서 결과는 아직 받지는 못했다.

결과를 떠나 주변의 사람들이 나에게 추천서를 부탁하는 게 고맙다. 덕분에 세상을 살아가는 태도를 배웠다. **시작이 진실하다면, 과정에서 보상받는다.** 추천서 결과가 좋지 않더라도 쓰면서 그 사람을 관찰하고 공감하고 도움이 되려는 마음을 전달하는 자세를 배울 수 있는 선물을 받았으니 충분하다.

삶을 대하는 자세는 스스로 얻어야 가치가 있다. 성과없는 글쓰기를 시간 낭비로 생각하면 성장으로 이어지기 힘들다. 성장하기 위해 반복과 도전을 선택할 것 같다. 나만의 방식이 나를 가장 빠르고 나답게 성장시켜 줄수 있을 거라는 믿음. 그 믿음에 대한 집착이 나를 성장으로 이끈다. 그래서 오늘도 누군가가 나에게 글을 쓰는 기회를 주면 도전하며 쓴다.

# |7|

# 책을 쓰며 찾은 나

육이일

당신이 쓰고 싶은 책이 있다면, 그 책을 직접 써라.

토니 모리슨

오랜만에 딸이 나를 보러 온다. 기차역까지 마중을 나갔다. 기차에서 내리는 딸을 발견하자마자 반가운 마음에 휴대폰을 들어 뒷모습을 찍으며 이름을 불렀다. 순간 놀라 돌아보던 딸의 얼굴은 환한 미소로 바뀌었다. 다 큰 성인이 되었지만, "엄마!" 하며 달려오던 어린 시절 모습이 아직도 눈에 선하다.

오늘은 내가 쓴 공저를 가장 먼저 보여 주고 조언을 받는 날이다. 기획 관련 일을 하는 딸이라 내 글을 객관적으로 봐 줄 거라는 기대가 컸다. 든든한 지원군을 얻은 기분으로 딸과 함께 카페로 향했다.

"여기 앉을까?" 창가 자리에 앉아 창밖으로 들리는 빗소리를 들으며 책을 읽기 좋은 날이라고 생각했다.

"딸, 이거 한번 봐 줄래?" A4 용지 여덟 장을 건넸다. 딸은 첫 장을 넘기며 진지한 표정을 지었다. 혹시 방해될까 봐 조용히 지켜봤다.

"와, 엄마한테 이런 일이 있었어요?" 딸이 글을 읽으며 웃다가 갑자기 진지한 얼굴로 나를 바라봤다.

"엄마, 여기 3장과 4장은 비슷한 내용이라 기승전전 같아요. 4장을 다른 이야기로 바꾸는 게 좋을 것 같아요."

순간 뜨끔했다. 3장에서 하고 싶은 말을 4장까지 늘어놓았는데 딸에게 바로 지적받았다. 딸의 말대로라면 4장 전체를 다시 써야 한다. 순간 머릿속이 실타래처럼 엉켰다.

"그래? 그럼 이 부분만 조금 빼 볼까?" 머뭇거리는 나와 달리 딸은 단호했다.

"엄마, 용기 내세요. 빼는 것도 글쓰기에서 중요한 과정이에요."

그 말에 웃음이 나왔다. '글쓰기 공부는 내가 하고 있지만, 네가 더 잘 알고 있구나.' 딸과 함께하는 이 시간이 무척 소중하게 느껴졌다. 글을 통해 엄마의 어린 시절을 알게 되어 좋았고, 외할머니가 떠올랐다는 딸의 말에 마음이 뭉클해졌다.

그날 저녁, 딸은 외할머니를 찾아가 더 다정하게 챙겼다. 오랜만에 내가 쓴 글이 딸과 외할머니를 이어주는 다리가 되었다.

두 번째 공저도 딸이 가장 먼저 읽어 주었다. 이번엔 내가 지방에 있는 딸을 만나러 갔다. 퇴근하는 딸을 만나 저녁을 먹으러 가는 길이었다. 딸은 지하철에서 원고를 한 장 한 장 넘기며 읽었다. 퇴근길이라 전철 안은 사람들로 가득했지만, 우리 둘만의 시간이 흐르는 듯했다.

"엄마, 이번 글 너무 좋아요."

나는 지난번처럼 4장은 조금 부족하다고 말했는데, 뜻밖의 대답이 돌아왔다.

"저는 이 부분에서 감동받았어요."

내가 부족하다고 생각했던 글이 오히려 딸에게 감동을 주었다는 말을 듣고서야 **글은 내가 쓰지만 그 글로 독자의 마음을 울리는 건 독자의 몫**이라는 것을 깨달았다.


공저가 출간된 후, 신고식처럼 작가 특강도 신청했다. 준비한 자료를 보며 첫 슬라이드는 내 소개, 두 번째는 글을 쓰게 된 계기, 그리고 글을 통해 배운 점을 담았다. 블로그에 올린 손 그림을 활용하니 더욱 애착이 갔다.

줌에 한 시간 일찍 접속해 리허설을 했다.

"작가님, 화면 공유하셨나요? 슬라이드가 보이지 않아요."

글쓰기코치가 하라는 대로 마우스를 클릭했지만, 예상대로 되지 않아 당황했다. 다행히 실전에서는 무리 없이 진행되었다.

순서가 다가오자 긴장감이 올라왔다. 손에 땀이 나 손수건으로 닦고, 손소독제를 바른 후 핸드크림까지 발랐다. '웃는 얼굴로 여유 있게 하자.' 스스로 다짐하며 줌 화면에 모인 사람들의 얼굴을 살폈다.

발표가 시작되자 긴장감이 사라졌다. 고개를 끄덕이는 사람들, 웃어 주는 모습, 채팅창에 올라오는 격려 메시지가 보였다. 화면을 통해서도 따뜻한 응원이 느껴졌다. 특강을 마무리하며 이렇게 말했다.

"이 세상에는 두 부류의 사람이 있습니다. 책을 써 본 사람과 아직 써 보지 않은 사람입니다. 첫 책을 받았을 때, 첫아이를 낳았을 때와 비슷한 감정이었습니다. 책을 쓰며 고마운 사람들을 다시 떠올렸고, 응원해 주는 분들의 마음을 더 깊이 느꼈습니다."

발표가 끝나고 채팅창에는 칭찬과 격려의 말이 넘쳐났다.

"육이일 작가 강의는 마술봉 같았어요. 사랑이 넘치는 그림과 이야기가 찰떡궁합이었어요."

"글쓰기는 긍정적인 표현이 늘어가는 과정이라는 말이 참 멋졌습니다."

많은 글이 있었지만, 마음에 쏙하고 들어온 한 줄이 나를 일으켜 세웠다.

"앞으로도 글 쓰는 삶을 응원하겠습니다."

부족한 걸 알면서도 나에게 날개를 달아 주는 말이었다.

특강 후 남편에게 말했다.

"여보, 이럴 줄 알았으면 당신도 초대할걸."

처음엔 걱정했지만, 이번 경험 덕분에 공저 작가들과 가까워졌고, 글을 쓰는 이유도 다시금 되새길 수 있었다. **글은 혼자 쓰지만, 누군가와 공유할 때 비로소 완성되는 것**을 알게 되었다.

# | 8 |

# 글쓰기로 완성한 행복

### 이연화

행복은 결과가 아니라 과정에 있다.

존 듀이

공저 책을 출간했다는 소식을 듣게 된 친구에게서 전화가 왔다.

"야, 너 책 냈다며? 대단하다!"

"넌 왜 그렇게 글을 쓰려고 하는 거야? 돈도 안되고, 솔직히 힘들고 머리 아프잖아? 몸도 안 좋으면서 그냥 좀 쉬지 그래."

친구의 말에 순간 멈칫했다. 나도 가끔 스스로에게 묻던 질문이었다. '왜 나는 글을 쓰는 걸까?' 답을 찾으려 잠시 생각에 잠겼다. 그리고 천천히 말을 꺼냈다.

"음… 나는 그냥 행복해지고 싶어서 글을 써. 글을 쓰면서 나를 들여다보고, 내 마음을 정리할 수 있거든. 글을 쓰면 복잡했던 생각들도 정리가 되고, 내 감정도 차분해져. 마치 나를 위한 대화 같다고 할까? 글을 쓰면서 내가 살아있음을 느껴. 그게 나한테는 되게 소중한 시간이야."

친구는 한동안 조용했다. 그리고 이내 웃으며 말했다.

"그럼 계속 써야겠네. 그래도 무리는 하지 마."

우리는 한참을 웃으며 이야기를 나눴다. 친구와의 대화를 통해 다시 한 번 깨달았다. 나는 결국 나 자신을 위해, 그리고 내 행복을 위해 글을 쓰고 있다는 것을.

선생님이 선물로 보내주신 책들과 구입한 선배 작가들의 공저 책을 읽었다. 책을 읽을 때마다 나도 글을 쓰는 작가가 되고 싶어졌다. 작가의 꿈을 도전하는 나에게 가족들과 지인들은 응원을 해주었다. 혼자가 아니라 함께 할 수 있음에 감사했다. 책을 읽고 글을 쓰면서 무너졌던 몸도 마음도 회복되어 갔다. 글 쓰는 작업은 배우면 배울수록 어려웠다. 문장 수업도 빠지지 않고 들으려 했다. 선배 작가들의 초고를 활용한 문장 수업이었다. 초보 작가에게는 쉽지 않았다. 미리 보내주신 수업 자료를 읽어본 후 문장 수업에 참여했다. 문장 수업에 참여하면서 글 쓰는 방법들을 익혀갔다. 하나하나씩 알아가는 것이 너무도 재미있었다. 비몽사몽하면서도 수업을 듣는 나를 보면서 아이들도 자극을 받는듯했다. 가족들은 글쓰기 수업이 있는 날에는 내가 수업에 집중할 수 있도록 배려해주었다. 엄마를 위해 마음을 써주는 아이들과 남편이 고맙고 감사했다. 작가가 되기로 마음먹은 후부터 매일 글쓰기를 실천했다. 배움의 기쁨, 글쓰기의 즐거움, 부족한 글이지만 함께 공유하는 것이 즐거웠다. 선배 작가들과 글쓰기 연습도 계속했다. 동기 작가들도 여럿 생겼다.

글을 쓰면서 '멘탈 강화, 긍정적인 사고, 함께하는 동료'라는 세 가지의 변화가 찾아왔다.

첫 번째, 유리 멘탈이 알루미늄 멘탈이 되었다. 일상을 글감으로 글을 쓰다 보니 일상 속에서도 특별함을 발견할 수 있었다. 그전엔 별 볼 일 없는 하루가 무료하고 초라하게 느껴졌다. 블로그에 글을 쓰면서 '한 줄 메시지 넣기'를 시도해 보았다. 고작 한 줄의 메시지 넣기의 힘은 정말 대단했다. 메시지를 정하면서 일상에 의미가 생겼다. 소소한 일상이 특별한 삶이 되는 마법 같은 일이 벌어졌다. 무너졌던 자존감도 회복되어 갔다. 타인의 말에 쉽게 상처를 받는 유리 멘탈이었던 내가 타인의 말에 휘둘리지 않고 중심을 잡을 수 있는 정도로 알루미늄 멘탈로 업그레이드되었다. 글쓰기를 시작한 후 가장 큰 변화라 할 수 있다.

두 번째, 긍정적인 사고를 갖게 되었다. 삶을 살아가다 보면 많은 어려움을 겪게 된다. 나의 가장 큰 스트레스 원인은 아픈 몸과 고집불통에 벽창호인 남편이었다. 아픔과 상처로 무기력하고 부정적인 생각이 삶에 가득 차올랐다. 글을 쓰면서 나를 뒤돌아보는 시간을 가지며 상황과 아픔을 자세히 들여다볼 수 있게 되었다. 왜 상처가 되었는지, 왜 아파했는지 찾을 수 있었다. 그 시간을 통해 상처받은 나를 인지하게 되고, 그 마음을 그대로 인정하고 보듬어줄 수 있었다. 나의 생각과 감정을 알게 되자 남편에게도 솔직하게 감정을 표현할 수 있었다. 또한 남편의 입장을 이해하고, 공감할 수 있는 마음의 힘과 여유가 생겼다. 서로의 마음을 알아주고, 이해해 주다 보니 저절로 남편과의 관계도 좋아졌다.

세 번째, 함께 하는 글쓰기의 행복을 알게 되었다. 글쓰기는 테세우스 신화 속 아리아드네처럼 나를 미궁에서 빠져나올 수 있게 도와주었다. 테세우스가 아리아드네가 건네준 실타래로 무사히 미궁에서 빠져나왔던 것처럼 말이다. 나에게 선배 작가들은 '아리아드네의 실타래'가 되어 주었다. 글쓰기를 함께해 준 선배 작가들이 있어서 가능한 일이었다. 글을 쓰긴 쉽지 않다. 꾸준히 쓰기는 더욱 어렵다. 하지만 어려움이 있을 때마다 서로 격려해 주고 함께 글을 쓰는 선배 작가들은 나에게 큰 힘이 되어 준다. '함께 하는 글쓰기'에 마음이 끌렸던 이유도 함께함으로 행복을 느끼는 나의 욕구를 알게 되었기 때문이다. 동료가 있다는 건 삶을 살아가는 데 매우 중요한 일이다. 서로 자극을 받고, 이끌어주므로 인해 함께 성장해 가는 글쓰기 공동체에 소속되어 있다는 것만으로도 든든했다.

초보 작가로서의 부담감이 없다고 하면 거짓말이다. 글쓰기는 쉽지만 어려운 것도 사실이다. 내가 제대로 하는 게 없다고 여겼다. 그런 내가 글을 쓰면서 무엇이든 하면 할 수 있다는 자신감과 용기를 얻을 수 있었다. 혼자였다면 불가능했을 것이다. 선배 작가들과의 글쓰기 수업은 나를 가슴 뛰게 만든다. 선배 작가들의 일상 이야기를 듣고, 나의 이야기를 풀어내면서도 부끄럽거나 창피하지 않았다. 그동안 감사 일기와 블로그 포스팅 등을 통해 내 삶도 괜찮았다는 생각을 갖게 되었기 때문이다. 오히려 선배 작가들은 공감과 응원을 해주었다. 내 이야기를 진심으로 들어주는 선배 작가들의 모습이 인상적이었다. 이들과 함께 하고 싶었다. 닮고 싶었다. 코치 선생님의 말처럼 잘 써야 한다는 부담감을 내려놓고 편하게 쓰려 노력한다. 내가 편하게 써야 독자도 편하게 읽을 수 있다. 선배 작가들과 꾸준히 글을 쓰다 보니 전보다 책을 읽을 기회가 많아졌다. 독자로서 나는 편안한 글에서 공감을 받는 편이다. **잘 쓰는 작가가 아닌 편안한 글을 쓰는 작가가 되자는 마음으로 글을 쓰는 이유다. 글쓰기를 하면서 달라진 점은 많다. 나를 변화시키고 성장시키는 글쓰기를 통해 나는 그전보다 나은 인생을 살아가고 있다.** 상황은 별반 달라진 것은 없다. 그럼에도 나는 글 쓰는 행복을 함께 나누며 글을 쓸 수 있다는 것에 감사하다.

# | 9 |

# 누구에게나 글 한 줄은 필요하다

조지혜

글쓰기는 세상에 나의 흔적을 남기는 일이다.

조지 엘리엇

자주 글을 쓰며 살다 보니 좋은 점이 많다. 작가가 되기 전에는 블로그에 글을 올리더라도 책 읽은 뒤 소감이나 기억에 남는 구절을 기록하는 건 열 번 중 세 번 정도에 그쳤다. 1년 가까이 글 쓰는 공부를 하면서 깨달았다. 글쓰기는 결국 계속 써야만 훈련된다는 사실이었다. 이제는 서평이든 독후감이든 열 번 중 일곱 번은 기록한다. 일상도 내키면 쓰던 습관에서 벗어나 일주일에 한 번은 꼭 쓴다. 짧게 메모한 글도 예전 같았으면 묻어두었지만, 이제는 용기 내어 블로그에 발행한다. 필요 없다고 여겼던 내 글이 단 한 사람이라도 위로하고 도우며 기다리게 한다는 사실에 기쁘다. 글을 오랜 기간 매일 써온 건 아니지만, 초보 작가로서 글 쓰는 삶의 장점을 꼽아본다.

첫째, 책을 꾸준히 읽고 생각하며 살 수 있다. 글을 쓰려면 끊임없이 생각해야 하고, 생각하려면 직접적 경험과 간접적 경험이 필요하다. 여행, 일터에서의 하루, 인간관계, 아이를 키우며 부지런히 하는 집안일까지 모두 소중한 일상이자 글감이 된다. 하지만 책은 내가 경험하지 못한 더 넓은 세상을 보여준다. '알아야 면장'이라는 말이 있다. 글을 잘 쓰려면 많이 알아야 하고 많이 알려면 책을 읽는 방법이 가장 확실하다. 책은 전혀 알지 못했던 새로운 지식과 정보를 전해주며, 다른 사람의 삶의 태도를 배울 수 있다. 무엇보다 세상을 바라보는 시야를 넓히고 내 기준을 고민해 볼 수 있도록 돕는다. 책을 읽다 보면 내 생각에 힘을 실어주는 문장이나 구절을 만날 때가 있다. 마치 책의 저자와 일대일로 대화하며 공감받는 느낌이 들어 힘이 난다. 반대로 고민하던 문제에 대한 답을 얻거나 도움이 되는 책을 만났을 때는 일면식도 없는 저자에게 밥이라도 한 끼 사고 싶을 만큼 무척 고맙다. 쓰기 위해 읽고, 읽다 보니 생각하고, 생각한 걸 다시 쓰게 되는 선순환의 알고리즘에 빠졌다.

둘째, 글쓰기가 나를 돌보고 사랑하는 가장 근본적인 방법이라는 걸 배워간다. 과거의 나를 쉽게 용서하지 못했다. 일터에서 부당한 대우받을 때나 무례하게 구는 사람에게 반박하지 못한 내가 미웠다. 체력적, 정신적으로 지친다는 이유로 아이를 다정하게 훈육하기보다 겁박하고 통제했던 내 모습이 싫었다. 떠밀리듯 선택한 일이라고 변명하면서도 결국 그 선택을 후회로 만들어버리는 내가 부끄러웠다. 그 장면들을 떠올리며 글을 쓰는 일은 고통스러웠다. 하지만 덕분에 마음속 깊이 묻어둔 문제를 해결할 기회를 얻었다. 결국 자책하고 숨어서 울고 있는 나를 가만히 안아주며 "괜찮아."라고 말해줄 수 있었다. 글쓰기는 나를 소중하게 여기는 초석이 됐다. 물론 실패와 비판에 대한 두려움에서 완전히 자유로워지진 못했지만, 수많은 도전 가운데 열 번에 한 번은 그 두려움을 넘어서게 됐다. 자존감도 습관이라는 말처럼 두려움을 마주하는 용기를 낸다면 열 번 중 두 번, 세 번, 점차 해방감을 느낄 수 있으리라 믿는다. 앞으로 살아갈 날을 더 사랑하기 위해서라도 꾸준히 쓰고 싶다.

셋째, 지금, 여기, 나를 쓴다. 쓰는 행위는 실시간으로 이루어진다. 과거에 있었던 일을 현재에 쓰고, 미래를 꿈꾸며 지금을 쓴다. 쓰면서 삶을 한번 더 살아낸다. 쓰다 보면 흩어져 있던 삶의 구슬들이 꿰어지고 어느 순간 인생이라는 목걸이가 된다. 모든 구슬이 반짝거리는 건 아니다. 모양과 색깔도 제각각이다. 그렇게 만들어진 글과 책은 나만의 서명이자 특징인 '시그니처'가 된다. 바리스타의 시그니처 커피나 요리사의 대표메뉴가 있듯이 다른 사람은 흉내 낼 수 없는 차별성을 가진 삶 말이다. 그 자체로 빛난다. 청년 시절 쓴 글과 마흔 넘어 쓴 글이 다르고, 결혼 전과 결혼 후에 쓴 글이 다르고, 혼자일 때와 아이들을 키우며 쓴 글이 다르다. 교사로서 쓴 글과 학부모로서 쓴 글이 다르고, 과거에 어떤 미래를 꿈꿨는지 돌아보는 글과 현재는 어떤 미래를 꿈꾸는지 그려보는 글도 다를 수밖에 없다. 모든 글이 책이 되는 건 아니다. 하지만 남겨진 글은 결국 책을 이루는 글감이 된다.

이 문장을 현재형으로 쓴 이유도 마찬가지다.

　몇 개월 전 공저 출간한 뒤 '작가님'이라고 불리는 일이 많아졌다. 마치 또 하나의 자아가 생긴 기분이었다. 내향인 특성상 남들 앞에서 이야기하는 게 쉽지 않다. 긴장하면 손발이 떨리고 배가 살살 아플 정도다. 업무상 어쩔 수 없이 해야 할 때 말고는 강연은 꿈도 꿔본 적 없었다. 그런데 온라인이긴 해도 스무 명 남짓의 청중 앞에서 내 삶과 글에 관해 이야기했던 10분, 그 짧은 시간이 나와 세상을 연결 짓는 작은 점이 되었다. 앞으로도 가면을 쓰고 연기하듯 이야기하는 날이 생기겠지만 그 역시 일상의 일부가 될 수도 있지 않을까?

　이외에도 좋은 점이 많다. 내 이야기가 소중하다고 믿기에 글을 쓸 수 있다는 용기가 생긴다. 언젠가 쓰겠다는 막연함 속에 살던 내가 지금 쓰는 사람이 되었고 '저자'라고 불린다. 글을 쓰며 성취 이상으로 성장하는 기쁨을 선물로 받는다. 좋은 작가를 꿈꾸며 좋은 독자가 된다. 독자에게 다정한 한마디 건네기 위해 문장을 다듬고 또 다듬는다. 그렇다고 '방망이 깎던 노인'만큼 정성을 들였다고 말할 수는 없다. 생쌀을 아무리 재촉해도 금세 밥이 되지 않듯 나의 최선이 목마른 누군가에게 갈증을 해소해주기 부족할지도 모른다. 겨우 물 한 방울에 불과할지도. 그럼에도 방망이 깎던 노인처럼 나이가 들어도 쉽게 타협하지 않고 끝까지 써 내려가는 용기를 갖고 싶다. 이렇게 한 걸음씩 작가가 되어간다.

**누구에게나 글 한 줄은 필요하다.** 함께 쓰자!

평범한 날들을 특별하게 만드는 글쓰기

# | 10 |

# 선생님 그러나 작가님

### 조하나

글은 내 영혼의 목소리이며, 세상과의 다리다.

헬렌 켈러

"안녕하세요, 선생님."

교육자가 아님에도 불리는 호칭이다. 내가 정하지 않았음에도 그렇게 불린다. 상담사라는 직업을 선택하며 피할 수 없는 이름이 되었다. 그러던 2024년, 따가운 태양 빛에 온몸이 녹아내리는 무더운 여름날부터 다른 명칭이 생겼다. '작가님.' 무겁지만 달콤했다. 이 이름을 설명해 주기에 가장 확실한 방법은 작가명에 이름이 쓰인 종이책이다.

나는 상담심리사다. 심리적 어려움을 가지고 있는 사람들을 만나 이야기한다. 그 과정에서 가장 많이 사용하는 '경청'은 기본적이면서도 중요한 기법이다. 누군가는 '그냥 이야기를 듣는 것 아니냐.'라 말할 수 있다. 하지만 그렇지 않다. 일반적인 대화의 '듣기'는, A의 감정이나 생각을 들은 B가 자신의 상상이나 경험에 빗대어 이해한다. 상담사로서의 '경청'은 조금 다르다. A의 마음을 그의 시각으로 바라보기 위한 노력을 더 해야 한다. 여타의 과정을 통해 그의 정서와 사고, 비언어적 모습을 통합하여 해석한다. 단순한 '듣기'가 아니란 말이다. 근 십 년 동안 오롯이 누군가의 이야기를 '경청'하는 데에만 썼다. 그렇게 나의 목소리가 삶에서 엷어져 갈 때쯤 글쓰기를 만났다. 내게 삶을 글로 표현하는 것은 세상과의 소통, 그 이상이다.

글을 쓰고 싶다는 마음에서 시작한 첫 번째, 공저 책 『나부터 챙기기로 했습니다』가 정식 출판되었다. 이 책으로 나는 작가가 되었다. 누구보다 열심히 살았다고 자부했었다. 그런데 그 과정에 내가 존재했을까 하는 질문에는 쉽게 대답할 수 없었다. 글을 쓰면서 알게 되었다. 열심히 사는 것과 자신을 챙기는 것은 다른 것이라는 것을. 매일 맞이하는 '오늘'이 '내일'을 위한 희생이 되지 않기를 바라는 간절함을 담았다. 다 쏟아냈다고 생각했던 첫 번째 책 이후 머지않아 두 번째 공저 책에도 참여했다. 각자의 삶을 살아가는 사람은 자신만의 향기와 생김새를 가진다. 내 인생은 어떤 향기를 가지고 있을까. 삶이라는 꽃을 피우기 위해 어떤 좌절과 시련을 만나고 어떤 열매를 맺게 되는 것일까. 나의 인생 이야기를 『인생, 꽃을 피우는 시간』이라는 책에 담았다. 이 두 권의 책을 통해 그동안 돌보지 못했던 마음의 울부짖음을 뱉어냈다. 2024년, 일 년에 출간한 두 권의 공저 책은 작가로 살아갈 수 있도록 해주었다.

책이 출간된 이후에 내가 한 일은 매일 판매 부수를 살피는 일이었다. 한 권, 두 권 책이 판매될 때마다 심장이 쿵쾅거렸다. 틀렸다고 말하는 사람이 있다면, 나를 비난한다면 어쩌지라는 생각에 밤잠을 설치기도 했다. 삶의 틈새마다 걱정을 끼워 넣었다. 그럴 때마다 힘이 되어주는 건 그럼에도 계속 쓰겠다는 마음이었다. 글을 쓰기 전에는 몰랐다. 삶이 이렇게나 다채롭다는 것을. 글을 통해서 배우게 되었다. 모든 사람의 삶은 다르지만, 자신다움을 가졌다는 것을.

"작가님."

새로운 이름을 갖게 되었다. 함께하는 동료도 생겼다. 서로의 책을 응원하고 기다렸다. 학교 입학 전 어린이였을 때 같았다. 그 시절, 말도 안 되는 춤을 춰도 어설픈 어른 흉내에도 칭찬받았다. 성인이 된 지금은 눈에 보이는 성취와 성과가 있어야 인정받을 수 있었다. 그런데 작가가 되고 나니 글 한 줄에도 응원을 받게 되었다. 글쓰기가 어렵고 글감이 생각나지 않는다는 말에 '할 수 있다.'라는 격려가 따라붙는다. 이 얼마나 따뜻하고 조건 없는 사랑인가. 한 줄을 적었을 뿐인데 마음이 온통 갓 태어난 아기의 체온처럼 따뜻하기만 했다. 그때부터 작가로 다시 태어난 것이다.


두 번째 책이 나오고 나서야 주변 지인들에게 책을 썼다는 말을 할 수 있었다. 책을 선물하겠다는 말에 고맙게도 직접 구매해야 한다며 손사래를 치던 친구가 생각난다. 유명한 베스트셀러 작가의 책도 아닌데 읽어보겠다는 말에 하마터면 눈물이 날 뻔했다. 보답으로 꼭 밥을 사겠다는 약속도 했다. 밥 약속만 해도 한 달을 꼬박 채워야 했다. 글을 쓰겠다고 마음먹지 않았으면 어땠을까. 내 이야기를 하는 경험이, 나의 이야기를 온전히 읽어주는 사람이 있었을까.

상담하다 보면 내게 힘든 이야기를 할 수 있어서 좋았다 이야기한다. 그러면서 덧붙이는 말이 있다.

"다들 힘든 이야기만 하니 선생님 마음이 힘들 것 같아요."

오히려 나를 걱정한다. 글을 쓰기 전까지만 해도 내 감정은 혼자만의 시간으로 채워야 했다. 직업 특성상 누구와도 쉽게 나눌 수 없기 때문이다. 그러던 내가 이제 그들을 안심시킨다.

"괜찮습니다. 저는 글을 쓰거든요."

수년 동안 많은 사람의 이야기를 경청했다. 그러나 예전처럼 내 목소리를 내지 못한다 말하지 않는다. 열심히 손가락을 움직였고 앞으로 더 많은 이야기가 남아있다. **한 글자, 한 문장, 한 문단에 내 마음을, 이야기를 꾹꾹 눌러 담는다.**

상담사는 한 번에 많은 사람을 만나지 않는다. 하지만 만남의 밀도가 높은 편이다. 일을 끝마치고 나면 누구와도 말하고 싶지 않을 때가 있다. 마음을 모두 불태워 흔적도 남기지 않기에. 지친 몸을 이끌고 집으로 돌아와 겨우 소파에 몸을 기대면 한숨이 쏟아져 나왔다. 그랬던 하루의 끝에 새로운 삶이 생겨 버렸다. 다른 누구도 아닌 나의 이야기를 쓴다. 오늘도 '작가님'이 된다. 이 시간은 내 목소리를 낼 수 있는 온전한 시간이다. 어쩌면 오늘도 내 이야기에 대한 반응이 두려워질 수도 있다. 무언가를 해내기 위해서는 누군가의 평가가 필요하기도 하다. 나 또한 매일 평가받고 살아간다. 모든 사람을 만족시키는 글을 쓰겠다는 것은 욕심이다. 어떤 이는 공감할 것이며 어떤 이는 손가락질할지도 모른다. 하지만 어떤가. 내 글을 비평할지라도 일단 내 이야기를 봐준 것이 아닌가. 그거면 충분하다.

그러니 그저 **내가 하고 싶은 이야기를 글로 쓰겠다는 마음이면 된다.**

# |Ⅱ|
# 일상을 이야기하는 글 한 자락

최지은

> 작가는 삶을 해석하는 사람이 아니라, 삶을 보여주는 사람이다.
>
> 톨스토이

    일상을 적어 놓고 지나간 시간을 돌아보는 재미가 쏠쏠하다. 어떤 날은 기분 나빴던 감정이 고스란히 적혀 있다. 글을 쓴 이후 변화가 생겼다. 요동쳤던 마음들이 누그러졌다. 분노가 사라지고 감사하는 마음이 생겼다. 지나간 날의 페이지를 넘기다가 손가락 끝에 여행이란 글자가 걸렸다. 언니와 같이 아이들을 데리고 스키장에 다녀왔었다. 자매가 '덤 앤 더머'처럼 스키장에서 벌인 우스꽝스러운 이야기가 적혀 있다. 발에는 스키 부츠를 신었으나 탈 줄을 몰라 버둥거렸던 이야기다. 그때는 당황스러웠지만, 지금은 배꼽 잡고 웃을 수 있는 추억이 되었으니 감사하다. 얼마 전에 마른하늘에 날벼락 같은 일이 생겼었다. 천장에서 물이 샜다. 어떻게 해야 할지 몰라 허둥댔다. 관리실과 위층을 번갈아 오르내렸다. 지금은 새로 발린 벽지와 형광등을 보며 미소를 지을 수 있어 감사하다. 하루에도 몇 번씩 흥분하는 일이 생길 때가 있다. 속상했던 날, 누군가를 붙들고 하소연하고 나면 오히려 마음이 편치 않다. 감정이 더 북받치기도 하고 미움이 커지기도 한다. 반면 글은 쓰면 쓸수록 감정 정리가 된다. 마음을 추스르고 감정을 정리하는데 글쓰기만 한 게 없다. **일상을 적어내는 글 한 자락에 나를 다듬는다. 내가 쓴 한 줄의 글이 나를 성장시키는 요즘이다.**

　비가 오던 날, 놀이 수업을 진행했던 학교에서의 일이다. 점심시간이었다. 운동장 귀퉁이에 있는 모래사장에 물웅덩이가 생겼다. 점심을 먹고 난 아이들이 물웅덩이 근처로 한 둘씩 모여들기 시작했다. 장화 신은 아이가 겁도 없이 점벙거리며 웅덩이에 고인 물을 걸어찼다. 이에 질세라 너나없이 발을 담그더니 물을 끼얹고 놀기 시작했다. 발로 튕긴 진흙탕 물에 친구 옷 색깔이 변했다. 다른 웅덩이를 하나 더 만들었나 보다. 신발을 벗어서 빗물을 퍼 담아 옮기는 아이도 있다. 제 키만 한 우산을 질질 끌며 운동장을 빙빙 돌기도 한다. 우산 끝을 따라 그어진 금이 그림처럼 보였다. 점심시간이 다 끝나가는데 멈출 생각이 없어 보인다. 아이들이 노는 모습을 한참 동안 지켜보았다. 옷은 더럽혀지고 신발은 다 젖어 신을 수 없게 되었다. 그 모습을 바라보기만 할 뿐 그러면 안 된다고 말리고 싶은 생각이 들지 않았다. 어른인 내가 보기에는 불편해 보이지만 얼마나 신날까? 깔깔거리며 웃는 아이들 소리가 멀찍이서 들렸다. 핸드폰을 꺼내 들었다. 아이들이 놀고 있는 광경을 한 컷 찍어 블로그에 글과 함께 올렸다. 아이들의 이야기를 쓰던 도중에 친구와 빗물을 튕기며 놀았던 어린 시절이 생각났다.

40년도 더 된 기억을 떠올리면서 세상 참 많이 변했다는 생각이 들었다. 핸드폰에 글을 적어 올리다니. 내 어릴 적에는 상상도 할 수 없던 일이다. 똥종이에 몽땅 연필을 요즘 아이들은 이해할까? 하루 중 기억에 남는 일을 누런 종이 위에 연필로 꾹꾹 눌러 가며 적었었다.

세월이 좋아진 요즘은 핸드폰 하나면 충분하다. 블로그나 인스타 SNS 등 다양한 방법으로 자기를 알리고 기록한다. 편리한 점이 참 많다. 비밀일기라며 일기장을 숨기려 하지 않아도 된다. 공책이며 연필을 어디에 뒀는지 뒤지며 찾을 필요도 없다. 가족들 사이에 왜 치웠냐고 싸우지 않아도 된다. 하지만 자기의 필체를 보며 꾹꾹 눌러 적는 재미를 맛볼 수 없는 아쉬움은 있다.


일정이 없던 토요일이었다. 약속이 있어 나간 아들 방을 정리하기로 마음먹었다. 아들은 깨끗이 치워 주겠다는데도 자기가 둔 물건의 위치가 바뀐다며 치워 주는 것을 감사하기는커녕 달가워하지도 않는다. 어쩌면 화를 낼지도 모르겠다. 그러든가 말든가 치우기로 작정하고 이불부터 갈았다. 바닥에 펼쳐진 종이들을 분리수거 통에 담았다. 공부하는 학생의 책상이라고는 상상도 되지 않을 만큼 어지럽게 펼쳐져 있던 책들을 정리했다. 따지도 않은 음료수 병들이 책상 위에 일렬종대로 나란히 세워져 있었다.

"대체 음료수 병이 몇 개야?"

한 줄로 세워져 있는 병들 뒤에 뚜껑이 널브러져 있는 빈 병들도 세워 놓았다. 아들은 어릴 때부터 아토피가 심해서 음식을 가려야 했다. 괜찮다고 입소문 난 병원을 찾아다니느라 거제에서 진해까지 진료를 다녔었다. 어릴 때는 부모의 간섭 아래 있으니 그래도 절제가 되었다. 지금은 먹지 말라고, 자제하라고 해도 잔소리로 들을 뿐이다. 빨래한 옷을 넣으려고 서랍을 열었더니 큰 음료수 빈 병이 떡하니 서랍을 차지하고 있었다. 갈수록 음료수 마시는 수가 늘어난다. 책상 위에 세워 놓았던 빈 병 1.5L 두 개, 500㎖ 네 개를 분리수거 했다. '그만 마셔라, 먹은 것은 치워라, 제발 방 정리 좀 해라.' 들어오면 잔소리를 늘어놓을 요량으로 기다리고 있었다. 집으로 돌아온 아들은 방문을 열자마자 자기 방 치운 것에 대해 불만을 터뜨렸다.

"방바닥에 있던 시험지 어떻게 하셨어요? 제 방 치우지 마세요. 엄마, 제 방에 들어오지 마세요."

없어진 물건 제자리 돌려놓으라며 소리치고는 방문을 닫아 버렸다. 속상했다. 깨끗하게 치워 준 보람은 온데간데없고 오히려 난처한 상황만 남았다. 지인들과 차를 마시는 자리였다. 속상함을 털어내고 싶은 마음에 그날 있었던 이야기를 했다.

"그러게 왜 치우셨어요. 더럽거나 말거나 그냥 두세요."

지인들은 부탁받지 않은 이상 치우는 건 좋지 않다는 결론을 내려주었다. 괜히 아들 이야기를 했나? 헤어져 돌아오는 발걸음이 가볍지만은 않았다. 아들의 이야기를 글로 적어 감정을 추스르기로 했다. 글을 쓰다 보면 화남이 누그러지고 속상한 마음도 가벼워진다.

20년 전에도 블로그를 운영했었다. 은물을 활용한 놀이 방법을 기록하기 위해서다. 노는 방법을 알기 위해 많은 사람이 다녀간 흔적이 있었다. 최근에 다시 블로그를 시작했다. 이번엔 평범한 일상의 글을 적는다. 아이들과 활동한 이야기도 올리고 지인들과 차 한 잔에 나눈 담소도 올린다. 그날의 기분을 적기도 한다. 일기장 같은 블로그다. 간간이 서너 명의 방문자가 다녀가며 눌러 놓은 하트가 남아 있다. 나의 이야기에 남겨 놓은 한 줄의 글을 보며 보이지 않는 동질감도 나눈다.

바쁠 때는 글 쓰는 습관을 위해 짧게라도 메모를 해둔다. 여유가 생겼을 때 메모한 글을 보며 그때 가졌던 감정에 동참한다. 매일 읽고 쓰다 보니 아픈 자리가 회복되었다. 회복은 나를 올바르게 세우는 교훈의 시간이 된다. **일상의 기록은 나를 다듬고 성숙한 삶의 자리로 인도하는 지렛대가 되었다. 오늘도 한 자락의 글에 나를 쓰고 한 줄의 글을 읽으며 삶을 배운다.**

더 좋아질 인생을 위해 수다 대신 일상을 쓰기로 했다.

# |12|

# 삶이 즐거워지는 마법

홍순지

글도 그렇고 인생도 그렇다. 모든 것은 수십, 수백 번 고쳐 쓰는 것이다.

어니스트 헤밍웨이

"아이를 쫓아내는 학원이 어디 있어요? 기가 막히네!"

십여 년을 수업하던 중 가장 높은 데시벨의 어머니를 만났다. 말문이 막히고 얼굴이 달아올랐지만 차분히 설명했다. 아이와 충분히 대화할 시간을 가지시도록 권하고 가까스로 전화를 끊었다.

지난달 학원에서 작은 사건이 하나 있었다. 초등학생 한 명이 친구에게 심하게 장난을 쳐서 따끔하게 혼을 내고 내보낸 일이다. 앞 친구를 계속 건드리고, 뾰족한 연필을 들고 좁은 교실을 뛰어다니며 아이들에게 시비를 걸어 제지하지 않을 수 없었다. 옳지 않은 행동을 계속하니 수업할 수 없다고 따끔하게 혼을 내고 집으로 보냈다. 수업 중 아이를 집으로 돌려보낸 적은 거의 없다. 집에서 못지않게 학원에서도 매우 관용적인 선생님이지만 심하게 장난을 치거나 분위기를 흐리는 것은 용납하지 않는다. 다른 학생에게 피해주면 안 된다는 명확한 기준이 있기 때문이다. 수업을 잠시 멈추고 아이어머니에게 전화를 걸었다.

"안녕하세요, 어머님. 학원입니다. 세종이가 친구에게 심한 말을 하고 수업에 방해되는 행동을 해서 집에 일찍 보내야 할 것 같습니다. 심한 장난이 이어지면 학원 수업을 계속 듣기 어렵습니다. 자세한 내용은 수업 끝나고 다시 연락드리겠습니다."

세종이 어머님은 내 말이 끝나기가 무섭게 언성을 높이셨다. 친구와 장난도 치고 아이들끼리 좀 다툴 수도 있지, 그 정도로 아이를 쫓아낼 수 있냐고. 부족한 아이들 공부시키려고 보내는 곳인데 잘하기를 바라는 학원이 이상하다고. 이상한 학원은 내가 안 보내겠다며 소리를 치고 끊으셨다.


심장이 쿵쾅거렸다. 살면서 욕을 먹거나 비난을 들을 일이 없었다 보니 어쩌다 작은 트러블이 생기면 온 신경이 쏠려 일이 손에 안 잡히고 곧잘 체했다. 예전 같으면 전전긍긍하다 못해 화가 날 일이다. 배려를 중요시하다 보니 나와 다른 남을 오히려 이해하지 못할 때가 많았다. '저 사람은 도대체 왜 저런 행동을 하지?' 상대방을 배려하지 않는 말과 행동에 쉽게 화가 났다. 길 한 가운데 멈춰 서서 이야기하고 있는 사람들만 봐도 화가 났다. 잠시 멈출 때도 늘 비켜서거나, 피해를 줄까 봐 주변을 살피던 나로서는 사소한 이기심을 용납하지 못했다. 그런 내 모습 또한 이기적이고 너그럽지 못하다는 것을 예전에는 깨우치지 못했다.

이번엔 빠르게 일상으로 돌아왔다. 그럴 수 있다고 생각하면서 이해하고 단념했다. 상황을 겪어보지 않으면 이해하기 어려울 수 있다고. 내 기준에 따라 옳다고 한 행동이니 괜찮다고 생각했다. 다음 날, 마음을 가다듬고 세종이 어머니에게 연락을 드렸다. 세종이의 최근 행동을 정리해 말씀드리며 학원 운영자로서의 고충을 솔직히 전했다. 수업을 원하면 개인 수업이 가능한 시간으로 옮길 수 있다고 말씀드렸다. 곧 세종이 어머니도 아이의 수업 태도와 수업 시간에 대해 물으시며 넌지시 사과하셨다. 세종이는 지금도 나와 단란하게 개인 수업을 이어가고 있다.

『나부터 챙기기로 했습니다』공저를 쓰면서 마음을 보듬을 줄 알게 됐다. 비슷한 고민을 해온 작가들의 책을 읽으며 마음을 편히 가지자고 되뇌었다. 책과 글을 통해 나를 단련시키니 내가 해결할 수 없는 돌부리에 크게 다치지 않는 사람이 되었다. 돌부리에 걸려 기우뚱할지언정 곧 중심을 잡을 수 있는 사람이 됐다.

글을 쓰고 책을 내고 작가라고 네이버 인물 등록도 했지만, 일상은 똑같이 흘러간다. 주어진 하루에 감사하며 사는 것, 가끔은 누구에게인지 모를 성질을 내고 후회하는 것, 밤낮으로 바쁘게 살아내는 삶의 모습도 별반 다르지 않아 보인다. 여전히 집과 학원에서 아이들과 씨름하고 공부하고 책 읽으며 살고 있다. 하지만 내면은 분명 달라졌다. 생각의 전환이 쉬워졌다는 것, 시야가 넓어졌다는 것, 관찰력이 생겼다는 것. 관찰과 생각의 전환을 통해 혼자여도 함께여도 늘 행복하다는 것. 또? 셀 수 없이 많다.

남편 손을 잡고 은행나무 사이를 걷던 날, 유독 빨리 노랗게 물들어 잎을 떨군 은행나무와 햇볕이 잘 드는 곳에 자리해 여전히 푸르름을 간직한 은행나무를 바라봤다. 노란 은행잎을 보며 생의 속도를 생각했다. 햇빛이라는 외부 요인과 지리적 위치에 따라 은행나무의 생의 속도가 달라진다. 결국 더 빨리 마감하는 응달의 은행나무를 보며 사람의 인생도 다르지 않음을 깨닫는다.

딸의 학교 운동장을 지나다가 감나무를 올려다봤다. 익지 않고 빨리 떨어져 버린 감과 끝까지 가지에 매달려 까치밥이 되어주는 감이 있다. 바닥에 얼룩진 감을 보며 같은 조건 안에서도 누구에게나 우연한 실패가 찾아올 수 있다는 생각이 스쳤다. 생각이 꼬리를 물며 들고 나다 보니 주어진 것들에 대한 감사가 자연스럽게 스며들었다.

지하철에 앉아 있다가 내릴 준비를 하던 학생의 손목이 눈에 들어왔다. 나처럼 머리끈을 여러 개 끼우고 있던 학생. 준비성이 있는 아이구나, 평소 걱정이 많을 수도 있겠다는 생각이 스쳤다. 나 역시 머리끈을 여러 개씩 왼쪽 손목에 끼우고 다닌다. 그래야 불안하지 않다. 머리를 묶고 싶을 때 언제든 묶어야 하고, 딸이 땋아달라고 할 때 바로 해줘야 하며, 머리끈을 찾는 학생들에게도 얼른 나눠주고 싶기 때문에. 머리끈을 끼고 있는 손목만 바라봤을 뿐인데 나와 낯선 여학생의 경계가 허물어졌다.

아들이 반항하고 속을 썩이면 잠시 분노를 누르고 아들이 되어 보는 상상을 한다. 내가 마흔이 되어서 깨닫기 시작한 사실을 아들에게 강요할 수는 없다는 걸 겸허하게 받아들인다. 마음대로 행동하고 싶은 아들이 엄마의 잔소리를 들으면 어떤 마음일지 생각한다. 이해만 할 수 있어도 삶은 훨씬 유연해진다.

**글쓰기는 나의 속도를 늦춰 주변을 돌아보게 해준다. 관찰을 통해 나와 타자의 경계를 허물어 세상을 이해하고 타인을 사랑할 수 있게 되는 일이다.** 글 쓰는 삶이 가져다준 변화는 소소하지만 끝이 없다.

"쌤, 얼굴이 좀 좋아지신 것 같아요!"

"야, 살쪘다고 놀리는 거지? 지금 고개를 숙이면 턱살이 접힌다. 슬프니까 그만 얘기하자."

아이들이 깔깔대고 웃는다. 부작용이다. 내면이 안정되고 편안해지니 외면까지 살이 쪘다. 긍정적인 마음을 얻게 된 것은 좋지만, 게으르지 않게 경계해야겠다. 경계하고 끝없이 성찰하는 자세 또한 글쓰기가 알려준 방향이니까.

# 글쓰기로 성장하는 법

글쓰기는 단순한 기록이 아니라 감정의 정리, 사고의 확장, 성장의 기회다. 꾸준한 글쓰기는 삶을 더 깊이 이해하고 세상을 바라보는 시각을 넓혀준다. 결국, 글을 쓰는 과정이 우리를 더욱 단단하게 만든다. 이 부록에서는 글쓰기를 통해 내면의 성장을 이뤄가는 다양한 변화를 살펴본다.

1. 감정의 변화
- 복잡한 마음이 정리되며 가벼워짐을 느낀다.
- 막연한 불안과 두려움이 구체화되어 덜 두렵게 된다.
- 숨겨둔 감정을 마주하고 받아들이게 된다.
- 상처를 글로 풀어내며 치유의 계기를 찾는다.
- 기쁨과 감사의 감정을 더 깊이 느끼게 된다.

2. 생각의 변화
- 글쓰기란 자신의 생각을 발견하고 정리하는 과정이다.
- 막연했던 개념이 명확해지고 삶의 가치를 깨닫게 된다.
- 신념과 철학을 정립하고 공감 능력이 확장된다.

## 3. 글쓰기 실력의 변화

- 문장이 자연스럽고 매끄러워진다.

- 나만의 글쓰기 스타일과 목소리를 찾게 된다.

- 깊이 있는 시각을 갖게 되며 의미 있는 문장을 구성한다.

- 글의 시작과 마무리를 효과적으로 정리할 수 있게 된다.


## 4. 삶의 태도의 변화

- 사소한 일에서 의미를 찾고 기록하는 습관을 형성할 수 있다.

- 일상의 순간을 더 소중히 여기게 된다.

- 경험을 돌아보며 지혜롭게 살아가려는 마음이 커진다.

- '완벽한 글'보다 '진짜 나의 이야기'를 쓰는 용기가 생긴다.

- 글을 통해 성장하는 자신을 발견하며 자신감이 상승한다.


## 5. 글쓰기의 힘

- 꾸준함이 글쓰기의 가장 중요한 요소다.

- 매일 조금씩 진솔한 글을 쓰는 것도 중요하다.

- 글쓰기는 세상과 소통하는 창구이며, 힐링 그 자체다.

- 글을 쓰고 고치는 과정을 통해 사고가 유연해진다.

6. 꾸준함이 만든 변화

- 글쓰기도 운동처럼 연습과 노력이 필요하다.

- 처음에는 부족해 보이지만 지속적인 글쓰기로 필력이 향상된다.

- 정체기와 좌절을 극복하면 성장할 수 있다.

- 베스트셀러 작가들도 처음부터 글을 잘 쓰지 않았다.

- 꾸준한 글쓰기로 결국 책을 출간하는 작가가 된다.


7. 글쓰기와 자기 객관화

- 아침과 밤, 내가 한 말을 기록하며 언어의 온도를 체크해본다.

- 무의식 속의 '나'를 마주하며 삶을 더 다채롭게 바라보게 된다.

- 세상을 바라보는 시각이 바뀌며 마음도 한층 성숙해진다.

# 함께 쓰는 문장,
# 이어지는 우리

# |11|

# 멈춘 줄 알았던 나, 편지로 다시 걷다

### 김미애


글쓰기는 꿈을 현실로 만드는 도구다.

가브리엘 가르시아 마르케스


"언니, 저 이번에 장학사 시험에 합격했어요."

"축하해."

후배 교사의 전화를 받으며 한편으로 부러운 마음이 든다. 함께 학교에 다닌 교대 동기는 수업 전문가로 책을 내고 강연도 다닌다고 한다. 다들 언제 이렇게 앞서갔는지…. 나만 항상 그 자리에 멈춰있는 것 같다.

교사로 지내온 시간이 어느덧 20년이 되어가지만, 여전히 수업 내용과 방법에 대한 고민이 끊이지 않는다. 20년이면 베테랑이라 생각할 수도 있지만, 수업 계획안을 작성할 때마다 부족함을 느낀다. 어떻게 하면 재미있고 효율적으로 학습 목표를 달성할 수 있을지 고민하다가, 나보다 경력이 짧은 옆 반 선생님의 계획안을 참고하기도 한다. 학부모 참여 수업 날짜는 왜 이리 빨리 돌아오는지…. 전날 긴장과 떨림에 밤잠을 설쳤던 기억이 떠오른다. 수업 중 목소리가 떨려 아이들에게 "선생님, 염소인 줄 알았어요." 라고 놀림을 받기도 했다. 계획한 대로 자연스럽게 진행하지 못하고 엉뚱한 말을 하기도 했다.

수업하면서 아이들의 반응을 살피게 된다. 철수는 입도 가리지 않고 크게 하품을 한다. 내 수업이 재미없다는 걸까? 기분이 상한다. 미희는 졸린 듯 책상에 엎드려 있다. 어젯밤 늦게까지 준비한 수업인데, 기대했던 반응이 나오지 않아 맥이 빠진다. 열심히 준비했지만, 아이들이 흥미를 느끼지 못하는 것 같아 나 자신이 초라하게 느껴진다.

옆 반 선생님은 20대 중반의 젊은 여선생님이다. 그 반 앞을 지나갈 때마다 아이들의 큰 웃음소리가 들려올 때면 괜스레 불편해진다. 4반 선생님은 젊고 예뻐서 학생들에게 인기가 많다. 오늘따라 더 예쁜 옷을 입은 그녀를 보며, 나도 모르게 거울을 들여다본다. 집에 돌아와 옷장을 열어 옷을 꺼내입어본다. '왜 이렇게 칙칙하지? 밝은 색 옷을 몇 벌 사야겠다.' 아이들의 웃음소리는 선생님의 옷차림 때문이 아닐 텐데, 나는 계속해서 내 옷과 비교하고 있다.


핸드폰 알람이 울렸다. 7년 전, 5학년 담임을 맡았던 학생들과 모임 알람이었다. 올해 수능을 치르고 대학에 입학한 아이들에게서 연락이 왔다. 반가운 마음에 밥을 먹자고 약속했다.

약속 전날, 설레서 잠을 이루지 못했다. 오랜만에 아이들의 얼굴을 본다는 생각에 약속 시각보다 30분이나 일찍 도착해 자리를 잡고 기다렸다. 나보다 작았던 아이들이 훌쩍 커 있었다. 우리는 7년 전 함께했던 추억을 이야기하며 신이 났다. 이야기하느라 밥은 거의 먹지 못했지만, 배가 부른 것처럼 기분이 좋았다. 나는 맥주만 연거푸 마셨다.

"얘들아, 나를 잊지 않고 기억해 줘서 고마워."

"우리가 선생님을 어떻게 잊겠어요? 아직도 아침 편지 쓰세요? 편지를 읽으면서 선생님의 사랑을 느꼈어요."

"저는 초등학교 선생님 중에 유일하게 김미애 선생님만 기억해요."

"저는 아직 그 편지들을 모아 두고 있어요."

"정말? 선생님, 정말 행복해. 고마워."

제자들과 헤어져 집으로 돌아오는 버스 안에서 하염없이 눈물이 났다. 잘나가는 동기와 후배들을 보며 나는 초라하다고 느꼈었다. 18년 동안 나 혼자 멈춰 서 있었고, 무의미한 시간을 보냈다고 생각했었다. 그런데 제자들이 내가 보냈던 편지를 기억하고, 누렇게 변했을 그 편지를 아직도 간직하고 있다니…. 내가 정성을 들인 시간에 대한 보상을 받은 것 같아 마음이 따뜻해졌다. 편지에 담았던 나의 진심이 전달되고, 기억되고 있다는 사실에 가슴이 뭉클했다. 나는 '아침을 여는 편지'로부터 위로를 받았다. 편지를 통한 공감, 그리고 마음이 통한 기억들이 다시금 나에게 힘과 용기를 주었다.

몇 년 전, 동료 교사에게 아침 편지를 함께 써보자고 권한 적이 있었다. 하지만 매일 글을 쓰는 것이 힘들다며 거절당했다. 이후로 더는 권하지 않게 되었다. 사실, 나 역시 편지를 쓰는 것이 귀찮고 힘들 때가 많았다. 내가 쓴 편지가 찢겨 쓰레기통에 버려진 모습을 보고 화가 나기도 했다. 진심을 담은 편지를 소중히 여기지 않는 아이들을 보며 '내가 왜 계속 써야 할까?' 하는 생각에 짜증이 나서 글쓰기를 포기하고 싶었던 적도 있다.

하지만 나는 편지로 위로와 공감을 받았고, 덕분에 다시 용기를 낼 수 있었다. 그래서 지금까지 적어 온 '아침을 여는 편지'를 정리하고 있다. 상황, 시기, 장소, 대상에 맞춰 분류하여 좀 더 쉽고 편리하게 편지쓰기를 할 수 있도록 책으로 만들어 나누고 싶다. 예전에 내가 칠판 편지를 소개받아 삶이 변화되었듯이, 나도 고통받는 누군가에게 작은 도움이라도 되고 싶다.

나는 오늘도 '아침을 여는 편지'를 쓴다. 시간표를 확인하며 우리 반 학생들의 얼굴을 하나하나 떠올려 본다. 그리고 들려주고 싶은 이야기를 한 줄 한 줄 적어 내려간다.

어떤 행사가 있는지, 생일인 친구를 축하하는 편지를 쓰고 생일 미션도 정한다. 학교폭력 예방, 학교 내·외 안전교육 등 다소 지루하게 느껴질 수 있는 주제도 빠짐없이 적는다. 어제 무단횡단을 했던 ○○이의 이야기를 익명으로 소개하며, 교통 규칙 준수의 중요성을 강조하기도 한다. 그리고 마지막으로 항상 학생들을 사랑한다는 말을 잊지 않는다.

요즘 우리는 카카오톡, 인스타그램, 유튜브 등 수많은 소통 매체 속에 살고 있다. 다양한 방식으로 끊임없이 소통하지만, 정작 사람들은 점점 더 외로움과 허전함을 느낀다.

어떤 이들은 편지 쓰기를 촌스럽고 귀찮다고 생각할지도 모른다. 하지만 나는 학교라는 공간에서 아이들과 함께하는 교육 현장에서 편지야말로 따뜻한 온기가 느껴지는 가장 좋은 소통 도구라고 믿는다.

내 편지가 학생들에게 행운의 편지, 사랑의 편지가 되어 전달되고, 나의 답답했던 마음을 표현할 수 있는 치유의 편지가 된다면 그보다 멋진 일은 없을 것이다.

아침 편지를 통해 진심을 담아 글을 쓰는 것이 삶을 행복하게 만드는 방법의 하나라는 것을 깨달았다.

외롭거나 힘든 사람이라면, 자신을 위해서든, 직장동료나 가족, 친구를 위해서든 진심이 담긴 글을 써보길 권한다. 처음에는 귀찮고 힘들 수 있지만, 꾸준히 글을 쓰다 보면 어느 순간 달라진 자신의 모습을 볼 수 있을 것이다.

**나는 오늘도, 그리고 내일도 진심이 담긴 글을 쓴다.**

# |2|

# 말하듯이 쓰면 된다

### 김서현

글쓰기는 끊임없는 자기 혁신의 과정이다.

어니스트 헤밍웨이

누구에게나 그런 친구 하나쯤은 있을 것이다. 학창 시절에 그렇게 친하지는 않았어도 졸업 후 간간이 소식을 듣게 되는 친구. 나도 중학교 친구 중에 그런 친구 한 명이 있었다.

이십 대 중후반쯤, 그 친구의 소식을 우연히 들었다. 책을 한 권 냈다는 것이다. 본인의 전공을 살려 경제, 재무제표에 관한 책을 냈다고 했다. 소식을 듣고 나니 그 친구가 그렇게 멋지고 존경스러울 수가 없었다. 책을 낸다는 것은 아무나 할 수 없는 다른 세상의 일인 줄 알았는데 내 주변 사람이 책을 출간했다니, 더는 딴 세상 얘기가 아니었다. 그 이후로 나도 꿈꾸게 되었다. 내 이름으로 개인 저서를 출간하겠다는 꿈. 책 쓰기에 관한 지식도 전혀 없고 글쓰기 실력이 뛰어나지도 않지만 언젠가 죽기 전에는 내 이름으로 된 책을 내보겠다는 기약 없는 다짐을 했다.

며칠 뒤 그날도 어김없이 학교로 출근했다. 초등학교 3학년 열 살짜리 아이들 스물네 명이 날 기다리고 있는 우리 교실. 매일 같이 아이들과 지지고 볶으며 하루를 보냈다. 어느덧 내 경력은 10년 차 초등 교사. 문득 이런 생각이 들었다.

'10년을 일했지만 나에게 남은 게 뭐지?'

학생 때는 시험 성적으로 내가 열심히 공부한 결과를 남길 수 있었다. 하지만 직장인으로 사니 내가 열심히 일한 결과를 눈으로 볼 수 있는 기회가 없었다. 물론 초등학생 아이들을 잘 성장시키는 것이 나의 목표이고, '성장'이라 함은 하루아침에 눈에 보이는 것이 아니니 나만의 성과가 눈에 띄지 않는 것은 당연했다. 그래도 10년을 일하고 뒤돌아보니 나라는 사람에게 남은 것은 아무것도 없는 것 같아 공허했다. 며칠 전 소식을 전해 들었던 그 친구처럼 나도 책을 쓰고 싶었다. 교사로서의 삶을 책에 녹여내 결과물을 낸다면 절반은 성공한 것이 아닐까. 하지만 꿈은 꿈일 뿐. 당장 도서관에 가서 교사들이 쓴 책을 보니 앞이 더 캄캄했다. 다들 어쩜 그렇게 다양한 주제로 화려하게 책을 썼는지. 나는 두서없이 끄적이는 일에만 자신 있었지, 목차와 주제를 정해서 책 한 권을 써 내려 간다는 것은 나에게는 도저히 실현 불가능한 영역의 일이었다. '책 쓰기'라는 꿈을 그저 꿈으로만 남겨야 할 판이었다.

그렇게 꿈만 꾸던 어느 날, 5년 전에 같은 학년에서 일했던 선배 교사를 다시 만났다. 몇 년 만에 다시 본 선배는 많이 달라진 모습이었다. 책을 몇 권이나 출간했다고 했다. 그새 작가가 된 것이다. 평소 존경하던 선배였는데 책까지 출간했다니 내 눈에는 선배에게서 후광이 비쳤다. 운이 좋게도 선배와 같은 학년에서 일하게 되었다. 선배와 함께라면 책을 내보고 싶다는 내 꿈이 현실로도 이뤄질 수 있겠다는 생각을 했다. 선배에게 묻고 또 물으며 글쓰기와 책 쓰기에 대해 가르침을 얻었다.

선배의 조언 중 핵심은 바로 '매일 쓰는 것'이었다. 무엇이든지 좋으니 일단은 쓰라고 했다. 선배 말대로 블로그를 열어 매일 기록했다. 무슨 내용이든 일단 썼다. 한 줄만 쓰든, 한 면을 채우든 그냥 썼다. 처음에는 학교 다닐 때 일기 쓰는 것처럼 약간의 의무감으로 썼다. 끄적이기를 넘어선 각 잡고 '글을 쓰는' 단계는 아직 어색했기 때문이었다. 하지만 하루, 이틀 쓰다 보니 습관이 되었다. 사소하더라도 어떤 사건이 있을 때마다 블로그를 찾았다. 내 감정을 블로그에 다 털었다. 차분히 글을 쓰다 보니 한 사건에 대해 한두 번 생각하고 끝내는 것이 아니라, 열 번, 스무 번은 더 생각하게 되었다. 사건 속의 나를 수십 번 다시 마주하니 새로운 내 모습을 볼 수 있게 되었다. '그때 이렇게 할걸, 저렇게 할걸.' 하는 후회가 더 이상 후회로 남아 있지 않았다. 내 마음의 일부가 되어 더욱 당찬 내가 될 수 있었다. 글쓰기란 겉으로 볼 때는 컴퓨터 타자만 치는 아주 단순한 일처럼 보인다. 하지만 머릿속은 쉴 새 없이 고뇌하고 성장하는 고도의 작업이었다.

블로그에 글쓰기를 습관화한 지 몇 달 되지 않아, 공저로 책을 쓸 기회가 찾아왔다. 좋은 기회를 놓칠 수 없어 나도 함께하겠다고 덥석 말했다. 우리가 쓰기로 한 책은, '선택'에 관한 주제로 각자의 경험을 쓰는 에세이 형식의 책이었다. 네 편의 글만 쓰면 되어서 처음에는 쉽게 생각했다. 하지만 첫 글을 쓰면서 표현력의 한계가 밀려왔다. 아무리 평소에 글쓰기 연습을 했어도 '책'을 쓴다는 부담감과, 이 문장과 저 문장 사이의 고민이 나를 너무나 힘들게 했다. 당연했다. 처음 책을 써보기도 했고, 요령이 없으니 말이다.

첫 장을 어찌어찌 완성했다. 두 번째 장은 다행히 첫 장보다는 수월하게 쓰였다. 세 번째, 네 번째 장도 쓰는 요령이 생기니 점점 익숙해졌다. 남편이 초고를 여러 번 읽고 고쳐주기도 했다.

초고 완성 후에는 글을 다시 읽고 고치는 '퇴고'를 거듭했다. 태어나서 처음 해보는 퇴고 작업이 많이 두려웠다. 내가 쓴 글을 다시 읽으며 고친다는 것이 마치 녹음된 내 목소리를 다시 듣는 일처럼 부담스러웠다. 하지만 막상 한 줄, 한 줄 퇴고를 하다 보니 흥미로웠다. '이 문장을 이렇게도 다듬을 수 있구나!'하는 생각이 들며 소소한 재미를 느꼈다.

짝을 정해 서로 퇴고하는 '짝 퇴고'까지 진행하며 총 세 번의 공식적인 퇴고 작업을 진행했다. 여러 번 퇴고를 하니 지치기도 했지만, 그만큼 보람 있기도 했다. 독자 입장에서 글을 다시 바라보는 일이 가능해졌다. 문장을 만들고 골라내는 능력도 많이 향상된 것 같았다.

몇 달의 글쓰기와 다듬기 작업 끝에 드디어 내 책이 세상에 나왔다. 개인 저서는 아니지만 그래도 내 이름이 당당히 새겨진 나의 첫 책. 사십 년 가까이 열심히 살아온 결과물을 내놓은 것처럼 뿌듯하다. 이제 개인 저서를 목표로 열심히 달릴 것이다. 나만의 인생이 녹아 있는 내 개인 저서. 세상에 나올 생각을 하니 상상만 해도 환상적이다.

글쓰기, 책 쓰기에 관심은 있지만 다른 세상 이야기인 것처럼 생경하게 느끼는 사람이 많을 것이다. 하지만 『대통령의 글쓰기』를 쓴 강원국 작가가 강연에서 했던 말이 있다.

"평소에 말하듯이 글도 그렇게 써보세요. 말하기와 글쓰기는 연결되어 있습니다."

말하듯이 글 쓰는 것. **말을 내뱉듯이 글도 툭 내뱉어 본다.** 더 이상 글쓰기가 두렵지 않다. 말하기와 글쓰기는 연결되어 있다. 가볍게 누군가와 말을 하듯이, 글도 그냥 가볍게 일단 써보면 된다. 잘 쓰고 싶다는 마음은 버리려 한다. 내가 쓴 글들이 모여 이야기가 된다. 그 이야기가 멋진 책으로 탄생할 것이다. 내 이야기가 누군가에게 힘이 될 수 있다 믿으며 앞으로도 계속 글을 쓰려한다.

# | 3 |

# 출발선으로부터 한 걸음

김효정

우리는 글을 쓰며 서로의 목소리를 듣고, 함께 꿈꾸고, 함께 성장한다.

마야 안젤루

남편은 나를 SNS 한다고 '관종'이라고 부른다. 막상 내 SNS를 가장 많이 보는 사람이 본인이면서 말이다. 나는 남편이 그런 식으로 나를 깎아내릴 때마다 나는 내 SNS에 자랑거리만 기록하지 않았다, 기억해야 할 모든 것을, 나를 위해 적어 놓았다고 반박한다. 실제로 내 SNS에는 희로애락의 모든 감정이 담겨 있다. 예전에 나를 너무 힘들게 한 사람들이 있었다. 그들의 모함과 모욕은 실로 견디기 힘들었다. 그들도 내 기록에 들어가 있다. 사진과 함께 말이다. "끝났어. 유종의 미만 남았어."라고만 표현해 놓았지만, 이 글을 쓰기까지 내가 얼마나 썼다 고쳤다, 지웠다를 반복하며 마음을 추슬러야 했는지 아직도 기억한다. 그리고 결심한 후 이 짧은 글을 기록했다.

이 글이 나를 살렸다. 내가 그 관계의 힘듦 속에서 암세포처럼 자라나는 부정적 생각을 정리하지 못한 채 살았다면 나는 건강하지 못했을 것이다.

나는 그들과의 관계가 긍정적으로 끝맺길 바라며, 이 짧은 글을 썼다. 이 글은 나를 위한 것이다. 이 기록을 볼 때마다 나는 그때의 내 마음과 결심을 기억한다. 그래서 그때의 경험은 나를 다시 증오의 구렁텅이로 데려다 놓을 수 없다. 스스로 그들과의 유종의 미를 꿈꿨기 때문이다.

경험은 내 마음대로 바꿀 수 없지만, 해석은 내 마음대로 할 수 있다. 글도 내 마음대로 쓸 수 있다. 내 마음은 내가 쓴 글에 영향을 받는다. 보고 또 보기 때문이다. 부부는 서로 매일 마주 보아서 얼굴이 서로 닮는다고 한다. 마음도 마찬가지다. 보고 또 보는 글을 닮아갈 수밖에 없다. 어떤 마음으로 글을 썼는지 마음이 잘 알기 때문이다. 글과 마음은 서로 통한다. 그래서 잘 쓴 글에는 생명력이 있다고 하는가 보다. 나를 살리고, 남도 살릴 수 있으니 말이다.


나는 훌륭한 조력자를 만나 작가가 되었다. 백지장도 맞들면 낫다는 말과 같이 작가가 되는 것 또한 혼자는 어려웠지만 함께하니 가능했다. 공저자가 되면서 오랫동안 꿈꿔왔던 작가의 꿈을 이뤘다. 어려움에 맞설 용기와 이겨낼 수 있다는 믿음의 부족으로 출발선에 서는 것조차 두려워했던 내가 드디어 출발선으로부터 한 걸음 앞으로 첫발을 내디뎠다. 꿈꾸던 일상의 특별함을 담는 작가가 되는 첫 번째 징검다리 위에 올라선 것이다. 교대를 졸업할 때, 평소 존경하던 선배가 교사자격증을 가졌다는 것은 교사로서 완성됐다는 의미가 아니라 그 일을 시작할 수 있다는 뜻이라고 말해준 적이 있다. 공저자로서 작가의 길로 들어선 나에게 그 말이 다시 힘을 보태준다. 책을 썼다는 것은 훌륭한 작가가 되었다는 뜻이 아니라 이제 시작이라고.

요즘 내가 빠져 있는 것은 독서다. 훌륭한 작가가 되고 싶은 열심에 날마다 읽고 쓰고 있다. 18일 연속으로 매일 한 권씩 책을 읽었다. 하루 100쪽도 채 읽지 않았던 나였는데 한 권을 꼭 읽겠다는 일념 아래 새벽까지 글을 읽기도 했다. 다른 작가들은 어떻게 책을 쓰는지 알고 싶었다. 그동안 책을 읽으면서 한 번도 갖지 못한 관점이다. 그리고 독자들은 어떤 책을 선호하는지도 궁금했다. 역시 생각해 보지 않았던 관점이다. 새로운 관점으로 책을 읽으니, 책의 내용을 배울 뿐 아니라 어휘, 문장, 글의 구성 등 책으로부터 배울 수 있는 게 많았다. 그래서 책 읽기에 더욱 매달렸다. 말 그대로 아는 것이 없으니, 글을 쓸 수 없었기 때문이다. 쓰기 위하여 읽어야 했다.

그리고 읽은 내용 중 인상 깊은 내용을 중심으로 감상문을 적었다. 책을 읽다 보니 자연스럽게 떠오르는 감상을 그냥 흘려보내기 아까워서 붙잡아 두고자 글을 썼다. 글을 쓰기 위하여 책을 반복하며 읽다 보니, 희미했던 저자의 메시지가 점차 선명해졌다. 선명하게 다가온 저자의 메시지는 나의 경험과 생각과 버무려져 감상을 일으켰고, 나만의 메시지가 되었다.

오랜만에 바닷가를 찾았다. 근처에 유명한 로스터리 카페가 있어 맛있는 커피와 함께 바다 풍경을 즐기고 싶어서 방문했다. 어린아이를 데리고 들어서니 사람들이 흘끔거리며 우리를 쳐다봤다. 그제야 노키즈존 알림판을 본 나는 흠칫 놀라며 얼른 애를 데리고 밖으로 나왔다. 에세이 『어린이라는 세계』의 저자는 아이들은 공공장소에서 공중도덕을 배워야 한다고 말한다. 이 글을 읽는데 그날의 기억이 났다. 모르고 들어갔으면 그냥 나오면 되는데 나는 왜 죄를 지은 것 같은 마음이 들었을까? 아마 예전에 나도 노키즈존을 찬성했기 때문일 것이다. 아이들의 무례한 태도는 손님들에게 분명 방해가 된다고 생각했었다. 그래서 지레 겁을 먹고, 아직 아무런 잘못도 저지르지 않은 딸아이지만, 다른 손님들에게 방해가 되었다며 그렇게 스스로 죄인 코스프레를 했던 것이 아닐까 싶다.

아이들은 공중도덕을 어디서 배워야 할까? 현실과 동떨어진 교실에서? 얼마 전 딸아이가 어린이집에서 횡단보도를 건널 때 손을 들고 건너야 한다고 배웠다고 했다. 그런데 막상 길을 건너는데 아이가 손을 안 드는 것이다. 아이에게 왜 손을 안 드냐고 물어보니까, 아이는 "어린이집에서 했어."라고 대답했다. 나 역시 어린 시절 다른 사람들의 배려 속에서 공공질서를 배웠다. 아이들 또한 내가 그랬듯 실생활 속에서 배려받으며 배워야 하지 않겠냐는 생각이 들었다. 과거 내가 아이들과 부모들을 함부로 판단했던 게 후회가 되었다.


이처럼 글은 독자에게 내가 당연시하던 것들도 다시 돌아보게 하고, 생각과 가치를 재정립시키는 역할을 한다.


비록 초보지만 나는 작가다. 내가 작가라고 생각하니 글을 쓸 때, 낯선 책임감이 들었다. 대충 쓰면 부끄러웠고, 내 글에 대한 책임감도 일었다. 자장

장타(自障障他)라는 말이 있다. 그릇된 이치를 믿어 자기도 해롭게 하고, 타인도 잘못된 길로 이끈다는 사자성어다. 작가가 된 나에게 이 말은 무겁지만, 꼭 기억해야 할 교훈으로 새겨두었다. 늘 내가 아이들에게 "글은 읽는 사람을 위해 쓰는 거야."라고 이야기했듯 부끄럽지 않은 글, 책임감 있는 글을 쓰고 싶다. 일상에 담겨 있는 특별함을 다른 사람들과 나누고 싶다.

누구나 삶을 산다. 삶은 고유한 향을 품고 있다. 그리고 글은 그 삶을 담는다. 향수는 기분을 좋게 만들어 주지만 불쾌한 향을 잡아주는 역할도 한다. 글을 통해 전해지는 작가의 글 향은 작가의 삶뿐만 아니라 독자의 삶도 향기롭게, 그리고 그들을 어렵게 만드는 불쾌한 삶의 잡내를 잡아주는 역할을 기꺼이 수행할 것이다.

**나는 당신도 당신의 하루를 기록하기를 원한다.** 오늘 당신의 향기를 글로 남기기를 바란다. 당신도 작가가 되어 당신 삶의 향기를 글에 담아 다른 사람의 삶에 전달하기를. 그래서 당신이 전한 특별함이 세렌디피티처럼 나에게도 닿기를 기대한다.

# |4|
# 글쓰기로 반짝반짝 빛나는 내 삶
### 문미영

당신만이 전할 수 있는 이야기를 써라. 당신보다 더 똑똑하고 우수한 작가들은 많다.

닐 게이먼

앞에서도 언급했지만, 책을 출간한 작가가 되면 좋은 점이 많다. 사람들의 관심이 커지고 나를 봐주는 시선도 달라진다. 무엇보다도 '작가'라는 타이틀이 붙으면 책임감이 생기고 글을 쓸 때도 신중해진다. 책을 출간한 사람만이 작가는 아니다. 글을 쓰는 모든 사람은 다 작가가 될 수 있다.

일상생활에서 우리는 알게 모르게 글을 매일 쓰고 있다. 다이어리 쓰기, 블로그나 인스타그램과 같은 SNS에 글쓰기, 필사하기, 감사 일기 등 우리는 다양한 종류의 글을 접하고 쓰고 있다. 따라서 우리 모두를 예비 작가라고 말한다. 한 권의 책을 출간하면 또 출간하고 싶다는 욕심이 생긴다. 내 주변에도 개인 저서를 포함하여 10권이 넘는 책을 출간한 작가들이 있다. 베스트셀러 작가는 아니더라도 자신의 글이 독자들에게 도움이 되길 바라는 마음으로 꾸준하게 글을 쓰고 책을 출간한다.

작가들은 공통적으로 이야기한다. 바로 잘 쓰든 못 쓰든 일단 꾸준하게 쓰라고. 다작의 작가이자 많은 글쓰기 코치를 발굴하신 이은대 작가가 강연에서 날카롭게 이야기하셨다. "본인이 뭔데 글을 못 쓴다 잘 쓴다 판단합니까? 판단은 독자들이 알아서 하는 겁니다. 어디서 건방지게 본인의 글을 판단하고 있어요. 글도 꾸준히 안 쓰면서 글을 못 쓴다고 중도 포기하는 예비 작가들 많이 봤어요. 그거 정말 위험한 행동이에요."

이은대 작가의 말을 통해서도 알 수 있지만 성공한 작가들은 꾸준히 독서하고 글을 쓰면서 연습을 많이 한다. 뭐든지 공짜로 얻어지는 건 절대 없다. 특히 글쓰기는 오랜 노력이 필요한 고된 작업이다. 고명환 작가도 꾸준히 독서하고 글을 쓰면서 베스트셀러 작가가 되었다. 김종원 작가도 마찬가지다. 매일 SNS에 좋은 글을 올리면서 독자층을 확보한 덕분에 책이 잘 팔리고 있다.

베스트셀러 작가들을 보고 부러워하거나 질투만 하고 있는가? 아직 책을 출간하기에 자신이 없다면 SNS(블로그나 인스타, 브런치 등)에 글을 꾸준히 올리는 것으로 시작해 보면 어떨까? 글을 꾸준히 올리면 필력도 늘어날 것이고 자신감이 붙는다. 혹은 나처럼 책을 읽고 서평을 쓰다 보면 실력이 일취월장하게 된다.


난임 스트레스로 인해 치유가 필요하기도 했고 같은 난임 부부를 위한 책을 출간하고 싶었다. 실제로 책을 출간하고 나서 많은 난임 부부들이 그들의 감정을 대변해 줘서 감사하다는 이야기를 많이 하셨다. 그뿐만 아니라 주변에 힘들어하는 난임 부부에게 백 마디의 말보다 내 책 한 권으로 위로와 응원을 하겠다며 구매하는 사람도 많았다. 이것이 바로 글로 전하는 선한 영향력이다. 애초에 인세를 통해 돈을 벌려는 목적이었다면 글쓰기를 시작하지도 않았다. 나의 글이 꼭 필요한 사람들에게 도움이 되거나 위로가 될 수 있다면 그것만으로도 행복하다. 내 글을 읽고 나면 글쓰기에 관심이 생길 것이다. 글쓰기가 엄두가 안 나고 어렵다면 내가 경험해 본 길을 알려 주고 싶다.

첫째, 글을 쓰고 싶은 이유가 무엇인지 목적을 생각해 봤다. 나는 난임을 겪으며 마음이 아팠다. 남편과 친구에게 많은 위로를 받았지만 부족했다. 난임, 독서 일기를 쓰며 마음 가득 쳐진 커튼 사이 빛 한 줄기가 비치는 기분이었다. 감정을 깊숙이 들여다보기로 했다. 읽고 쓰기를 반복하는 과정에서 위로받았다. 경험을 공유하고 싶었다. 독자에게 위로받고, 위로할 수 있는 존재가 되고 싶었다.

출간된 난임 에세이가 있는지 찾아봤다. 난임 에세이를 쓰겠다고 했을 때 선물로 받은 미지 작가의 『내가 엄마가 될 수 있을까』가 눈에 띄었다. 그 외 블로그와 개인 SNS에도 난임을 겪고 있음에도 이겨내고 있는 일기가 많았다. 읽으며 '좋아요'와 공감 하트를 누르고 댓글을 남겼다. 얼굴 한번 본 적 없는 작가의 이야기에 서로가 위로를 건네는 사이가 됐다.

국민건강보험공단에 따르면 난임 시술을 받는 부부가 꾸준히 증가해 2023년 기준 15만 명이 된다고 했다. 이런 실정임에도 불구하고 아직 관심은 부족해 보였다. 의료 지원이 부족했다. 이런 사실을 알리고 정부나 의료 기관으로부터 하루빨리 난임을 도움받을 수 있도록 관심의 장을 넓히고 싶었다.

첫 단독 출간 도서인『기다림의 고백 그리고 희망을 위한 여정』이 그 결과다. 혼자 아프고 끝냈다면 책으로 완성되지 못했을 테고 함께 문제 해결을 위해 힘들지만 첫걸음을 뗀 셈이다.

둘째, 독자가 누구일지 생각해 봤다. 10대 청소년을 위한 글인지 2~30대 청년층을 위한 글인지에 따라 말투나 글의 내용이 달라진다.

난임 에세이의 경우 그 대상이 정해져 있다. 예비부부나 신혼부부들이 난임 에세이에 관심이 있다. 실제로 내 책을 구매해서 읽은 독자 중에 신혼부부가 있었다. 아기를 빨리 갖고 싶어서 노력 중이었다. 아기가 뜻대로 생기지 않았고 자연임신이 되었지만 금방 유산이 되었다. 유산하면서 많이 울고 힘들었는데 내 책을 읽고 위로를 받았다고 했다. 자신보다 유산을 많이 해서 더 힘들었을 내가 씩씩하게 이겨나가는 모습을 보고 용기가 생겼다고 했다. 실제로 난임을 겪고 있는 결혼한 지 오래된 부부도 내 책에 관심을 보였다. 주변 지인 중에 난임으로 힘들어하고 있는 사람이 있어서 내 책을 구매한 사람도 있다. 충고나 조언보다 난임을 겪고 있는 사람이 쓴 난임 에세이를 선물로 주면 힘이 된다는 생각으로.

셋째, 적어도 주 3~4회는 SNS를 활용하여 발행했다. 습관이란 것이 무섭다. 글을 매일 쓰는 것이 당연히 부담스러울 수 있다. 그러면 주 3~4회 정도, 또는 한두 줄이라도 괜찮으니 글을 꾸준히 쓰자. 나도 1년 정도 글을 매일 쓰다 보니 글이 좀 더 매끄러워지고 자연스러워졌다는 말을 들었다. '재능 있는 사람은 열심히 하는 사람을 이길 수가 없다.'라는 말도 있다. 글쓰는 연습을 게을리하지 않으면 어느 순간 필력이 좋아졌다는 느낌이 든다. 책을 출간하기 전에 매일 글을 써서 사람들과 소통을 주고받았다. 그러자 사람들이 나의 글을 좋아해 주게 되었다. 책을 출간했다는 소식을 알렸을 때 책을 구매해 주고 홍보까지 해주는 독자(팬)들이 늘어났다. 글을 통해 전국의 사람과 소통하고, 결이 비슷한 사람을 찾아가는 과정을 경험할 수 있다. 실제 친구들보다 오히려 글로 만난 사람들이나 작가들과 더 친하게 지낸다. 치유를 위해 쓰기 시작한 글이지만 어느새 다른 난임 부부들을 위한 글 의사가 되어가고 있다. 다시 한번 강조하지만, 처음부터 잘 쓰는 사람은 없다. 꾸준히 쓰는 사람을 이길 작가는 없다. SNS에서 시작하여 책을 출간하는 작가가 될 수 있다. 고민할 시간에 한 줄이라도 써 보자. 습관처럼 계속 쓰다 보면 한두 줄이 어느새 1,000자 이상이 되어 책으로 탄생할 것이다.

누구나 왕초보다. 삶은 노력하는 왕초보에게 초보가 될 기회를 준다. 글쓰기가 어렵다고 좌절하지 말자. 불가능한 일은 아니지 않은가. 땀 한 방울에 담아내는 문장 하나가 내 삶의 초보가 되는 비법이다.

**대단한 삶을 꿈꿨지만, 쓰고 나니 내 삶이 대단했음을 깨달았다.** 글쓰기

경험이 쌓여 삶의 굳은살이 됐다. 당신에게도 굳은살이 필요하다면 펜을

들자. 내가 해왔던 것처럼.

# |5|
# 내 삶의 거울, 글쓰기
### 백현기

글쓰기는 인생을 창조하는 행위다.

패트리샤 하이스미스

글 잘 쓰는 방법을 몰랐다. 답답함에 온라인에서 진행하는 글쓰기 수업을 수강하기로 했다. 중고등학교 때 낮은 시험 성적 때문에 보습학원 다닌 적은 있었지만, 성인이 되어서는 처음이었다. 수업에서 매일 한 줄이라도 쓰라는 말을 들었을 땐 '도대체 어떤 글을, 어떻게 쓰라는 거야?' 하는 의문만 들었다. 다른 수강생의 글을 읽을 땐, 다들 나와 다른 세상에 사는 듯했다. 나의 하루는 매일 출퇴근만 반복하는 삶이었다. 무엇하나 내세울 것 하나 없어 보였다.

넘지 못할 벽으로만 느껴졌던 글쓰기였건만 나태주 시인의 「풀꽃」에서 해결의 실마리를 찾을 수 있었다. '자세히 보아야 사랑스럽다. 너도 그렇다.'라는 열여섯 글자가 힌트였다. 시인의 말처럼 하루를 돌아봤다. 글감이 될 만한 일은 없는지 찾아봤다. 처음엔 대부분 시간을 직장에서 보내고 있었으므로 '내가 무슨 글을 쓰겠어.' 했다. 더 자세히 들여다봤다. 그러자 모든 순간이 선명해지기 시작했다.

어제와 다른 오늘은 없는지 메모했다. 매일 똑같은 일상의 반복이라 생각했던 날이 아니었다. 출근길 마주치는 신호등을 한 번에 지나기도 했고, 갑자기 끼어드는 차량에 사고 날 뻔한 적도 있었다. 점심시간 메뉴는 매일 달랐고, 오후에 부는 바람과 햇살까지도 모두 달랐다.


지인들과 참가한 주말농장 경험을 글에 옮겨봤다. 약 20평 정도의 밭을 일구고 가지와 수박, 호박, 고추를 심었다. 처음 맨땅을 고르기 위해 크고 작은 돌을 나를 땐 손가락이 아팠다. 봄부터 시작된 농장 준비는 한 달 동안 반복됐다. 잡초도 제거해야 했다. 틈틈이 농장에 들러 영양 비료도 줬다. 기상예보에 태풍 소식이 들리는 날엔 미리 농장으로 가 모종을 묶어놓은 기둥에 망치질했다.

모든 과정이 글쓰기와 닮아 있었다. 땅을 가꾸고 농작물을 수확하는 모든 시간은 마치 내 삶에 불필요한 불순물을 걸러내는 과정 같았다. 일종의 관계 정리였다. 사람과의 관계, 습관, 낭비하는 시간 등. 삶에서 중요한 일에만 집중하자 그제야 제대로 된 글쓰기 준비가 된 듯했다.

한번은 지인으로부터 '어떻게 매일 글을 씁니까?'라는 질문을 받은 적 있다. 브런치 스토리에 쉬지 않고 글을 올리기 때문이었을 터다. 쉬운 일이 아니다. 그러나 불가능한 일도 아니다. 힘든 일이기 때문에 의미 있는 일이다. 해결되지 않던 글의 마침표를 하나 찍는 순간 또 다른 삶을 시작하는 기분이 든다. 맛있는 음식도 먹어봐야 맛을 알 수 있듯 아무리 글쓰기의 매력을 이야기한들, 직접 써보지 않으면 모른다. 음식도 함께 먹어야 맛있는 것처럼, 글도 함께 쓰면 더 즐겁다. 그런 의미로 지금부터는 나만의 글쓰기 4단계 비법을 공유해볼까 한다.

1단계. 우선 A4용지 흰 여백에 압도당하지 않도록 마음의 여유를 가지자. 한글이던, 메모장, 워드 등 문서 프로그램을 켜는 순간 대부분의 글자 크기는 10포인트 내외다. 처음 마주 보는 장면은 흰 바탕화면에 깜박이는 마우스 커서다. 한 편의 글을 완성하려면 약 800~1,000글자를 써야 한다. '나는 글쓰기를 배운 적이 없어서 못 하겠습니다.' 하면 굳이 양을 가득 채울 필요 없다. 오늘 내가 경험한 일 몇 줄, SNS에 올렸던 과정까지 모두 글쓰기다. 글씨 크기를 키워서 써도 된다. 양을 채우려 바둥거릴 필요 없다. 쓰는 과정을 즐기면 그만이다.

2단계. 내 이야기가 곧 글이 될 수 있다는 사실을 알아야 한다. 몇 년째 읽는 책이 있다. 〈좋은 생각, 에세이, 샘터〉라는 월간 잡지다. 매달 새로운 사람들의 새로운 이야기가 실린다. 아이러니 한 건, 대부분 늘 내가 겪었던, 혹은 미래에 있을 법한 일이라는 것이다.

추운 겨울 길거리 포장마차에서 먹었던 떡볶이의 매운맛이 생각난다던가, 오랜만에 연락이 닿은 친구와의 사소한 이야기까지. 누군가에게는 잊기 쉬운 평범한 이야기지만 쓰는 순간부터 나의 특별함이 된다. 이렇듯 내 주변에서 있었던 기억 중에서 하나를 골라 종이에 옮기기만 하면 된다.

3단계. '사람들'이 아니라 '사람'에게 쓰면 된다. 친한 사람과 밥 먹고 커피 한잔할 땐 자연스럽게 상대방을 향해 몸이 기운다. 눈과 입을 번갈아 보며 어떨 때는 고개를 끄덕이고 손뼉도 친다. 그게 대화다. 낯선 사람과 대화할 때 역시 마찬가지다.

열 명, 스무 명이 넘는 사람들에게 쓴다면 그땐 어떨까? 글쓰기는 발표가 아니다. 경험담이다. 이야기이고, 대화다. 누군가에게 자랑하거나 평가받기 위해 노력할 필요가 없다. 내 이야기 들어줄 한 사람을 앞에 앉혀놓았다고 생각하며 혼잣말을 이어가면 그만이다. 초고는 입으로 쓴다는 말이 이 때문이다. 중얼중얼하며 손을 쉬지 않으면 쓸 수 있다.

마지막으로 공감이 있어야 한다. 독자만이 누릴 수 있는 권리가 감동이다. 공감이 있어야 감동도 생긴다. '마블' 코믹스의 영웅 이야기, 로봇 영화의 남자 주인공 이야기는 허구가 바탕이다. 그걸 보고 우리는 공감이라고 하지 않는다. 재미라고 말한다. 공감이란, 사람의 글을 읽음으로써 "나도."라는 감정의 씨앗을 마음 한구석에 심어두는 일이다. 그것이 글의 역할이다. 그러므로 공감받을 수 있는 이야기를 쓰겠다는 마음, 일상의 모든 일을 기록하겠다는 삶의 태도가 필요하다.

그동안 보지 못했던 나의 일상을 모두 백지에 그렸다. SNS에 게시한 글에 '공감' 표시와 '댓글'이 하나씩 늘었다. **잘 쓰고 싶은 마음보다는 계속 쓰는 사람이 되고 싶다. 괜찮은 글을 쓰는 사람이 되기 위해 괜찮은 사람이 되고 싶다.** 정답은 없지만, 나만의 해답을 완성하는 사람이 되고 싶다. 이 마음 하나가 나의 꾸준한 글쓰기 비법이다.

처음부터 잘 쓰는 사람은 없다. 실력은 빈도에서 나온다. 많이 쓰고, 고치는 반복 속에서 조금씩 나아진다. 그렇게 고칠 수 있다는 건 글쓰기의 가장 큰 특권이다. 삶은 되돌릴 수 없어도, 글은 언제든 다시 써볼 수 있다. 그래서 나에게 글쓰기는, 언제든 삶을 돌아보게 만드는 거울이다.

# | 6 |

# 글자가 속삭이는 비밀스러운 고백

### 쓰꾸미

> 말은 창조와 파괴의 두 가지 힘을 가지고 있습니다. 잘 선택해야 합니다.
>
> 로빈 샤르마

글은 나의 일상을 살아가는 모습을 대변한다.

아침에 쓰고 점심에도 쓰고 저녁에도 쓰고 있지만 쓸 때마다 쉽지 않다. 왜 이리 여백이 넓은지. 써도 써도 채워지지 않는 공간을 보며 내가 써온 글의 줄 수를 계속 세어 본다. 혹시나 내가 실수로 한 줄이라도 더 쓴 건 아닌지 계속해서 센다. 글쓰기 전 스케치하듯 낙서를 끄적거리고 키보드를 두들긴다. 미대생이 사람 얼굴을 그리는 것과 비슷하다. 그림을 잘 그리는 사람도 처음의 시작은 원, 세모, 네모를 그리는 배치부터 시작한다. 나도 그런 느낌으로 초고를 쓴다. 여백에 어떠한 내용으로 채울지 큰 흐름을 결정하고 한 줄씩 채워 나간다. 어떤 날은 그분이 오셔서, '재수'를 맞는다. 글이 잘 써지는 날이다. 그런데 어떤 날은 쓰고 싶어도 한 줄을 넘기기 힘들다. 왜 이리 안 써지나 이유를 찾아보면, 핑계를 찾는 나와 만난다. 마치 오늘 나에게 오른쪽 발목이 아프다는 핑계로 운동을 하지 않는 아내의 모습처럼.

한 단락을 쓰면서 작은 여행을 다녀온다. 여백에 단어 하나로 시작하고, 그 단어들이 모여 한 줄을 이룬다. 그런 줄들이 하나의 이야기를 만들면서 문단을 만든다. 글이 일상에 따라 좋은 일, 나쁜 일, 기쁜 일, 슬픈 일, 짜증스러운 일, 기억하고 싶은 일처럼 다양한 색채를 가지며 하나씩 내 블로그나 한 개의 파일로 컴퓨터에 쌓인다.

모여진 글 중에 어떤 글을 세상에 꺼내놓아야 할지 걱정하던 때가 있었다. 내가 쓴 글이 사람들에게 이야기되며 좋은 글이 될지, 논란이 되는 글이 될지. 고민이 많았던 시기였다. 착각이었다. 블로그에 주변 사람의 안좋은 일을 써 놓아도 당사자는 관심이 없었다. 내 글에 관심이 없음이 정상이었고, 특이하게 반응이 있는 게 비정상이었다. 그런데 글쓰기 코치가 이런 조언을 했다. 한 사람을 위해서 글을 쓰고, 그 사람이 읽어주기만 해도 행복한 일이라고. 난 이 조언에 동의하지 않는다. 처음부터 십만 명 이상이 내 글을 읽고 좋아하고, 아껴주었으면 하는 바람에서 글쓰기 시작한다. 많은 독자를 목표로 글을 써야 열 명이라도 내 글을 아껴줄 수 있다고 믿는다. 종이책 한 권이 나와 독자의 손에 들리기까지 많은 도움이 필요하다. 한 명을 목표로 쓴다며, 내 마음 하나 편하게 쓰는 결정이 나와 맞지 않는다. 처음부터 글쓰기를 시작하기 전에 목표에 솔직해졌다. 내 목표는 많은 사람에게 사랑받는 작가다. 강연도 하고, 나를 좋아하는 수많은 팬을 만들고 싶다. 좋아하는 글을 쓰고 좋은 사람을 만나는 시간의 자유도 획득하고 싶다. 솔직한 내 목표를 마주하며 써야 하는 이유는 쓰는 동안의 어려움이나 괴로움을 견딜 수 있다고 확신하기 때문이다.

시작하려고 마음을 먹은 다음 글을 써야 한다. 쓴다는 마음을 먹자마자 어떻게 시작할지 모르는 어려움을 마주했다. 그래서 댓글 달기부터 시작했다. 나는 매주 1시간이 넘는 시간 동안 글쓰기 수업을 듣는다. 강의를 한 사람은 본인 에너지를 수업에 쏟아붓기 마련이다. 정성을 담은 후기를 작성하고, 강의한 사람이 보면 어떤 반응일지 상상했다. 다음에 더 좋은 강의를 하고 싶다는 동기를 선물하고 싶었다. 이미 수업료를 냈으니까 줄 수 있는 게 끝났다고 생각하면 아쉬웠다. 그런 마음에서 수업이 끝나고 30분 내로 후기와 댓글을 달았다. 내 후기를 보고, 사람들이 좋아하길 바라는 마음으로 적었다. 그 작은 배려가 다시 다음 강의에서 더 좋은 수업으로 이어졌다. 즉, 선순환의 시작이다. 그리고 각자가 쓴 후기나 댓글은 반드시 관련된 사람이 읽는다. 시점의 차이가 있을 뿐, 읽는다. 나보다 일상을 쫓기듯 살아가는 빌 게이츠도 여유가 있을 때가 있다. 빌 게이츠는 자신의 블로그에는 댓글을 회신하지는 않지만, 레딧(Reddit)에서 "Ask Me Anything"(AMA) 세션을 통해 사람들과 직접 소통을 선호한다. 나 역시 여유가 있을 때, 지금까지 출간하였던 책을 네이버 검색창에서 뒤적거리며 후기를 찾아본다. 다른 사람으로부터 인정받고 관심을 받고 싶어 하는 지극히 일반적인 사람이기 때문이다. 우연히 내 마음에 닿은 댓글을 만나면, 그 마음이 고마워 다시 댓글을 작성한다. 그렇게 사람의 마음을 움직이는 글을 조금씩 댓글로 연습한다. 내 아내도 배달의 민족 어플로 음식을 시켜 먹고 후기를 작성하고 서비스를 받았다. 쿠팡에 리뷰 참여를 통해 상품 지원으로 이어진 것이다. 이처럼 댓글 작성은 마음을 움직이는 글을 쓰는 시작점 중 하나다.

　글을 쓸 때는 하나만 집중한다. 왜 이 글을 쓰고 있는지에 초점을 맞춘다. 글을 쓰기 전에 메모나 낙서하더라도, 글을 쓰다 보면 나만의 세계에 빠져 흐름이 왔다 갔다 한다. 그래서 글을 쓰는 동안에 단 하나, 이 글을 쓰는 이유를 유념하며 쓴다. 이렇게 써도 방심하면 목적지를 잃고 무엇을 쓰고 있는지 모르는 글이 내 눈앞에 있기도 하다. 이런 현상이 발생하는 경우는 대부분 내 이야기를 쓰는 것이 아니라, 남에게 보이고 과시하고 싶은 글을 쓸 때다.

　하나에 집중하면서 쓴 글을 마무리 전에 한 가지 더 살펴볼 것이 있다. '빼기'에 집중하는 일이다. 내 다이어리에는 일상을 바꾸려고 다짐하는 문장이 있다. 바로 '덜 중요한 것 안 하기.'라는 문장이다. 매일 아침에 일어나 소리 내어 읽고 확인 표시를 한다. 글을 쓸 때도 마찬가지다. 글을 검토하는 과정 중에 덜 중요한 것은 빼려고 노력한다. 그런데 쉽지 않다. 여백을 채워 온 내 노력의 흔적이 내 눈에만 보여 쉽게 delete(삭제) 버튼에 손이 올라가지 않는다. 쉽지 않은 일을 하면 남들과 차별화를 둘 수 있다. 남들과 다른 나만의 가치를 글에 녹였다는 생각으로 차별화를 실천한다. 그래도 쉽지 않기에 글쓰기는 늘 아쉬움을 남긴다. 그렇게 글을 일단락 짓는다.

내가 좋아하는 글 쓰는 방법을 공유했다. 내 글이기에 감정, 생각에 대해서 솔직하게 써야 후회를 덜 한다. 가끔은 내 글쓰기 실력이 부족하다는 핑계 뒤로 숨는 비겁한 행동을 하기도 했다. 비겁한 포기를 하고 나면 늘 후회했다. 현실을 살며 생계를 걱정을 운명이라는 단어에 숨겼다. '운명'이라는 단어는 검은색을 가졌다. 내 삶을 검은색으로 칠하며 모든 그림을 똑같이 만들었다. 그리고 내 마음대로 살지 못한다고 투덜댔다. **글쓰기만이라도 내 마음대로 써보기로 선택했다.** 다 쓰고 나면 후회할지도 모른다. 아니, 했다. 내가 선택했는데 후회해야지, 어떻게 하겠는가. 후회가 남는 순간, 나 자신에게 물었다. 후회되는 문장에 한 글자쯤이라도 고쳐볼 수 있지 않겠냐고. 그럼 착하고 긍정적인 내 마음이 다시 시작하자고 답해 줬다. 지금의 나와 검은색으로 덧칠한 나는 분명 다르다. 방황하고, 후회하고 돌아온 나는 항상 조금씩 더 강해졌다. 후회해 본 내 글쓰기 실력이 더 빠르게 성장한다고 믿는다. 그래서 오늘도 쓴다.

# |7|

# 글로 이어가는 나

**육이일**

당신의 이야기는 세상에 단 하나뿐이다. 그러니 두려워하지 말고 써라.

닐 게이먼

코로나 팬데믹이 시작되자마자, 나는 전국에 흩어져 있는 지인들과 함께 '성경 필사 모임'을 만들었다. 하루에 한 장씩 읽고 쓴 내용을 단톡방에 올리는 단순한 규칙이었지만, 그 작은 시작이 나에게 큰 변화를 일으켰다. 처음엔 열다섯 명이 시작해서 6년이 지난 지금은 여섯 명이 남았다. 혼자였다면 시작조차 못 했을 길을 우리는 여전히 함께 걷고 있다.

서로를 응원하기 위해 맛있는 밥을 사주거나, 커피를 건네거나, 편지를 써주는 작은 미션을 만들어 꾸준히 실천했다. 체크리스트를 만들고 하나씩 확인하며 느린 걸음도 괜찮다고, 오늘 하루를 썼다면 그걸로 충분하다고 스스로를 격려했다. 그렇게 우리는 일상의 한 부분을 글쓰기로 채워 나갔다. 처음에는 단순히 해야 할 일처럼 느껴졌지만, 시간이 흐르면서 글을 쓰는 행위 그 자체가 나를 돌아보게 만들었다. 바쁘고 지친 날에도 꾸준히 글을 올리며 서로의 글을 읽어주었다. 자연스럽게 다른 글쓰기 모임에도 발을 들이게 되었다.

매일 10분 책을 읽고 공유하는 '하루 10분 독서', 15분 동안 글을 쓰고 인증하는 '1515 글쓰기', 그림책을 읽고 느낌을 나누는 '글빛글빛 그림책', 그리고 평생회원 정규방까지. 다양한 이름만큼이나 다양한 사람들과 다양한 이야기가 모였다. 단톡방에는 아침부터 늦은 밤까지 끊임없이 글이 올라왔다. 누군가는 감동적인 문장을 인용했고, 누군가는 자신의 생각을 짧게 적어 공유했다. 어느새 나는 글을 쓰는 사람이 되었고, 다른 사람의 글을 읽으며 공감하는 법도 배웠다. 매일 10분씩 책을 읽고 인상적인 구절을 손글씨로 남기거나, 책의 한 페이지를 그림과 함께 기록했다. 그렇게 '나만의 책'이 한 권, 두 권 점점 쌓여갔다. 단순한 기록이었지만, 그것은 나와의 대화이자 나를 발견하는 과정이었다.

'1515 글쓰기'를 다시 시작한 첫날, 감기몸살이 심하게 왔다. 손가락 하나 까딱하기 어려웠다. "이번엔 신청하지 말걸 그랬나?" 후회도 잠시, 뼛속까지 아팠던 첫날을 빼고 나머지 14일을 채웠다. 마지막 날, 열 명 중 두 명만이 상을 받았다.

"15일 동안 하루도 빠짐없이 글을 쓰며 단톡방에 자신의 글을 공유하였습니다. 일상을 글에 담아 다른 사람에게 공감과 동기부여를 주었기에 '최선을 다했상'을 드립니다."

솔직히 아쉬웠다. 하루쯤은 봐주지 않을까? 하는 기대는 내 착각이었다. 그날 이후 어떤 핑계도 대지 않기로 결심했다.

다양한 글쓰기 모임 중 가장 기대되는 모임은 '글빛글빚 그림책'이다. 한 달에 두 번, 추천된 그림책을 읽고 그 책을 통해 추억을 나눈다. 그림책 속 단순한 이야기에서 각자의 삶이 비춰지고, 나 역시 내 안의 이야기를 꺼내 놓았다. 아이를 키울 때는 몰랐던 그림책의 진가를, 이제야 온전히 느끼고 있다.

매일 글을 쓰고 내 이야기를 풀어내며 알게 되었다. 처음에는 '내 글이 과연 누군가에게 도움이 될까?' 고민하며 망설였지만, 어느 날 내 글에 달린 댓글 하나가 불안함을 단번에 날려버렸다.

"네 글은 동양란 같아. 화려하진 않아도, 은은한 향이 나는 글이야. 그 향이 누군가에게 닿는다면 그걸로 충분해."

그 후로 나는 내 글을 평가하는 두려움에서 자유로워지기로 결심했다. 그 순간부터 내 이야기를 담담하게 세상에 꺼내놓는 일이 훨씬 쉬워졌다.

어느 날 지인이 물었다. "글을 쓰면 뭐가 좋아?" 나는 웃으며 대답했다.

"생각들이 정리되고, 왜곡된 기억도 바로잡혀요. 가장 좋은 점은 **내 글이 나를 위로할 뿐만 아니라, 비슷한 마음을 가진 누군가에게도 위로가 될 수 있다**는 거예요. 그게 기쁨이 돼요. 책 속의 한 줄을 만나면 무거운 마음이 가벼워지고요. 그냥… 다 좋아요."

글쓰기를 시작한 이후, 내 삶과 주변이 어떻게 변화했는지 떠올려 봤다.

30년 지기 친구는 일기를 쓰기 시작했고, 또 다른 친구는 아버지에 대한 시를 쓰며 눈물을 흘렸다. 내가 시작한 글쓰기의 작은 발걸음이 결국 가까운 사람들에게도 영향을 주고 있었다. 처음 글쓰기를 시작했을 때, 나는 내 이야기와 마주했고, 세상과도 마주했다. 그때는 매일 한 문장씩 쓰는 것도 어려웠지만 조금씩 내 이야기를 풀어가며 내가 어떤 사람인지 무엇을 원하는지 알게 되었다. 글쓰기는 단순히 말로 표현할 수 없는 감정들을 꺼내는 일이었다. 내가 나를 이해하는 과정이었고, 그 안에서 나만의 길을 찾는 일이었다. 그런 순간들이 쌓여 내 삶의 일부가 되었다. 글을 쓰며 내 안의 소리를 들을 수 있었고, 그 소리를 세상과 나누는 기쁨도 알게 되었다.

글쓰기는 단순히 생각을 기록하는 것이 아니다. 그것은 삶을 이어가는 방법이다. 내가 좋아하는 그림책을 찾았던 것처럼, 당신도 언젠가는 자신이 좋아하고 잘하는 것을 통해 자신을 표현하는 방법을 발견하게 될 것이다. 때로는 길을 잃고 방황할 수도 있지만, 그 과정 속에서 결국 당신만의 길을 찾아낼 것이라 확신한다.

우리의 삶은 이미 그 자체로 충분히 의미 있다. 남의 삶이 더 멋져 보일 때도 있지만, 그건 잠깐일 뿐이다. 내 삶이, 당신의 삶이 바로 소중하고 특별하다. 그러니 오늘도 자신만의 속도로 나만의 길을 걸어가자. 그 길은 결국 당신이 쓰는 이야기로 이어질 것이다.

**"네 인생을 멋지게 살아가면 돼. 너는 이미 충분히 빛나는 삶을 살고 있어."**

# |8|

# 두 장으로 이룬 출간의 꿈

이연화

글 쓰는 사람은 세상과 소통하려는 마음을 가진 사람이다.
그들의 글은 자신뿐만 아니라, 세상과의 대화이기도 하다.

칼릴 지브란

"꼴랑 두 장?"

오십 명이 함께 쓴 『내 삶의 귀인』 공저 책에서 내 분량을 확인한 남편이 말했다. 남편은 결과물을 보고 얘기하지만 두 장이 나올 때까지 쓰고 지운 문장을 생각하면 뿌듯하다. 꼴랑 두 장이었지만 그 글을 쓰는 것은 쉽지 않았다. 나는 가스라이팅 피해자였다. 7년 동안 이어졌던 인연이 가스라이팅 이었다는 것을 10년이 지나 심리 상담을 받으며 알게 되었다. 그 사람은 학부모이자 동네 언니였다. 처음엔 다정하고 친절한 사람이었다. 하지만 시간이 흐르면서 그녀의 말과 행동에 위축되고 있는 나를 느꼈다. 그때는 이미 나는 그녀의 기분을 살피고, 그녀가 원하는 대로 행동하는 게 익숙해져 있었다. 심리 상담을 통해 알게 된 진실은 충격적이었다. 그녀는 내가 행복해하는 모습과 친정 식구들에게 받는 관심과 사랑을 질투하고 있었다. 나를 통제하려 했던 이유도 결국은 시기와 질투에서 비롯된 것이었다. 하지만 당시의 나는 그것을 전혀 깨닫지 못했다. 그녀는 항상 말했다.

"이게 다 널 위해서 하는 말이야."

그 말을 믿고 따랐던 것이 결국 나를 무너뜨리는 길이었다. 나에게는 이 말이 세상에서 가장 두려운 말이 되었다. 그러나 인정할 수밖에 없는 과거이자 현실의 상처였다. 내가 '함께 행복한 삶을 위한 글쓰기'에 관심을 갖게 되었던 것도 그런 내 안의 상처를 알아가고, 극복하기 위한 하나의 도구였다. 내가 글 쓰는 작가를 마음먹은 이유 또한 나를 돌보기 위해서였다. 나의 이야기를 글로 표현하는 것은 쉽지 않았다. 글쓰기는 내가 행복해지기 위해서 거쳐야 하는 관문이다. '두드리면 열릴 것이다.'라는 인생 모토처럼 반짝 작가가 아니라 꾸준히 글을 쓰는 작가로서의 기회를 이어가고자 한다. 『내 삶의 귀인』 공저 덕분에 작가라는 호칭은 조금 익숙해졌다. 유명한 작가는 아니어도 독자의 공감을 얻을 수 있다면 초보 작가로서 자질은 있다고 생각한다.


'잘 쓰려고 하지 말자, 간결하게 쓰자, 진심을 담아 쓰자.' 나는 글을 쓸 때마다 세 가지를 생각한다.


첫 번째, 잘 쓰려고 하지 말자. 잘 쓰고 싶었다. 그래서 잘 쓰는 방법에 관한 책을 찾아 읽었다. 정여울 작가의 『끝까지 쓰는 용기』, 유시민 작가의

『글쓰기 특강』처럼 글쓰기 방법을 구체적으로 안내하는 책이 많다. 초보 작가에게 도움 되는 내용이다. 나의 경우엔 책을 읽을수록 나도 잘 쓰고 싶다는 욕심이 앞섰다. 잘 쓴다는 기준도 잡지 않은 채, 책의 내용을 반영해 보려고 하니 글은 점점 어색해졌다. 이제는 내가 초보라는 사실을 기억하며 끝까지 편안하게 써보려 다짐한다. 잘 쓴 글이란 결국, 내가 말하고자 하는 메시지를 독자가 쉽게 받아들이는 글 아닐까. 어렵게 쓴다고 좋은 글이 되는 건 아니다. 나도, 독자도 편안함을 느낄 수 있다면 그것이 진짜 좋은 글일 것이다. '양질 전환의 법칙'처럼, 많이 쓰면 결국 좋은 글이 나온다고 믿는다. 잘 쓰려 애쓰기보다 매일 조금씩 꾸준히 써보려 한다. 생각이 많아질 때면 스스로에게 말한다. '그냥 쓰자. 잘 쓰려 하지 말고, 편안하게 끝까지 가보자.'

두 번째, 간결하게 쓰자. 독자로서 책을 읽다 보면 끝까지 읽기도 전에 책을 덮는 경우가 생긴다. 무슨 말인지 알아듣기 어려워서다. 어려운 이유는 상황 설명이 구구절절 길거나 장문이었을 때다. 예를 들어 '나는 문을 열고 집 안으로 들어섰다. 현관에 들어서자마자 쌓인 신발들이 눈에 띄었다. 아이들이 아무렇게나 벗어둔 신발이 뒤엉켜 있었다. 나는 신발을 하나씩 정리하며 속으로 한숨을 내쉬었다.' 이렇게 길게 쓸 수도 있다. 하지만 간결하게 표현하고 정리할 수 있다.

'현관에 들어서자마자 아이들이 벗어둔 신발이 어지럽게 널려 있었다. 나는 신발을 정리하며 한숨을 쉬었다.' 이렇듯 불필요한 설명을 줄이면 독자는 더 빠르고 명확하게 장면을 이해할 수 있다.

결국, 간결한 글이 더 좋은 글이 된다. 초고 쓸 때야 그렇게 해도 문제없지만 퇴고할 땐 문장을 지우고 다듬어야 한다. 그래야 작가가 독자에게 말하고자 하는 메시지가 잘 전달된다. 독자가 책을 덮지 않도록 작가의 배려가 필요하다. 나도 초보 작가로서 이 점을 항상 염두에 두고 글을 쓰려 한다.

세 번째, 진심을 담아 쓰자. 진심은 통한다는 말이 있다. 하지만 진심을 담았다고 해서 반드시 좋은 글이 되는 것은 아니다. 작가가 자신의 어려움을 나누는 이유가 독자를 위로하기 위해서인지, 단순한 하소연인지 독자는 금방 알아차린다. 내 아픔과 상처를 글로 표현할 때, 감정에 치우치지 않도록 조심해야 한다. 감정이 과하게 드러나면 독자는 공감하기보다 부담을 느낄 수 있다. 나는 담담하게, 진정성 있게 쓰려고 노력한다. 나와 같은 경험으로 고통받는 독자들이 있을 것이다. 그들에게 위로가 되는 글, 마음을 어루만져 줄 수 있는 글을 쓰고 싶다. 감정을 줄이고 차분하게 써 내려갈 때, 오히려 더 깊이 와닿는 글이 된다는 것을 배워가고 있다.

'함께 행복한 삶을 위한 글쓰기'는 나에게 작가로서의 자부심과 용기를 주었다. 다양한 작가들의 글을 읽으며 인간으로서의 마음가짐도 깊어졌다. 세상을 바라보는 시선도 많이 바뀌었다. 무엇보다 사람들 모두 희로애락을 겪으며 살아간다는 것을 깨달았다. 내가 작가들의 글을 통해 용기와 위안을 얻은 것처럼 나의 글이 누군가에게 도움이 되길 바란다. 『모든 순간마다 선

택은 옳았다』란 작가들의 공저 책을 만나면서 함께 글을 쓰고 싶다는 마음
이 들었다. 그 결과 선배 작가들과 함께 작가로서의 길을 가게 되었다. 책은
나에게 말했다. "어떠한 선택을 내리든 다 괜찮다."고. 이 한 문장이 나를
위로했고, 앞으로 나아갈 용기를 주었다. 책이 주는 힘은 생각보다 컸다. 그
리고 지금, 나는 또 한 번 선택의 순간에 서 있다. 작가라는 삶을 선택한 것
또한 옳은 선택이라 믿는다. 내가 글을 쓰며 얻은 위로와 용기를 누군가에
게 전할 수 있다면, 그것만으로도 충분히 의미 있는 길이 될 것이다.

"삶에는 정답이 없으니, 매 순간 나의 선택을 믿어보자."

- 『모든 순간마다 선택은 옳았다』 중에서

이 책을 읽으며 깨달았다. 중요한 것은 완벽한 선택이 아니라, 내가 내린
선택을 믿고 나아가는 용기라는 것을 말이다.

나는 작가의 삶을 살아가고 있다. 하루를 '감사 일기 한 줄'로 마무리한
다. 그것은 내 글쓰기의 시작이자, 일상 속 감사를 발견하는 나만의 솔루션
이다. 누구나 작가가 될 수 있다. '감사 일기 한 줄 쓰기'가 '꼴랑 두 장'의 출
간 작가를 만들어준 것처럼 말이다. 용기 내서 도전해 보자. 두드리지 않으
면 문 너머의 세상을 경험할 수 없다. **글쓰기가 삶을 행복하게 만드는 제일
빠른 지름길이 될 수 있다.** 직접 경험해 보고 함께 글을 쓰며 행복한 삶을
위한 글쓰기를 해보길 바란다.

# |9|

# 나를 고쳐 쓰며 사는 행복

### 조지혜

글쓰기는 삶을 다시 한 번 살아보는 것과 같다.

브라이언 올디스

"사장님, 안녕하세요. 이 옷 지퍼가 고장 났는데 고칠 수 있을까요?"

"일단 해봐야 알겠죠? 완벽하게는 아니어도 지퍼 세트를 새로 달 수는 있을 거예요. 쉬운 일은 아니지만."

몇 년 동안 겨울마다 검은색 롱패딩을 즐겨 입었다. 어느 날 지퍼 고리를 급하게 올리려다 길이 어긋나 버렸고, 아무리 움직여도 꼼짝하지 않았다. 결국 수선집에 맡겼다. 과연 다시 입을 수 있을까? 며칠 후 수선집에서 옷이 다 고쳐졌으니 찾아가란 연락이 왔다. 새 지퍼가 달린 패딩이 돌아왔다. 원래 은색이던 지퍼 대신 검은색으로 바뀌어 마음에 쏙 들진 않았지만, 옷을 포기하지 않아도 된 게 다행이었다. 고친 김에 더 입기로 했다. 수선비 2만 5천 원으로 새 패딩 값을 아꼈다.

나는 면역력이 약해 자주 피곤하고 잔병치레도 많다. 알레르기비염 탓에 계절이 바뀔 때마다 코가 성할 날이 없다. 더 늦기 전에 스스로를 돌보기로 마음먹었다. 비록 마흔이 되어서야 시작한 일이지만, 지금은 충분히 자고, 채소를 잘 챙겨 먹고, 식염수로 코를 세척하는 등 작은 실천들을 이어가고 있다. 한때는 오래달리기에서 늘 꼴찌였지만, 이제는 1년에 두 번씩 마라톤에 참가하기 위해 30분 이상 달리는 습관을 유지하고 있다. 내게 남은 인생이 얼마일지 알 수 없기에 나를 조금씩 고쳐가며 살기로 했다.

초등학교 2학년이 된 둘째 아이의 글씨. 제대로 알아보기 어렵다. 분명 한글인데 내가 모르는 글자 같다. 6인지 0인지, 4인지 9인지 숫자도 헷갈리고, 알파벳도 종이 위에서 날아다닌다. 1년 동안 수도 없이 얘기했는데 쉽게 바뀌지 않는다. 칭찬도 하고 단호하게도 말해봤지만 돌아오는 건 씩씩거리는 소리뿐이다. 심호흡하고 아이에게 말했다. "비읍은 잘 썼네. 리을만 고쳐 써 보자. 지우개로 지우고 다시 쓸 수 있어서 다행이야. 그렇지?" 문득 생각했다. 내가 글쓰기를 하지 않고 아이에게만 시켰다면 "몇 번을 말해? 글씨 또박또박 쓰라고 했지?"라고 윽박지르기만 했을지도 모른다. 다행히 다시 고쳐 쓸 수 있다고 말해줄 수 있게 됐다. 한 번씩 속에서 천불이 나서 입 밖으로 불꽃이 튀긴 하지만 이 또한 횟수와 강도가 줄어들고 있다.

'사람 고쳐 쓰는 게 아니다.'라는 말이 있다. 그만큼 사람의 천성을 바꾸기 어렵다는 얘기다. 나조차도 마음에 안 드는 부분을 쉽게 고칠 수 없는

데 남이 변하길 기대했던 내가 얼마나 오만했던가. 하지만 글은 고칠 수 있다. 고칠수록 군더더기가 없어진다. 맞춤법과 띄어쓰기, 비문 등 오류를 잡아내고 중요한 내용과 굳이 필요하지 않은 내용을 골라낸다. 속상함이나 불안, 염려, 두려움 속에서 쓴 글을 여러 번 덜어낼수록 서서히 감정이 엷어지며 어느 순간 덤덤해진다. 김선영 작가는『오늘부터 나를 고쳐 쓰기로 했다』에서 말했다. 원망하고 서러워할 시간을 아껴 나를 사랑하고 돌볼 줄 아는 사람이 되었다고. 내 인생도 고쳐 쓰며 살기로 했다. "이번 생은 틀렸어, 다시 태어나야 해." 이런 말을 쉽게 하지 않으리라 다짐했다. 그런데 책을 내고 보니 또 다른 고민이 생겼다. 사람들이 본뜻이 아니라 사소한 부분에서 트집 잡으면 어떡하지? 모든 사람을 만족시킬 수 없다는 걸 알면서도 여전히 오해와 비판받을 수 있다는 사실은 여전히 두렵다. 그럼에도 불구하고 다시 태어나지 않고도 삶을 바꿀 방법이 있다면, 그건 역시 글쓰기와 책 쓰기다.

글을 잘 쓰고 싶어 다양한 책을 꾸준히 읽으려고 노력한다. 글을 정확히 읽고 이해하는 건 점수를 잘 받기 위한 목적이 아니다. 더 중요한 사실은 사람과 세상을 오해하지 않고 이해하며 소통하는 거니까. 지금보다 폭넓은 이해를 바탕으로 쓰는 글도 좋아질 테다. 혼자 시작하기 막막하다면 동료를 찾아보자. 여행할 때 동행이 있으면 가는 길이 즐겁고 가이드가 있으면 잘못된 방향으로 가는 일이 적다. 책 쓰기도 마찬가지다. 독자를 위한 글을 쓰고 싶다면 책 출간까지 안내해 줄 멘토의 도움을 받는 것도 좋은 방법이다. 나만 보는 글을 벗어나 독자를 위한 글을 쓰고 싶다면, 공동체에 몸담아 보길 추천한다. 글쓰기는 물론 혼자 하는 작업이지만 함께 쓰다 보면 더 힘이 나고 완주할 수 있을 테니까.

지나온 인생을 바꿀 수는 없다. 하지만 **아픈 몸과 마음을 조금씩 고쳐가면 삶이 변화하듯, 글도 계속 고쳐 쓰면 앞으로의 인생을 바꿔나갈 수 있다.** 일기장에 쓰든, 스마트폰 메모장을 활용하든, 블로그나 SNS에 오늘 당장 한 줄이라도 써보자. 짧은 리뷰 한 줄, 인스타그램 댓글 하나도 글쓰기의 시작이다. 그 한 줄이 인생을 바꿀 수도 있다. 한때 싸이월드에 감성 가득한 글을 남겼다면 그 시절이 그리울 것이다. 흑역사도 시간이 지나면 추억이 된다. 괜히 이불킥 하지 말고 빈 화면 앞으로 다시 돌아가 보자. 과거의 나에 대한 그리움을 담아 오늘을 쓴다면 또 다른 이야기가 시작될 것이다. 기억하자. 우리는 언제든 고쳐 쓸 수 있다는 사실을. 이제 쓰고, 수정하면 된다.

# 글을 그리는 삶

### 조하나

나는 그림과 글을 통해 나를 표현한다. 그것이 나의 존재 이유다.

프리다 칼로

　스무 살이 되면 그동안의 제약에서 벗어난다. 나 또한 학생 신분으로는 할 수 없었던 알록달록한 색을 온몸에 칠했다. 반짝거리고 생기 넘치는 화려함은 손끝까지 챙겨야 완성이었다. 뽀얀 손에는 어떤 색을 칠해도 예쁘기만 했다. 보드라운 카디건을 만질 때마다, 까르르 잇몸 웃음을 가릴 때마다 반짝거리는 손끝은 즐거움을 더했다. 그때의 생기가 옅어진 지금의 손끝은 거스러미투성이다. 왜 이렇게 되었을까. 세계를 발칵 뒤집은 감염병 때부터였을까. 아니다. 이전부터 내게 손 씻기는 하나의 의식이었다. 수술을 준비하는 의사처럼 상담 전 공들여 손을 닦아야 했다. 이 습관은 십 년 전, 첫 상담을 하고 난 뒤부터 시작됐다. 작은 실수도 용납할 수 없었다. 그날, 어찌나 긴장했는지 땀범벅이 되어 들고 있던 종이가 울어 버리기까지 했다. 이런 모습은 전문가답지 못한 일이었다. 그 뒤로 '가슴은 뜨겁지만,

손은 차갑게' 가 직업 정신이 되었다. 하루에 한 번, 많으면 여섯 번까지 차갑게 손을 씻었다. 그러니 손이 남아날 수가 없지 않겠는가. 예쁘게 하던 네일아트도 그만뒀다. 거칠고 튼 손에는 예전의 반짝거림이 어울리지 않았기에.

오늘은 바짝 자른 단정한 손톱으로 키보드를 두드린다. 상담사가 아니라 '작가님'이 되는 날이기에. 세정력보다는 순전히 향으로 고른 손 세정제를 사용해 손을 깨끗이 닦았다. 집, 차, 가방마다 구비되어 있는 핸드크림 중 제일 좋아하는 우디향의 핸드크림을 손톱 끝까지 발랐다. 이때 손을 코 가까이 가져와 들이마시는 의식도 잊지 않았다. 노트북은 스테인리스 독서대 위에 얹었다. 두드리는 소리가 청량하게 울리는 기계식 블루투스 키보드를 연결하고 귀여운 캐릭터가 그려진 무선 마우스도 꺼냈다. 글쓰기에 유용하다는 한 시간짜리 타이머도 노트북 앞에 두었다. 카페인 충전을 위해 주문한 1ℓ짜리 아이스 아메리카노도 필요하다. 며칠 전, 쓰던 안경에 블루 라이트 차단 기능을 추가했다. 렌즈값이 2만 원이나 뛰었지만, 모니터를 보는 작가에게는 필수니 지갑을 열었다. 이제서야 자리에 앉는다. 이게 내가 상담사에서 작가가 되는 루틴이다. 이제는 보드랍지도 뽀얗지도 않은 손은 감사하게도 내게 두 가지의 삶을 선물해 준다.

글을 쓰기로 한 날부터 보통의 하루는 새로움으로 가득해졌다. 매일 보던 나무가, 늘 만나던 사람들과 하는 대화가, 쉴 틈 없이 해내던 일들이 다르게 보였다. 사소한 대화 주제에도 흥미와 분노가 넘쳐흘렀다. **평범하다고 생각했던 것이 사실은 특별한 것이었다. 이 생생함은 생경하게 다가왔다. 일상의 모든 것이 글감이 되어 내려왔다.** 그걸 붙잡아 글로 풀어낼 것인가 흘깃하고 흘려버릴 것인가는 오롯이 작가의 선택이었다.

글을 쓰는 삶에 합류하기 위해서는 준비과정이 필요하다. 그중 초보 작가가 시도해 본 세 가지의 방법을 이야기해 보려 한다.

첫 번째, 나만의 루틴을 만들어야 한다. 글을 쓰겠다고 마음먹지만, 행동에 옮기기란 쉽지 않다. 이미 작가가 되었다는 생각은 자신만의 루틴을 만들어 낼 수 있게 한다. 앞서 언급한 초보 작가의 루틴을 본다면 웃음이 새어 나올지도 모른다. 아무 상관없다. 어떤 이는 사람들이 북적거리는 카페에서, 어떤 이는 조용한 서재에서 글을 쓰는 것이 좋다고 말할 수 있다. 내가 어디에 있을 때 작가로서 존재할 수 있는지에 대해 관찰할 필요가 있다. 모든 호칭과 직위를 떠나 온전히 글을 쓰는 것에 집중할 수 있다면 충분하다.

두 번째, 삶에 대한 반추가 필요하다. 매일의 오늘은 반복되고 흘러간다. 쉽게 흘려버리고 있는 지금의 시간은 다시 만날 수 없는 단 한 번의 시간이다. 이를 곱씹어 보고 되새김하는 시간이 필요하다. 이 과정에서 많이 사용하는 방법이 일기 쓰기다. 대부분 일기라는 이야기만 들어도 머리가 복잡하고 귀찮음이 밀려올 것이다. 방학 숙제 단골 메뉴인 일기 쓰기는 내게도 개학 하루 전 한꺼번에 쓰는 게 기본이었다. 새해마다 고르던 다이어리는 한 달을 넘기기 어려웠다. 제 버릇 개 못 준다는 말이 있다. 쓰고자 하면 미치도록 쓰고 싶지 않아진다. 그럴 때는 간단한 하루 기록에 집중해야 한다. 탁상달력의 조그마한 칸에 그날의 감정을 기록한다. 쓸 수 있는 양이 한정적이니 하루 이틀을 건너뛰어도 금세 보강이 가능해진다. 더 쓰고 싶은 내용이 있는 날에는 메모지를 덧붙였다. 그렇게 쓰다 보면 하루가, 일 년이 기록으로 가득 차게 된다. 그렇게 5년째 쓰고 있다. 멋진 이야기를 쓰겠다거나 좋은 이야기만 쓰겠다는 마음은 필요 없어졌다. 그저 내 삶을 돌아보기 위한 기록이면 충분하다.

　세 번째, 책장에 책을 두지 말아야 한다. 이십 대 중반, 대학가에 살던 때 일이다. 길만 건너면 헌책방이 잔뜩이었다. 그중 즐겨 찾던 헌책방은 조금만 몸을 비틀어도 책이 쏟아질 정도로 좁았다. 특히 좋아한 코너는 정리 전인 뭉텅이 책을 쌓아놓은 곳이었다. 대부분 처음 보는 책이었다. 그 안에서 하나를 꺼내 읽다 보면 금세 한 시간이 지나 읽은 부분 표시하고 책장에 꽂아두었던 적이 있다. '곧 마저 읽어야지' 결심을 하면서 말이다. 그러다 몇 년이 지난 후, 그 책이 영화화되었다는 소식을 듣고 나서야 완독하지 못했다는 걸 깨달았다. 글로 읽어 흥미로울 수 있었던 시간을 잃어버린 것이다. 이제는 책을 책장에 넣지 않는다. 다시는 나의 즐거움을 책장에게 빼앗길 수 없었다. 침대 머리맡, 차 안, 책상 위에 둔다. 책장에 두지 않은 책은 생활에 불편함을 준다. 그럼에도 하는 이유는 책을 골랐을 때의 두근거림을 잊지 않기 위함이다. 매일 거슬리는 책은 아이러니하게도 설렘을 준다.

이 세 가지 방법으로 작가가 되었다. 거창하고 대단한 비법이 아니다. 하지만 누구나 쉽게 할 방법이라 생각한다. 글을 쓴다는 것은 머리를 쥐어짜는 일이 아니다. 조용하고 잔잔한 바다에 작은 돛단배를 띄우는 일이자 어둡고 깜깜한 밤하늘에서 쏟아지는 별을 보는 일이다. 온기 하나 없는 추운 날, 온몸을 데워주는 모락모락 김이 나는 코코아 한잔이면 충분하다. 작가만 느끼는 것을 글로 풀어 독자와 함께 느끼는 일이다. 누군가는 초보 작가 주제에 거창한 이야기를 한다고 할지도 모른다. 작가 흉내 내지 말라고 하는 사람이 있을 수도 있다. 하지만 작가는 자신만의 신념, 줏대가 있어야 한다.

작가가 이야기하는 하루가 당신의 머릿속에 그려졌는가. 그거면 충분하다. 흉내만 냈는데 작가가 된다면 얼마나 멋진 일인가. 오늘도 내 삶을 글로 그려본다.

글로 그리는 삶에서 함께할 수 있다면 그저 '감사'할 뿐이다.

# |11|

# 브랜드처럼 남을 글쓰기 인생

## 최지은

글쓰기는 끝없는 여정이다. 그리고 그 여정이 가장 멋진 이야기다.

루이스 캐럴

나는 '왜 글쓰기를 시작했을까?'라는 생각에 잠겼다. 글쓰기를 시작하려고 한 건 미래에 대한 브랜드를 고민하면서부터다. 출간 작가가 되어 나만의 브랜드를 만들어야겠다는 생각이 들었다. 운 좋게 글 쓰는 사람들과 인연을 맺고 글쓰기를 시작했다. 나의 브랜드를 높여 줄 한 권의 책을 생각하며 작가의 꿈을 꾸었다. 목표만 생각하다 보니, 무언가 빠진 듯한 헛헛함을 느꼈다. 글은 독자에게 도움이 되어야 한다는 글쓰기 코치의 말이 떠올랐다. 브랜드를 향한 욕심을 내려놓고 타인에게 도움이 될 나의 이야기를 쓰기로 마음을 달리 가졌다.

에세이를 쓰는 공저에 참여했다. 나와 타인이 성장해 가는 인생 이야기가 한 권의 책에 실린다. 글을 쓰고 퇴고한 후 올리는 과정에서 자연스레 다른 작가의 이야기를 보았다. 살아가는 방식은 각각 다르지만 글 속에서 타인의 삶을 보고 새로운 가치를 깨닫게 되었다. 다른 작가와 함께하는 공저에 참여하기 전에는 일기 같은 일상을 썼다. 정리되지 않은 감정만 가득한 글이 대부분이었다. 그렇게 쓴 글은 오로지 나를 기록한 글에 불과했다. 내가 타인의 글로 희망을 찾을 때가 있듯이 나도 누군가의 삶에 위로와 꿈을 주는 글이 쓰고 싶어졌다. 하지만 마음만큼 쉽지 않은 글쓰기다.

초보 작가가 되기를 결심하고부터 화요일마다 독자에게 전할 메시지를 쓰고 다듬는 방법을 배우고 있다. 나의 일상의 이야기로 독자에게 희망과 선한 영향력을 전달하기 위함이다. 다양한 글쓰기 형식을 익히기 위해 템플릿을 따라 일상을 메모한 후 블로그에 게시했다. 글이 길어질수록 문맥의 중요성을 깨닫게 된다. 앞뒤 문장이 자연스럽게 이어졌는지, 말하고자 하는 내용과 글이 일치하는지, 나의 글을 읽는 독자가 이해할 수 있는 적절한 배경이 전달되었는지를 고민하게 된다.

목요일마다 글 쓰는 실력을 위해 '문장 수업'을 듣고 있다. 을, 는, 이가, 조사 하나만 바꾸어도 문장이 달라지는 게 보인다. 문장 수업을 진행하는 작가가 초보 작가의 글을 수정할 때마다 문장이 자연스러워진다. 언젠가 나의 서툰 글도 전문작가의 손길이 닿은 것처럼 완성된 문장이 될 날을 기대한다.

따뜻하고 풍성한 글쓰기를 위해 그림책 모임에도 참여했다. 감동을 주는 그림책의 표현력에 익숙해지기 위해서다. 글을 쓰는 습관을 기르기 위해 하루 15분 시간 내서 글을 쓰는 '1515 글쓰기' 모임에도 참여했다. 다른 작가들이 올린 글을 읽고 공감하며 글 쓰는 방법도 눈여겨본다.

주어진 하루를 허투루 보내지 않으려 애쓰는 요즘이다. 오늘을 어떻게 사느냐에 따라 내일의 내 브랜드는 달라질 것이다. **가치 있는 삶에 대한 욕구는 누구에게나 있다. 해야 할 일을 생각만 하고 미루거나 포기한다면 나아질 나의 삶을 기대하기란 쉽지 않을 것이다.**

얼마 전에 표정을 숨길 수 없을 정도로 화가 난 적이 있었다. 호흡이 빨라지고 말문이 막혔던 날. 감정을 쏟아붓는 상대방의 목소리에 덩달아 격앙되었고 태도에 괘씸한 마음이 들었었다. 좀체 감정이 수그러들지 않았다. 수첩을 꺼내 그 순간을 메모했다. 흥분한 상대방의 말에 내 감정이 휘둘리지 말았어야 했다는 내용이다. 일주일이 지나서 메모장을 다시 꺼내 보았다. 찬찬히 그날의 일을 떠올렸다. 글을 읽고 화난 감정 하나를 지웠다. 그제야 이성적으로 그날의 일이 정리되었다. 메모지에 일상의 이야기를 적은 후 감정을 썼다 지우기를 반복하며 나를 돌아본다. 글쓰기의 시작은 메모부터다. 어제 일을 써 놓지 않았다면 달라진 오늘의 나와 견주어 볼 수 없으니, 메모의 힘이 크다는 것을 새삼 느낀다. 한 번에 긴 문장을 쓰기란 쉽지 않아 일상을 적으면서 글쓰기를 늘려가고 있다. A4용지 한 장의 제법 긴 문장도 가능해졌다. 무슨 말을 적을까 고민하다가도 이야기 하나 떠오르면 쓰기 시작한다. 마음은 바쁘고 손은 더디지만, 정신없이 쓰다 보면 한 꼭지의 글이 된다. 글을 쓰면서 삶을 다듬어 간다.

팔순을 훌쩍 넘긴 아버지는 갈색 가죽 덮개가 있는 의자에 앉아 햇볕 쬐는 걸 좋아하신다. 아버지 나이만큼 낡고 닳은 등받이는 거북이 등짝 같아 보였다. 의자 옆에는 까만색 수첩이 항상 놓여 있다. 뵐 때마다 아버지는 의자에 앉아 무언가를 적고 계셨다. 뭘 적으시는지 어깨 너머 본적이 있다. 특별한 건 없다. 엄마가 시장 본 콩나물이며 두부, 파를 적어 놓으셨다. 손님이 다녀가신 이야기도 적혀 있다. 병원 다녀오신 날짜도 기록해 두셨다. 왜 그렇게 적으시냐고 물어봤다.

"자꾸 잊어버려."

단지, 오늘을 잊지 않기 위해서 쓰시는 걸까? 아니면 수첩에 일상을 적어 놓고 지난날을 회상하시기 위한 걸까? 가끔 진지하게 수첩을 들여다보시는 모습을 볼 때가 있다. 어떤 글을 읽고 계시는지, 무슨 기억을 끄집어내고 계시는지 궁금했다. 아버지는 예순에 수묵화를 배우시고 칠순에 시화전을 열었다. 친구분들과 화구를 들고 그림 그리기 좋은 장소를 찾아다니시던 모습이 생생하다. 10년 동안 꿈을 이루시기 위해 열정의 시간을 보내신 아버지다. 늦은 나이라고 말하는 사람도 있었지만, 아버지의 도전에는 나이가 상관없는 듯 보였다. 꿈을 좇아 열정의 시간을 보냈던 아버지처럼 나도 그럴 수 있을까? 팔순을 넘긴 아버지의 나이가 되면 나는 무엇을 하고 있을까? 아직도 글을 쓰시는 아버지를 보며 다가올 노년에 대한 내 삶을 고민해 보게 된다.

인생은 기차를 타고 횡단하는 여행 같다. 10년 단위로 돌아보는 세월의 간격이 구간 구간 들르는 간이역과 흡사하다. 요즘은 100세 시대를 이야기하는 때이니만큼 돌아봐야 할 구간도 많아졌다. 100세가 인생의 종점이라면 나의 생도 벌써 반이나 지나갔다. 친구를 만나면 어느새 노년의 삶에 관한 이야기가 길어지곤 한다. 60세에 뭐 할 거냐, 70세에는 뭘 하고 있겠냐며 찻잔을 사이에 놓고 이야기를 나눈다. 친구와 차를 마시고 헤어지던 날, 글 한 자락으로 세월을 이야기하고 일상의 감정을 나누며, 서로에게 손 편지로 고마움을 전하는 글동무로 살면 좋겠다는 생각이 들었다. 덜커덩거리는 기차여행처럼 인생은 흘러간다. 돌아봐야 할 구간도 있고 노년에 대한 염려도 있지만 읽고 쓰는 삶을 만나고 보니 인생의 가치를 높이고 싶어졌다. 걱정 가득한 삶이 아닌 글로 다듬어진 선물 꾸러미와 같은 삶. 상상만 해도 행복해지는 희망의 글을 쓰는 인생. 이런 삶이라면 다른 이들에게 위로와 도전을 줄 수 있으리라.

**글로 다듬어진 오늘로 내일은 더욱 성숙해지리라는 믿음이 생겼다. 글쓰기는 쓴 만큼 다듬어지고 일상은 기록한 만큼 추억이 쌓여간다.**

놀 땐 어린아이처럼, 쓸 땐 원로 수필가처럼, 놀고 읽고 쓰며 '고고다' 작가로 살아가고 있다.

# | 12 |

# 얼룩진 마음, 글로 씻어내다

### 홍순지


> 성공의 길은 다양하지만, 실패의 길은 포기 하나뿐이다.
>
> 정약용


"엄마, 나도 작가 하고 싶어!"

아들의 한마디에 순간 헛웃음이 터졌다. 작가를 하고 싶다는 이유를 알 것 같아서였다. 모르는 척 아들에게 물었다.

"왜? 갑자기? 네가 책을 좋아하지. 글도 꽤 쓰고?"

"응응. 그러니까 말이야. 작가가 되면 집에서 글만 쓰면 되니까 진짜 좋을 것 같은데…."

밤 10시까지 서너 시간 붙잡혀 있는 수학학원, 다녀오면 또 영어학원 숙제. 쉴 새 없이 돌아가는 자신의 일정과 학업의 압박에서 벗어나고 싶은 마음을 모르는 바는 아니다. 식탁에 앉아 노트북을 두드리며 평화롭게 하얀 화면을 채워나가고 있는 내 모습이 부럽단다. 쉬워 보인다니 안 되겠다 싶어 설명해 주었다.

"도현아, 여유로워 보이지만 쉬운 일이 아니야. 엄마 퇴근 후에도 늘 쉬지 못하잖아. 새벽 2시까지 책 읽고 필사하고 자. 그런 일상이 쌓이고, 늘 생각하고 반성하고 기록하는 일상을 모아서 이제 노트북에 적어 내려가고 있는 거야. 메모하고 정리해 둔 걸 쓰면서도 힘들어. 겉으로는 평온해 보이지만 엄마 머릿속은 지금 엉킨 실타래처럼 엄청 복잡하거든! 우아해 보여도 물 밑에서 발이 바쁜 백조처럼!"

"그러면 왜 해?"

"힘들어도 행복하니까? 책을 읽고 글을 읽고 쓸 때 너희를 꽉 끌어안고 있는 것만큼 충만함이 느껴져. 엄마 인생이 풍요로워지는 것 같아. 그런 마음으로 너희를 더 잘 키울 수 있을 것 같고."

자신도 나중에 작가가 되겠다고 말하는 아들을 응원해 주었다. 일단 지금 목표로 한 과학 선생님이나 수학 선생님, 약사 같은 직업을 갖고 난 후 작가를 하면 더 좋다고도 일러주었다. 알고 있는 것과 경험한 것이 많아서 더 좋은 글이 나올 거라고 말이다. 엄마의 욕심과 작가로서의 충고가 공존했던 대화였다.

몇 번 '작가' 이야기를 하던 아들은 자신의 중3 때까지의 기록을 글로 남기고 싶다고 했다. 여유 많은 방학 동안 침대에 늘어져 축구 영상만 볼 바에는 글을 쓰는 일이 훨씬 더 생산적이라는 생각이 들었단다. 안 그래도 오전 내내 책 읽어라, 숙제 좀 미리미리 하자 잔소리하느라 지치던 터였다. 잘됐다 싶어 크게 호응을 해주며 아들을 앉혀놓고 글쓰기 전략을 전수해 주었다.

첫째, 다양하게 접근하며 탐독해라. 글 전체, 단락, 문장 모두 놓치지 않고 탐독해라.

글을 쓰고 싶고 작가가 될 마음을 먹은 사람이라면 누구나 '글'을 좋아하는 자기만의 이유가 있다. 나는 논리적이면서도 명확한 문장과 섬세한 표현에 울림을 느끼는 편이다. 복잡한 감정과 불분명한 심리가 정확하게 표현될 때 쾌감을 느낀다.

아들은 전체적인 스토리와 캐릭터에 집중하며 책을 빠르게 읽는 편이다. 책을 읽고 나면 나에게 달려와 늘 소설의 설정과 등장인물에 대해 설명한다. 플롯을 파악하고 전체를 조망할 줄 아는 것은 아들의 장점이다.

다만 전체에 집중해 속도감 있게 읽으면 문장과 단어를 놓치기 십상이다. 아들이 문장 단위의 사색까지 할 수 있다면 더할 나위 없이 좋을 것 같았다. 책을 읽을 때도 천천히 한 문장 한 문장을 곱씹고, 말하고 글 쓸 때도 문장 단위로 생각을 정리하는 연습을 해보라고 이야기해 주었다. 전체 숲도 보고 하나의 나무도 바라보며 글 안에서 숨 고르기를 할 줄 아는 사람이 되었으면 좋겠다.


둘째, 일상의 감정을 메모해라.

메모와 습작은 많은 글쓰기 책에서 제시하는 기초단계다. 의미 없어 보이는 일상도 메모하고 생각하다 보면 메시지가 된다. 그 반대의 경우도 가능하다. 메시지를 먼저 잡아두고 메모해 둔 일상을 가져와 새롭게 복기하다 보면 내가 놓친 의미들이 어느새 자리를 잡는다.

아들은 벌써 자신이 노트북에 메모를 해두고 있다고 고백했다. 친한 친구들과의 추억, 사춘기의 감정, 중학교 입학을 앞두고 한껏 긴장했던 마음, 처음 상점을 받던 날과 처음 벌점을 받던 날의 기억. 수학을 늘 자신 있어 하던 아들이 수학1을 배우면서 처음 느껴본 좌절감, 동생이 얄미울 때 느꼈던 분노, 답답한 엄마와 아빠한테 느낀 불만. 아들은 하나하나 글감을 모았다. 늘 '생각 없는 아들아!' 하고 놀리곤 했는데 아니었다. 나름대로 조금씩 느끼고 성장하고 있었다.

셋째, 늘 관찰하고 생각해라.

메모와 함께 이루어져야 하는 일이다. 좋은 글을 쓰기 위해서 평소 자주 관찰하고 생각하는 습관이 중요하다.

첫 번째 공저 책『나부터 챙기기로 했습니다』를 쓰면서 나의 현재와 과거에 거리를 두고 생각하는 습관이 생겼다. 영혼이 되어 나를 내려다보는 것처럼, 어린 나의 모습을 되짚으며 마음의 짐이 어디에서 기인했는지 찾았다. 그리고 그 시작점에서 나를 보고, 엄마와 아빠를 관찰했다. 주변을 돌아보고 다르게 바라보면서 알게 된 것들이 마음을 추스를 수 있게 해주었다.

두 번째 공저 책『문장, 살아갈 힘을 얻다』를 쓰면서 관찰하고 생각하는 습관은 더 견고해졌다. 묘미를 알았달까? 관찰의 대상은 꼭 나에게 국한된 것은 아니다. 물과 나무, 음식점 간판, 놀이터 아이들의 모습…. 그저 스쳐 지나갈 수 있는 주변을 관찰하고 다르게 생각하다 보면 모든 일상에서 의미를 찾을 수 있다. 일상이 메시지가 되고 글감이 되는 맛이 있다. 기적을 만드는 일상은 대단한 게 아니다. 새롭게 보고 생각하는 힘이 그 시작이다.

지난 주말 양평에 다녀왔다. 추운 1월 중순 양평의 남한강은 꽁꽁 얼어 있었다. 하지만 낮은 지점으로 연결되어 흐르는 작은 물길만은 얼지 않았다. 얼어있는 아래층과 위층의 얼음 사이 흐르는 물은 얼지 않고 작은 폭포를 만들어 냈다. 이럴 때 발휘되는 게 작가정신! 딸에게 말했다.

"소연아, 흐르는 물은 얼지 않는다! 우리도 마찬가지다! 도전하고 시도하는 우리의 움직임이 있으면 우리는 얼지 않는 거야! 어때?"

운전하던 남편이 작가답다며 힐끗 나를 바라봤다가 이내 싱겁게 말했다. 어디선가 들어본 말 같다고. 있는 말이면 어떤가, 일상의 찰나 같은 순간 내가 놓치지 않고 바라보면 느낀 진리인데.

우리 아들을 포함해 많은 사람이 글의 가치를 느낄 수 있었으면 한다. 지금을 사는 우리는 아는 것보다 느끼고 생각하는 것에 굶주려있다. 자신의 쓸모를 증명하느라 스스로와 주변을 돌아보지 못한다. 나 역시 그렇게 살았고 지금도 관성처럼 그러기 일쑤다. **살다 보면 어느새 얼룩지는 마음을 글쓰기로 닦는다. 글이 주는 깨끗함으로 다시 채운다.**

책상 앞에 앉아 한껏 웅크린 채 메모하고 있는 아들을 바라보며 생각한다. 저 아이의 마음이 지금 얼마나 투명해지고 있을까. 작가로 살기 정말 잘했다.

# 당장 활용 가능한 글쓰기 꿀팁

글을 쓰고 싶은 마음은 있는데 막막한 당신에게, 당장 오늘부터 실천할 수 있는 글쓰기 연습 방법을 소개한다. 글을 잘 쓰는 법보다 중요한 건, 당장 쓰기 시작하는 것이다. 한 줄부터, 하나의 감정부터 써보자. 꾸준히 쓰는 사람이 결국 글을 잘 쓰게 된다.

1. 감정과 일상에서 글감 찾는 법
- 오늘 느낀 감정을 한 문장으로 정리해 본다.
- 감사한 일 세 가지를 매일 작성해 본다.
- 기억에 남는 대화를 기록해 본다.
- 친구, 가족, 또는 과거의 나에게 편지를 쓴다.

2. 글쓰기 부담스러울 때 가볍게 시작하는 법
- 정성을 담아 댓글을 작성해 본다.
- SNS에 글을 써서 가볍게 발행한 후 수정해도 좋다.
- 처음부터 완벽하게 쓰려고 하기보다, 나만의 글투를 찾아간다는 마음으로 써 본다.

3. 글을 쓰기 전 생각을 정리하는 법

- 독자에게 하고 싶은 말이 무엇인지 한 줄 메모로 정리해 본다.

- 글을 쓰기 전에 마인드맵을 활용하여 생각을 정리해 본다.

- 중심 주제와 연결된 아이디어를 확장해 더 체계적인 글쓰기를 시도한다.


4. 퇴고까지 고려해 글을 다듬는 법

- 한 번이라도 소리 내서 읽으면 고칠 게 보인다.

- 내 글은 점점 좋아진다는 기대로 퇴고를 해보자.

- 불필요한 문장과 중복된 내용을 과감하게 삭제한 후 다시 읽어보자.

- 깔끔해진 글은 메시지가 선명하다.


5. 매일 글쓰기 습관을 만드는 법

- 가장 중요한 것은 미루지 않고 한 줄이라도 지금 당장 쓰는 것이다.

- 작가가 되겠다는 거창한 목표보다, 꾸준히 쓰는 습관을 들여 본다.

- 일기, 영화 후기, 맛집 리뷰 등 무엇이든 기록해 본다.

- 공개가 부담스럽다면 블로그 임시저장이나 비공개 설정을 활용한다.

- 매일 글을 쓰는 루틴을 만드는 게 중요하다.

- 꾸준한 연습이 쌓이면, 어느 순간 더 나아진 글쓰기를 경험하게 된다.

마치는 글

김미애

내 이름이 적힌 책 한 권이 갖고 싶었다. 치열하게 살아온 인생에 대한 보상 같은, 내 이야기가 담긴 책이 갖고 싶어 글을 쓰기 시작했다. 글을 쓰면 쓸수록 어렵다는 것을 깨달았다. 그래서 포기하고 싶었지만 도움을 주신 분들 덕분에 겨우 마무리할 수 있었다. 솔직히 부끄럽다. 내가 쓴 글이 책으로 출간된다는 것이. 내 모자란 글이 공개된다는 게 두렵고, 긴장된다. 하지만 간절히 원했던 꿈이 이루어져서 행복하다. 그리고 또 다른 꿈을 꾸는 나를 만난다. 부끄럽지 않은 글을 쓰겠다는 꿈을 위해 나의 글쓰기는 계속될 것이다.

김서현

말하듯이 글도 툭 내뱉어 본다. 말하기와 글쓰기는 연결되어 있다. 글쓰기가 어렵게 느껴지지만, 말하듯이 뱉으면 어렵지 않다. 이 책을 쓰면서도 그랬다. 글을 '쓴다'에 초점을 두니 그리 마음이 무거울 수가 없었다. 하지만 하얀 종이에게 '말'을 해봤더니 어려움이 없었다. 오히려 종이는 내 말을 묵묵히 들어주었다. 이 책에서 하고 싶은 말은 술술 다 했다. 이제 독자만 만나면 된다. 책에서 만날 독자를 생각하며 오늘도 쓰고 말한다.

김효정

처음에는 글을 쓰고 다시 고쳐 쓰는 것이 내 글만 고치는 줄 알았는데, 이번 글쓰기를 통해 글을 쓰고, 고치는 과정이 내 생각을 고치고, 내 감정을 고치고, 나아가 나를 고치는 과정이 됨을 경험했다. 재를 털어야 숯불이 빛난다는 말은 내 글에만 국한되는 것이 아니었다. 글쓰기를 통해서 내 생각과 삶에 찌든 찌꺼기를 털어낼 수 있었다. 읽고 일하며 살았는데, 이번 글을 통해 읽고, 쓰고, 일하며 살아가게 되었다. 힘들었지만 값진 경험이었다.

## 문미영

 난임을 경험하며 비슷한 상황을 겪고 있는 사람들을 위한 책을 출간하고 싶었다. 그렇게 2024년 12월에 『기다림의 고백 그리고 희망을 향한 여정』 이라는 난임 에세이와 세 권의 공저 책을 출간하였다. 다른 사람들에게도 글을 쓰고 책을 출간하는 재미와 과정을 공유하고 싶었다. 글쓰기가 주제인 만큼 더 신중하게 썼다. 독자들이 우리의 책을 읽고 글을 더 많이 쓰기 시작하셨으면 좋겠다. 함께 글을 쓴 공저 작가들, 그리고 백작 코치에게 감사 인사를 하고 싶다. "감사합니다."

## 백현기

 '아름다운'이라는 말의 '아름'은 '나'라는 뜻이다. 15세기 석보상절에서 인용된 문장으로, 내가 '나'다울 때 비로소 아름다울 수 있다는 뜻이기도 하다. 나다운 삶을 살기 위해선 어떻게 해야 할까? 자신을 있는 그대로 바라볼 줄 알아야 한다.

 읽고 쓰며 나의 부족함을 깨닫는다. 매 순간 성장할 기회라 여기며 오늘보다 나은 내일을 위해 묵묵히 하루를 보낸다. 매일 흘리는 땀 냄새를 사랑하는 내가 되고 싶다.

쓰꾸미

흔들리지 않는 일상을 보내고 싶다. 흔들리지 않으려 애썼지만, 그 이유를 모르고 있었다. 그런데 글을 쓰면서 오히려 내 감정과 흔들림을 마주하게 되었다. 감정이란 원래 자연스럽게 일어나고 사라지는 것. 어떤 감정을 느꼈다고 자학할 필요도, 초조해할 필요도 없다. 주변 사람이 힘든 일이 있을 때, 도와주지는 못하더라도 함께 공감해 주고 옆에 있고 싶다. 내가 그 사람의 억울함을 풀어주는 존재는 아니지만 알아주고 이해해 주고 싶다. 내 눈으로 일상을 섬세하게 들여다보며, 해결을 못하더라도 위로하는 글을 쓰는 사람이 되고 싶다. 나의 세상을 흥미롭고 따뜻하게 바라보며, 본 것을 쓰는 사람이 되고 싶다.


육이일

세 번째 공저에 참여하며, 글을 쓰는 일이 조금은 자유롭고 즐거워졌다.

여전히 글에 대한 고민은 끝나지 않지만, 그 과정마저도 의미 있다고 믿는다. 꾸준함이 답이라는 것을 어머니의 맨발 걷기에서 배운 것처럼, 나도 글로 한 걸음씩 나아간다.

언젠가 아버지 앞에서 내 책을 건네는 꿈을 이루기 위해 오늘도 읽고, 쓰며 살아간다.

시작이 반이다. 나는 시작의 힘을 믿는다.

### 이연화

'하루 한 줄 감사 일기'를 쓰던 내가 이제 글을 쓰는 작가가 되었다. 공저 출간을 하게 된 지금도 실감이 나지 않는다. 처음에는 호기롭게 도전했지만, 이렇게 순조롭게 이루어질 줄은 몰랐다. 글을 쓰다 보니 어느새 '작가'라는 칭호를 얻게 되었다. 그 과정에서 얻은 값진 경험이 무엇보다 소중하다. 글을 쓰는 과정이 결코 쉽지 않았지만, 후회는 없다. 오히려 지금, 작가로서의 삶이 행복하다. 한 문장 한 문장이 쌓여 나의 이야기가 되고, 그 이야기가 누군가의 마음을 움직일 수 있다는 사실이 기쁘다.

### 조지혜

인생 마지막 육아휴직을 자녀들과 함께 보내며 나 자신을 돌보는 시간을 가질 수 있었다. 시작하는 날부터 끝나는 날까지 글을 쓰며 온전히 나에게 집중할 수 있어 행복했다. 이 시간을 지켜준 남편과 곁에서 함께해 준 두 아들에게 고마움을 전한다. 다시 일터로 나아간다. 조금이라도 도움이 되는 글을 꾸준히 쓸 수 있다면 좋겠다. 혹시 누군가 글쓰기를 망설인다면 함께 써보자 얘기해주고 싶다. 일상 속 소소한 순간들이 담긴 각자의 이야기가 세상에 들려지기를 바란다. 글쓰기가 필요하지 않은 사람은 없다.

조하나

일상은 매일 반복된다. 하루는 성실하게도 흘러, 같은 패턴의 하루를 만들어 낸다. 365일 중 흥미롭고 신나는 날은 며칠이나 될까? 아마 반도 되지 않을 것이다. 그러나 괜찮다. 내가 살아가고 있는 지금 이 시간은 평생 한 번뿐인 순간이다. 이 순간을 글로 옮기는 작가가 되고 싶다. 느끼는 것, 생각하는 것, 고민하는 모든 것이 글감이 된다. 글을 쓰는 순간은 오롯이 나로 가득 찬다. 나는 아직도 내가 흥미롭고 새롭다. 잘하고 못하고는 중요하지 않다. 글과 함께면 충분하다.

최지은

고요 속에 쓰는 글은 생각을 맑게 하고, 한가할 때 쓰는 글은 마음을 조화롭게 한다. 의자에 앉아 하루를 묵상하던 시간을 멈추고 글을 쓰기 시작했다. 하루에 일어난 일들을 메모했다. 아픈 날도 있고 기쁜 날도 있다. 글 위에 글을 덧입혀 감정을 다스리기도 하고, 되새기기도 한다. 이러한 시간은 나의 마음을 이해하며 성장시킨다. 주름살만큼 깊어지는 세월 속에 글쓰기로 풍성해질 시간을 기대하며 삶에 가치를 부여해본다. 세상과 엉켜질 나의 삶에 대한 브랜딩을 고민하며 놀고 읽고 쓰는 삶을 살고 있다.

홍순지

한 학생이 말했다. 어른이란, "무엇이든지 직접 찾아보고 겪어보는 인생을 사는 사람"이라고. 작가 리베카 솔닛이 말했다. 어른은 "변해가는 땅을 여행하면서 스스로 변해가는 여행자들"이라고. 나 역시 끊임없이 고민하고 흔들리고 변화해 나가고 있다. 마음에 남아 있던 불씨가 활활 타올라 책을 만들어 냈다. 숨어만 있었다면 가져보지 못할 충만함을 느꼈다. 이 책을 덮는 독자들의 마음에도 쨍한 불꽃이 다시 타올라 새로운 자신을 만들 수 있기를 소망하며 글을 마친다.